페스트와
콜레라

PESTE ET CHOLÉRA
by Patrick DEVILLE

페스트와 콜레라

파트리크 드빌 장편소설 | 양영란 옮김

Peste & Cholera

모든 것을 알고자 한 열정의 세균학자,
그 과학적·인간적 모험의 기록

궁리
KungRee

이 책에 쏟아진 찬사

“인류에 크게 공헌했으나 부당하게도 세상의 기억에서 잊힌 천재적 팔방미인을 향한 집중 조명. 그의 일생은 충분히 소설이 될 만하다. ……
파트리크 드빌은 전염성이 매우 강한 열정을 담아 어느 모로 보나 예외적인 이 인물의 격정적인 궤적으로 우리를 안내한다.” — 리톨프(독자), 《바벨리오*Babélio*》

“파트리크 드빌은 이 문학적 쾌거를 통해서 전진하는 역사를 파악한다.”
— 발레리 마랭 라 메슬레, 《르 푸앵*Le Point*》

“파트리크 드빌이 발표한 『페스트와 콜레라』는 미사여구만 나열하는 대다수 위인전이 부딪치기 쉬운 암초를 성공적으로 피했으며, 결과적으로 2012년 문학 시즌을 여는 가장 흥미진진한 작품이 되었다.” — 라파엘 레리스, 《르 몽드*Le Monde*》

“파트리크 드빌은 19세기 후반에 관해서라면 타의 추종을 불허하는 가장 뛰어난 작가라는 그의 명성을 다시 한 번 확인시켜주었다.”
— 에마뉘엘 에슈, 《렉스프레스*L'Express*》

“파트리크 드빌은 연대기적인 전개를 탈피, 우리의 분별력에 섬광처럼 작살을 내리치는 마술적인 글쓰기를 택했다. …… 드빌은 아이러니와 심오함, 노골적으로 드러나는 미니멀리즘, 도처에 감춰진 시적 감수성을 동원해서 매혹적인 한 편의 소설을 구축했다.” — 앙투안 페로, 《라 크루아*La Croix*》

“주인공만큼이나 정력적이고 잠시도 한자리에 가만있지 못하며, 때로는 장난기를 잔뜩 풍기며 웃음을 자아내지만 항상 파스퇴르 연구원들만큼이나 정확하고 효율적인 글쓰기.” — 베르나르 피보, 《르 주르날 뒤 디망슈*Le Journel du Dimanche*》

“파트리크 드빌은 다시 한 번 무심한 듯한 조명을 비추며 20세기의 심연을 탐험한다. 드빌은 어느 누구보다도 역사적 사실이라는 실뭉치를 잘 풀어나갈 줄 안다.”
— 엘리자베트 필리프, 《레쟁로컵티블*Les Inrockuptibles*》

"과학 분야에서 세간에 알려지지 않은 영웅들 가운데 한 사람에 관한 매력 만점의 소설."

—《타임스*The Times*》

"『페스트와 콜레라』는 단순히 성공적으로 다시 쓴 매혹적인 한 사람의 일대기가 아니다. 이 소설은 20세기 초반부가 지닌 아름다움과 그 아름다움의 파괴에 보내는 찬가이다. 처음부터 끝까지 스릴 넘치는 모험의 기록이다."

— 타시 오, 맨부커상 후보에 이름을 올린
『별점 5점의 억만장자*Five Star Billionaire*』의 저자

"놀라운 소설. 프랑스와 프랑스의 식민주의 역사를 엿볼 수 있는 매혹적인 만화경. 발견과 상실을 보여주는 콘래드 식의 매력적인 작품."

—《인디펜던트*Independent*》

"최면술에 걸린 듯하다. 매우 독창적이지만 이제껏 간과되어왔던 인물에 관한 생생한 초상화. 과학이 이토록 흥미진진하거나 스릴 넘친 적이 있었던가."

—《메일 온 선데이*Mail on Sunday*》

"호기심에 바치는 찬가. 파트리크 드빌은 세속적 욕망을 초월하는 과학 정신을 찬양하는 한 편의 지식 찬미 서정시를 내놓았다."

— 피에르 페쥐,《필로소피*Philosophie*》

"드빌의 소설은 20세기의 소용돌이 속에서 살아야 했던 예르생의 파란만장한 생애를 웅변적으로 보여준다."

—《네이처*Nature*》

"파트리크 드빌은 이제 그가 추구해온 예술의 정점에 올라섰다."

— 쥘리앵 비송,《테크니카르*Technikart*》

차례

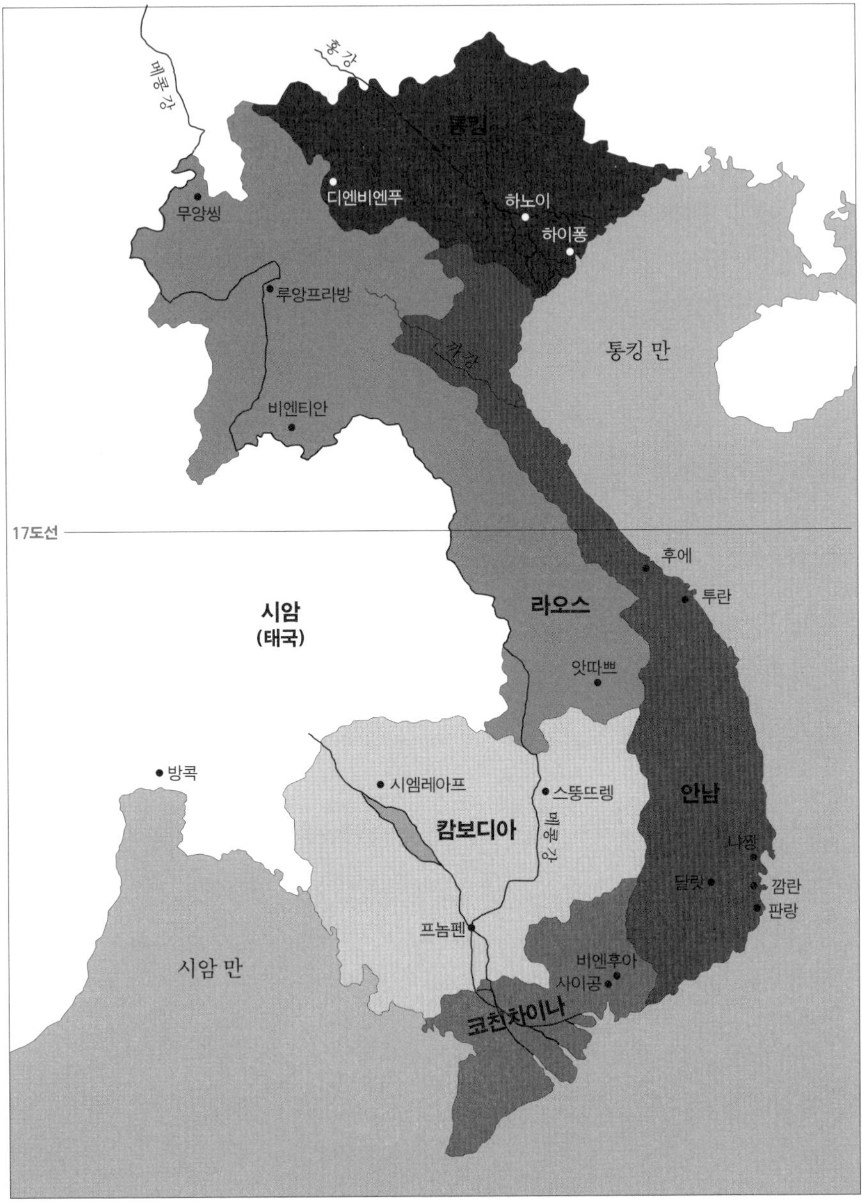

19세기 말 프랑스령 인도차이나 지도

◆ 위의 지도는 원서에 없는 것으로 독자들의 이해를 돕고자 수록하였다.

아! 그렇지, 전설이 되는 거지,

선무당들이 판을 치는 세기의 문턱에서!

- J. 라포르그

마지막 비행

검버섯이 피고 엄지가 갈라진 늙은 손이 타프타 천으로 만든 커튼을 젖혔다. 불면의 밤을 보내고 맞은 새벽의 진홍색 노을. 영예롭게 떠오르는 둥근 원반. 눈처럼 흰 빛과 창백한 황금빛이 어우러진 호텔 방. 멀리, 옅은 안개 뒤로, 거대한 철제 탑의 창살 사이를 파고드는 뿌연 빛. 아래쪽으로 보이는 자그마한 부시코 공원에 늘어선 짙은 녹색의 나무들. 전쟁이 계속되고 있는 이 봄에 도시는 이상하리만치 평온했다. 피난민들은 계속 밀려들어 왔지만. 꼼짝 않고 한자리에 잠자코 눌러앉아 있는 것이 목숨을 부지하는 거라고 생각하는 피난민들. 창문의 빗장쇠를 놓은 늙은 손은 가방의 손잡이를 잡았다. 여섯 개 층을 내려간 예르생은 니스를 칠해 광을 낸 나무와 누런 구리로 만들어진 회전문을 나섰다. 그가 차에 오르자 제복 차림의 기사가 택시 문을 닫았다. 예르생은 도망치는 것이 아니었다.

그는 이제껏 한 번도 도망치지 않았다. 이 비행은, 그가 사이공의 여행사를 통해 이미 몇 달 전에 예약해둔 것이었다.

그는 이제 머리가 거의 다 벗겨진 데다 허연 턱수염을 기른 파란 눈의 남자였다. 영국의 농장 경영주들이 즐겨 입는 재킷에 베이지색 바지, 앞 단추를 풀어놓은 흰 셔츠. 부르제 공항 대기실의 통 유리창 밖으로 바퀴를 지면에 고정시킨 채 정박 중인 수상비행기 한 대가 보였다. 희고 몸집이 작은 고래 같은 수상비행기는 동그스름한 뱃속에 열두 명의 승객을 태울 수 있었다. 트랩은 비행기 동체 왼쪽에 설치되었는데, 이는 예르생을 포함하여 최초의 항공기 이용자들은 모두 말 타기에 익숙한 기사들이었기 때문이다. 그는 이제 그의 작은 안남(安南)산 말들에게로 돌아갈 것이다. 비행기 안에 마련된 긴 좌석에 몇몇 도망자들이 앉았다. 그들의 짐 가방 속, 켜켜이 쌓인 셔츠와 야회복 아래 깊숙한 곳에는 돈다발과 금괴들이 들어 있었다. 독일 군대가 파리의 코앞까지 바짝 들이닥친 상황이었다. 이들 도망자들은 굳이 독일에 빌붙어 그들에게 힘을 보태는 굴욕적인 일을 하지 않아도 될 정도로 부유한 자들이었다. 이들은 벽에 걸린 시계와 자기들의 손목에 찬 시계를 번갈아가며 쳐다보았다.

독일국방군Wehrmacht의 사이드카 한 대만으로도 이 작은 흰 고래를 지상에 묶어두는 일 정도는 얼마든지 가능했다. 출발 예정 시간이 지났다. 예르생은 주변에서 들리는 걱정 가득한 대화 따위는 무시한다. 그는 수첩에 한두 문장씩 적어 내려간다. 마침내 날개가 교차

하는 조종석 위에 달린 프로펠러가 돌아가는 모습이 눈에 들어온다. 이윽고 비행기는 계류장과 활주로를 가로지르기 시작한다. 도망자들은 그럴 수만 있다면 손으로라도 비행기 동체를 밀어 비행기가 조금이라도 빨리 달리게 하고 싶은 심정이다. 모두들 자리에 앉는다. 아무리 마음이 급해도 단계를 밟아야 하는 법이다. 1940년 5월의 마지막 날. 뜨겁게 데워진 대기로 활주로의 물구덩이에서는 아지랑이가 춤을 춘다. 에어 프랑스사는 이 비행을 끝으로 몇 년 동안 비행을 중단하게 될 것이었다. 하지만 지금 이 순간 훗날의 상황이 그렇게 될 것을 아는 사람은 아무도 없다.

이번 비행은 예르생에게도 마지막 비행이다. 그는 그 후 다시는 파리를 찾지 않았다. 다시는 뤼테시아 호텔 7층 그의 방을 찾지 않았다. 그렇게 되리라는 걸 어느 정도 예감했던 그는 발 아래쪽으로 까마득히 보이는 보스 지방 피난민 행렬을 물끄러미 바라본다. 각종 가구들과 침대용 매트리스를 실은 자전거와 수레의 행렬. 트럭들도 걸어가는 피난민들의 보폭에 맞추어 거의 기다시피 천천히 앞으로 나아간다. 간간이 봄철 특유의 소나기도 뿌린다. 행렬의 발굽을 피해 한 무리의 곤충들이 겁에 질려 날아오른다. 뤼테시아 호텔 이웃 방 투숙객들은 그보다 앞서 호텔을 떠났다. 아일랜드 출신 꺽다리 안경잡이 조이스James Joyce는 정장 차림으로 벌써 알리에 지방으로 넘어갔다. 마티스Henri Matisse는 보르도를 거쳐 생장드뤼즈에 안착했다. 비행기는 마르세유로 향한다. 마르세유는 점점 그 세를 불려가는 파시즘과 프랑코주의 사이에 위태롭게 끼어서 명맥을 유지

해가고 있다. 북쪽에서는 전갈이 꼬리를 바짝 치켜세우고 내려칠 순간만 노리고 있다. 갈색의 페스트.

예르생은 두 언어와 두 문화, 곧 독일어와 독일 문화, 프랑스어와 프랑스 문화, 이러한 두 가지를 잘 알며, 그 둘 사이를 갈라놓는 해묵은 갈등도 잘 안다. 그는 페스트에 관해서도 누구보다 잘 안다. 페스트엔 그의 이름마저 붙어 있다. 소나기가 오락가락하는 프랑스의 영공을 그가 마지막으로 비행하던 1940년 5월의 마지막 날까지 쳐서 벌써 46년째 그의 이름은 페스트에 붙어 다닌다.

예르시니아 페스티스 *Yersinia pestis*.

곤충

노인은 수첩을 뒤적이더니 주변에서 나는 윙 소리에도 아랑곳 않고 잠을 청한다. 그는 벌써 여러 날째 잠을 이루지 못했다. 호텔은 팔뚝에 노란 완장을 두른 소극적 방위 의용군들 세상이었다. 밤이면 이들은 경계 태세를 강화했다. 이들은 술병들이 저장되어 있는 지하 창고 곁에 마련된 대피소에 안락의자를 가져다놓았다. 감은 두 눈꺼풀 뒤로 바다 위로 떨어진 햇살이 어른거린다. 어머니 파니[Fanny]의 얼굴도 떠오른다. 곤충 채집을 위해 프로방스에서 마르세유로의 여행길에 오른 젊은 커플. 아버지의 이야기를 쓰지 않고 어떻게 아들의 이야기를 쓸 수 있을까. 아버지의 이야기는 한없이 짧기만 하다. 아들은 아버지를 알지 못했으니까.

예르생 집안은 스위스 보[Vaud] 주의 모르주[Morges]에서 이웃집들과 마찬가지로 헐벗은 정도는 아니었지만 지극히 검소하게 살았다. 한 푼이라도 아껴야 했다. 낡아서 나달나달하게 해진 어머니의 치마는 하녀들에게 물려주는 것이 보통이었다. 아버지는 개인 교습을 해가며 제네바에서 중간 정도로 강도 높은 학업을 마친 후, 식물학과 곤충학이라면 사족을 못 쓰는 중학교 교사로 한동안 일했으나, 곧 돈을 좀 더 많이 벌기 위해 화약고 관리자가 되었다. 그는 늘 학자들이 입는 허리가 잘록하게 들어간 검은색 긴 재킷을 입고 높은 중절모를 썼으며, 초시류(鞘翅類)에 대해서라면 모르는 것이 없을 정도로 해박했고, 직시류(直翅類)와 메뚜기과 전문가였다.

그는 늘 메뚜기와 귀뚜라미들을 그리는가 하면, 이들을 죽여서 현미경에 앞날개와 촉수들을 올려놓고 들여다보고는 보 주 자연과학협회는 물론 프랑스 곤충학협회에도 논문을 보냈다. 그러던 그가 화약고 책임자가 되었는데 그 자리는 절대 우스운 자리가 아니었다. 전직한 후에도 그는 들에 사는 귀뚜라미의 신경 체계 연구에서 손을 놓지 않았으며, 화약고를 근대화하는 데 앞장섰다. 그러던 중 그의 이마가 마지막 남은 귀뚜라미를 짓이겼다. 맥없이 고개를 떨구었다는 말이다. 팔은 갑자기 수축 증세를 보이면서 유리병을 쓰러뜨렸다. 알렉상드르 예르생[Alexandre Yersin]은 서른여덟 살에 죽었다. 녹색 풍뎅이 한 마리가 그의 뺨 위로 기어갔다. 메뚜기는 그의 머리카락 속으로 숨어들고, 감자잎벌레는 벌어진 그의 입 속으로 들어갔다. 그의 젊은 아내 파니는 임신 중이었다. 화약고 수장의 과부는 남편이 급사하자 곧 화약고를 떠나야 했다. 죽은 이를 위한 조사(弔詞)가 끝난 지 얼마 지나지 않아 빨래더미와 설거지 그릇 더미 사이에서 한 아이가 태어났다. 그 아이에게는 죽은 남편의 이름을 붙여주었다.

청량하고 차가운 물이 넘실거리는 호숫가, 모르주에서 무화과나무 집을 구입한 어머니는 이 집을 여자 아이들을 위한 기숙사로 개조했다. 우아함을 타고난 데다, 예의범절 등에 정통했던 파니는 여아들에게 몸가짐과 요리, 약간의 미술과 음악 등을 가르쳤다. 그녀의 아들은 어머니가 하는 일에 대해 평생 경멸감을 감추지 않았으며, 예술과 취미활동을 혼동했다. 미술이니 문학이니 하는 것들은 그가 편지에서 '몹시 추한 여자'라고 부르던 여자들만큼이나 쓸모없는 짓거리에 불과해 보였다.

이 정도만으로도 당신은 그가 얼마나 길들여지지 않은 야성적인 아이였을지 짐작할 수 있을 것이다. 올가미를 씌우고, 돋보기로 불을 지피며, 전쟁놀이를 하거나 정글 탐험에 나섰다가 진흙 범벅이 되어 집으로 돌아오는 아이. 늘 혼자였던 그 사내아이는 한적한 시골을 휘젓고 다니거나 호수에서 수영을 하지 않으면 연을 만들어 날렸다. 아이는 곤충을 잡고, 잡은 곤충을 보며 그림을 그렸고, 녀석들의 몸에 핀을 꽂아 상자 속에 보관했다. 동서고금을 통해 희생제의는 죽은 자들을 부활시키는 역할을 한다. 전쟁을 일삼는 부족들이 창과 방패를 물려받듯 아이는 아버지에게 집안의 문장(紋章)을 이어받았다. 다락에 보관되어 있던 가방에서 현미경과 메스를 꺼낸 것이었다. 이로써 알렉상드르 예르생 2세, 곤충학자 2세가 탄생한 셈이었다. 죽은 아버지의 수집품은 제네바 박물관에 보관되어 있다. 금욕적으로 학업에 전념하는 일생을 보내면서 뇌혈관이 터지기를 기다리는 것이 어쩌면 이들 부자가 공통적으로 추구한 인생의 목표 같아 보이기도 한다.

세대가 바뀌었다고는 해도, 곤충들을 고문하는 각종 기발한 행동을 제외하면, 보 지방에서의 여가는 극히 제한적이었다. 아니, 여가라는 개념조차 낯설고 수상쩍게 보일 수 있다. 이곳에서의 삶은 살아야 하는 원죄에 대한 속죄이기에. 예르생 집안은 보 지역 프로테스탄트 교회가 로잔에서 분리되어 나와 세운 자유복음주의 교회의 그늘 밑에서 속죄하며 살았다. 이들 자유복음주의 추종자들은 국가가 목회자들에게 급여를 주고 교회당을 유지 관리해주는 것을 거부했다. 신자들은 검소하고 엄격한 생활 가운데에서도 국가의 도움 없이 스스로 목회자들을 먹여 살리기 위해 노고를 아끼지 않았다. 식성이 좋은 목사들을 보살핀다는 건 절대 쉬운 일이 아니었다. 신의 마음에 들기 위해서인지(성장해서 수를 불려 나가시오!) 목회자는 믿기 어려울 만큼 빠른 속도로 늘어만 갔다. 목회자들이란 이를테면 둥지 속에 웅크리고서 주둥이만 허공에 내놓고 사는 거대한 집단이었다. 어머니들은 낡아서 나달나달해진 치마를 더 이상 하녀들에게 물려주지 않았다. 신자들은 그들만의 엘리트주의와 성실함, 정직함을 토가처럼 온몸에 둘렀다. 그들은 가장 순결하며, 물질적인 삶에서 가장 멀리 떨어진 무리, 요컨대 신앙의 귀족들이었다.

일요일의 냉랭한 한기 속에서 풍기는 고결한 냉정함 같은 예르생의 기질에 대해 사람들은 어린 소년이 퉁명스럽고 무뚝뚝한 솔직함과 세속적인 부에 대해 경멸심을 품고 있다고들 말하곤 했다. 마땅한 놀이가 없어서 할 수 없이 공부나 하던 어린 예르생은 부모의 잔소리 없이도 자진해서 열심히 공부하는 청소년으로 자라났다. 무화과나무 집, 꽃이 가득한 작은 거실 출입이 허락된 유일한 남자라고는 어머니의 친구인 의사들뿐이었다. 그들은 한결같이 프랑스와 독일에 있는 두 대학 중에서 선택해야 한다고 말했다. 두 곳은 교육 방식에 차이가 있다고 했다. 라인 강 동쪽의 경우 교수의 이론 강의, 곧 셀룰로이드 깃을 세운 검은 옷을 입은 석학들이 강단에서 하는 강의가 주를 이룬다면, 파리의 경우, 흰 가운을 입고 환자 곁에서 지켜보는 이른바 도제식 모델이 중심이라는 것이었다. 이러한 임상 교육 모델의 창시자가 바로 라에네크René Laennec였다.

결국 독일 마르부르크로 가기로 결정되었다. 어머니와 어머니 친구들 때문이었다. 예르생 자신은 대처(大處) 베를린으로 가기를 원했으나 지방 소도시로 낙착을 보았다. 파니는 아들을 위해 명망 높은 교수 집에 방을 얻어주었다. 대학에서 강의를 하면서 미사에도 참석하는 최정상급 교수였다. 예르생은 고집스럽게 여자들을 멀리했다. 세상을 주유하기. 그는 어린 시절부터 세상 구경이라는 꿈을 간직해왔다. 이때부터 시작된 파니와의 서신 교환은 파니가 사망할 때까지 계속된다. "의사가 되면 난 엄마를 모시고 함께 프랑스 남부나 이탈리아에 가서 살 테지요, 그렇죠?"

그에게 프랑스어는 비밀스러운 언어, 엄마의 언어, 소중한 보물, 저녁에만 쓰는 언어, 어머니 파니에게 보내는 편지를 쓰기 위한 언어가 되었다.

예르생은 이제 스무 살이었고, 그때부터 온통 독일어로 엮어가는 그의 삶이 시작된다.

베를린에서

첫 한 해는 인내심이 절대적으로 필요한 기나긴 해였다. 7월에 쓴 편지에서 그는 "여느 때처럼 비가 내리고 춥습니다. 아무래도 마르부르크는 태양의 도시와는 거리가 멉니다"라고 썼다. 이론 위주의 강의뿐만 아니라 날씨까지도 그에게 커다란 실망감을 안겨주었다. 예르생은 실용적이고 경험적인 사고를 하는 사람이었으므로, 항상 연 하나라도 실제로 보고 만지고 조작하며 뚝딱거려서 만들어야 직성이 풀렸다. 그런데 그를 받아준 최고 권위자라는 사람은 은행에서 발행하는 지폐에 어울릴 법한 근엄한 얼굴만을 보여줄 뿐이었다. 미국 사람들은 이런 경우에 'dwem(dead white males 또는 dead white European males의 약자—옮긴이)'이라는 단어를 사용한다. 나이 든 백발의 현자, 일류로 손꼽히며 박식하고, 길게 기른 흰 턱수염과 코안경으로 상징되는 사람.

마르부르크는 대학 네 곳과 극장, 식물원, 법원과 병원이 각각 하나씩 있는 도시였다. 이러한 시설들은 모두 헤세[Hesse] 주 지방 영주들 소유의 성 아래쪽에 모여 있었다. 조사관이랄까 두더지 가죽 표지를 댄 수첩을 손에 쥔 속기사랄까, 그것도 아니면 에르생의 자취를 좇는 미래의 전기 작가 유령이랄까, 호칭이 어찌되었건 그 인물은 추어 조네[Zur Sonne] 호텔에 여장을 풀고 그의 영웅, 곧 젊은 시절 에르생의 발자취를 찾아 란[Lahn] 강변을 따라 경사진 거리들을 걷다가, 잿빛으로 낮게 드리운 하늘 아래 평화롭게 자리 잡은 문화 지역 한가운데에서 골조가 겉으로 드러나는 석조 건물을 발견한다. 그의 영웅 에르생, 엄격한 파란 눈에 이제 막 턱수염이 자라나기 시작한 키 작은 젊은 청년이 마르부르크에 도착해서 무한한 인내심을 발휘하며 지낸 곳이다.

본래 벽도 뚫고 지나가고 시간도 가로지르기 마련인 유령은 이 골재가 드러나는 석조 정면 뒤에 숨어 있는 가구들의 짙은 빛깔 목재, 서재를 가득 채운 책 장정이며 소파의 어두운 빛깔 가죽을 생생하게 본다. 검정색과 갈색이 주조를 이루는 플랑드르파 화가의 그림도 한 폭 보인다. 저녁이면 황금빛 등잔불 아래서 축복의 기도를 읊조리고 침묵 속에서 식사를 나누는 광경. 괘종시계의 추에 대롱대롱 매달린 그림자. 추는 똑딱 소리를 내며 돌아가는 톱니바퀴 장치를 조금씩 위로 밀어 올린다. 시청 정면 입구엔 죽음의 신이 매시간 모래시계를 돌려놓지만, 사람들은 그 사실을 모른다. 이와 같은 현재는 영원하다. 이 세상은 조금 더 진화한다고 해도 크게 나아질 것도 없을 것이다. 우리의 문명은 이미 정점에 도달한 상태니까.

아마도 기껏해야 몇몇 세부 사항 정도만 조정될 것이다. 의약품은 틀림없이 보다 완벽해질 수 있을 것이다.

식탁 끝에는 근엄하고 말이 없는 유피테르, 곧 철학박사이자 약학연구소 소장이며 식물원 원장, 대학 학장인 율리우스 빌헬름 비간트Julius Wilhelm Wigand 교수가 근엄한 모습으로 침묵을 지킨다. 저녁이면 교수는 보 지방 출신 청년을 자신의 서재로 부른다. 교수는 아버지처럼 그를 보살핀다. 그는 청년을 학문적으로 성장시키고, 어리석은 실수를 범하지 않도록 이끌어주고 싶어 했다. 때문에 말 그대로 스턴버그George Miller Sternberg 같은 자의 꽁무니나 따라다니는(독일어에서 stern은 선미, 즉 배의 끝을 뜻함—옮긴이) 그를 책망했다. 교수는 그러지 말고 차라리 동업자 조합에 가입할 것을 권유했다. 하지만 근엄한 교수 앞에 앉아 있는 이 수줍음 많은 학생 예르생은 아버지라고는 모르고 자라왔다. 그때까지 그는 아버지 없이도 얼마든지 잘 지냈다.

의학이나 법학, 식물학 또는 신학 중에서 어느 분야에 등록을 하건, 마르부르크 대학 학생들은 열이면 아홉은 공통적으로 동업자 조합 소속이었다. 가입 의식을 통해 선서를 하고 난 학생들은 저녁마다 벽을 문장들로 도배한 술집에 모여 심각할 정도로 얼굴을 치고받는가 하면 결투를 벌이는 것이 일이었다. 목도리로 목을 감싸고 흉갑으로 심장을 보호한 다음 학생들은 저마다 칼집에서 무기를 꺼내든다. 피를 흘리는 사람이 나오면 그 즉시 싸움을 중단한다. 이를 통해서 변함없이 돈독한 우정이 생겨난다. 이들은 후에 가슴에 훈장을 다는 것과 마찬가지로, 몸 위에 난 칼자국을 자랑스럽게 내보인다. 열 명 가운데 한 명은 이러한 동지애에서 소외된다. 이는 대학 내부의 암묵적인 법에 의해 유대인을 대상으로 자행된 일종의 차별적 제한numerus clausus이다.

검은 옷을 즐겨 입는 왜소한 체구의 보 지방 출신 청년은 얌전하게 학업에 전념하고, 시골길 산책에 나서거나 스턴버그와 토론하는 쪽을 택했다. 해부학과 임상 강의가 대형 강의실에서 진행되던 시절에, 이 두 사람은 병원에서 이루어지는 수업을 꿈꾸었다. 인체 해부. 생생한 현실 속으로 들어가기. 그러던 차에 마침내 베를린으로 가게 된 예르생은 일주일에 두 차례씩이나 대퇴부 절제 수술을 참관할 수 있었다. 마르부르크에서라면 그 같은 수술 참관은 1년에 한 번 정도가 고작이었다. 드디어 예르생은 대도시의 거리를 누비고 다니게 되었다. 그 해, 베를린의 호텔은 외교관과 탐험가들로 만원 사례였다. 베를린은 가히 세계의 수도였다.

비스마르크의 주도 하에 식민지를 경영하는 모든 나라가 아프리카를 나누어 갖기 위해 그곳으로 모여들었다. 베를린 회의Congress of Berlin(1878년 6월 13일부터 한 달간 베를린에서 열린 국제회의로, 유럽 열강들은 발칸반도에서 러시아의 영향력이 지나치게 확대되는 것을 방지하기 위해 회담을 가졌으나 만족스러운 결과를 얻지 못했고, 이는 간접적으로 제1차 세계 대전 발발의 원인이 되었음—옮긴이)가 열린 것이다. 14년 전 리빙스턴David Livingstone(1813~1873, 스코틀랜드 출신 의사이자 선교사, 오지 탐험가로 대영제국의 상업적 번영에 크게 공헌하는 한편 노예무역제도에 반대—옮긴이)을 찾아냄으로써 전설이 된 스탠리Sir Henry

Morton Stanley(1841~1904, 영국 출신 언론인, 탐험가로, 《뉴욕 헤럴드》 지 특파원으로 아프리카에 파견되어 그동안 행방이 묘연했던 리빙스턴을 발견한 것으로 유명해짐—옮긴이)는 콩고의 주인인 벨기에 왕의 특사로 회의에 참석했다. 신문을 통해서 리빙스턴의 일대기를 접한 예르생은 곧 리빙스턴을 자신의 모델로 삼는다. 스코틀랜드 출신 탐험가이면서 동시에 행동가, 학자, 목사, 잠베지 강의 발견자, 의사로 수년간 중앙아프리카의 미개척지에서 살았으며, 스탠리에게 발견된 순간에도 그곳에 남는 쪽을 택하고 그곳에서 생을 마감한 리빙스턴.

언젠가 예르생은 새로운 리빙스턴이 될 것이었다.

그는 어머니에게 보낸 편지에 그렇게 적었다.

독일은 프랑스, 영국과 마찬가지로 장검과 기관총을 휘둘러가며 제국을 건설하고 카메룬과 현재의 나미비아, 현재의 탄자니아를 식민지로 만든 뒤 잔지바르까지 진출했다. 베를린 회의가 개최된 바로 그 해에 「비스마르크의 꿈Rêve de Bismarck」의 지은이 아르튀르 랭보Arthur Rimbaud는 낙타 등에 총 2천 자루와 실탄 6만 개를 실어 아비시니아 왕국의 메넬리크 왕에게 보낸다. 프랑스 출신 시인이었던 랭보는 프랑스의 영향력을 증진시키며, 고든Charles George Gordon 장군(1833~1885, 스코틀랜드 출신 군인으로 북아프리카 통치에 전력하다 전사—옮긴이)이 주도하는 영국과 이집트의 영토 확장 야심을 견제한다. "그들이 추종하는 고든은 멍청이이며, 그들이 따르는 울슬리Garnet Joseph Wolseley(1833~1913, 아일랜드계 영국 군인으로 특히 나일 강 원정을 비롯한 아프리카 전투에서 활약—옮긴이)는 당나귀처럼 아둔하며, 따라서 그들이 추진하는 계획들이란 몰상식하기 짝이 없는 부조리와 약탈의 연속일 뿐이다." 랭보는, 보들레르Charles Baudelaire가 사하라에 대해 글을 썼듯이, 그가 지부티라고 적은 항구의 전략적 중요성을 언급한 최초의 인물로, 프랑스 지리학회를 위해 탐사 계획서를 작성했으며, 지정학 관련 기사들을 《보스포르 에집시앙*Bosphore égyptien*》에 기고했다. 그가 쓴 기사는 독일과 오스트리아, 이탈리아 등지에서 커다란 반향을 일으켰다. 랭보는 전쟁의 참화를 묘사한다. "아비시니아 사람들은 이집트인들이 남겨둔 두라 비축분을 단 몇 달 만에 게걸스럽게 다 먹어치웠다. 그 정도 양이면 몇 년은 충분히 먹을 수 있는 양이었다. 기근과 페스트도 임박했다."

페스트를 퍼뜨리는 건 곤충이다. 벼룩이라는 곤충. 하지만 그때까지만 해도 사람들은 이러한 사실을 알지 못했다.

베를린에 머무르던 예르생은 예나로 간다. 그는 칼 자이스Carl Zeiss에서 가장 성능 좋은 현미경을 구입했으며, 이 현미경은 그 후 한 번도 그의 곁을 떠나지 않는다. 그의 여행 가방에 들어가 온 세계를 돌아다녔으며, 10년 후엔 페스트균을 발견하게 된다. 칼 자이스는 스피노자와 비슷한 구석이 있어서, 두 사람에게는 렌즈 연마라는 작업이 성찰을 하는 데, 유토피아를 꿈꾸는 데 매우 유용하게 작용했다. 스턴버그는 바뤼흐 스피노자Baruch Spinoza 역시 유대인이었다고 말하곤 했다. 다시 마르부르크에서 만나게 된 두 유학생은 번갈아가며 새로 장만한 현미경 접안렌즈에 매달렸다. 두 사람은 톱니

장치를 돌려 현미경을 조절해가며 잠자리 날개의 기하학에 심취했다. 예르생도 상점 진열장 유리를 깨뜨린다거나 주먹질을 해대는 반유대주의적 폭력성을 목격했다. 이 두 학생이 나눈 대화 가운데에는 어쩌면 페스트라는 단어도 이따금씩 끼어들었으리라.

페스트와 한센병에 걸려보지 않은 사람들에게는 이 두 질병을 혼동하는 경우가 매우 흔하다. 중세에 몰아친 페스트, 흑사병이라고 하는 질병은 2천 5백만 명의 목숨을 앗아갔다. 당시의 인구학적인 관점에서 2천 5백만이라는 숫자는 유럽 인구의 절반에 해당했다. 이제까지 그 어떤 전쟁도 이처럼 대량으로 인간의 목숨을 앗아간 적이 없다. 전염병의 어마어마한 확산 규모는 가히 형이상학적이었으며, 따라서 이를 가리켜 신의 노여움이니, 신이 내린 형벌이라는 표현이 사용되었다. 스위스 사람들을 두고 언제나 관용과 온건을 신봉하는 유순한 사람들이라고 말하기는 어렵다. 5세기쯤 전에 호수 연안 빌뇌브 주민들이 우물에 독을 풀어 전염병을 퍼뜨렸다는 혐의로 유대인들을 산 채로 화형에 처한 전례만 보아도 그렇다. 그로부터 5세기 후, 무지몽매함은 줄어들었다고 해도, 증오심은 여전했다. 페스트에 대해 무지한 것도 5세기 전이나 별반 다르지 않았다. 페스트가 어떻게 전파되는지, 어떻게 인간의 목숨을 빼앗아가는지, 또 어떻게 소멸하는지 알지 못했다. 언젠가는 알려지겠지. 두 학생은 과학을 신뢰했다. 진보를 믿었다. 페스트를 치료하는 것은 말하자면 일석이조라고 스턴버그는 말했다. 그런 그에게 예르생은 파리로 가겠다고 선언했다.

이듬해, 예르생은 파리에서 학업을 계속한다. 베를린 회의가 열린 그 해, 랭보가 낙타 궁둥이에 올라타고 사막의 바위 사이를 헤치고 다니며 발품을 파는 동안, 루이 파스퇴르Louis Pasteur는 어린 조제프 메스테르Joseph Meister의 생명을 구한다. 백신으로 광견병을 치료하는 문이 활짝 열린 것이었다. 머지않아 페스트와 콜레라는 둘 중 어떤 병으로 죽게 될 것인지 조마조마하게 만드는 저승사자가 아니라 둘 다 치료 가능한 질병이 될 터였다. 예르생에게는 2개 국어를 능숙하게 구사한다는 장점이 있었다. 만일 스턴버그도 2개 국어를 유창하게 말할 수 있었다면 스킬라와 카리브디스 사이에서 망설이듯(카리브디스와 스킬라는 그리스 신화에 등장하는 바다의 괴물로 각각 메시나 해협 양쪽에 살았다고 함. 카리브디스는 모두에게 죽음 또는 삶을, 스킬라는 일부에게는 죽음을, 나머지에게는 삶을 상징함. 따라서 매우 어려운 선택을 가리키는 표현으로 사용됨—옮긴이) 베를린과 파리를 놓고 망설였을 것이다. 스턴버그는, 같은 말을 반복하는 감이 없지 않지만, 명철한 염세주의자였던 것이다. 10년 후, 드레퓌스 사건이 발발했을 무렵, 예르생이라는 이름은 그 어떤 탄원서에도 등장하지 않는다. 유럽에 휘몰아친 그 모든 회오리바람은 얼른 그 같은 바람에서 안전한 곳, 사건의 대척점으로 가고 싶은 마음을 불러일으키는 것이 사실이다. 드레퓌스 사건 재판이 시작될 무렵 예르생은 냐짱(영어식 발음 '나트랑'으로 널리 알려진 베트남의 도시—옮긴이) 또는 홍콩을 거처로 삼아 활동 중이었다.

파리에서

파리에 처음으로 발을 들여놓은 예르생이 발견한 것은 특히 반독일주의 풍조였다. 파리에서는 뾰족 투구와 바바리아 지방 분위기를 풍기기보다는 스위스 목동들의 요들송을 부르거나 그들이 쓰는 괴상망측한 스위스 모자를 쓰는 편이 훨씬 나았다.

15년 전부터, 특히 세당Sedan 전투 이후 프랑스는 영토가 훨씬 쪼그라들었고 따라서 이는 그대로 좌시할 수 없는 상황이었다. 알자스와 로렌 지방을 빼앗긴 프랑스는 거대한 해외 영토 개척을 통해, 다시 말해서 독일보다 훨씬 큰 식민지 제국을 건설함으로써 통쾌하게 복수했다. 카리브 해 제도에서 폴리네시아 제도에 이르기까지, 아프리카와 아시아에 이르기까지, 영국 깃발 유니온 잭이 꽂힌 곳에서는 태양이 지는 법이 없는 것과 마찬가지로 프랑스의 삼색기도 세계 전역에서 펄럭였다. 그 해, 라오스 탐험에 나선 파비Auguste

Pavie(1847~1925, 프랑스 출신 탐험가, 외교관, 고위 공무원으로 특히 인도차이나 지역 탐험가로 명성을 떨침—옮긴이)는 콩고 개척자 브라자Pierre Savorgnan de Brazza(1852~1905, 이탈리아 출신 탐험가로 프랑스 지리학회의 지원을 받아 콩고 강 우안을 개척. 콩고공화국의 수도는 그의 이름을 따서 브라자빌로 명명—옮긴이)를 만난다. 파리 마자린 가의 카페 라 프티트 바슈에서였다. 그곳은 사하라 주둔 부대원들의 아지트였다. 프랑스 해군은 2년 전 코친차이나에서 출발하여 안남과 통킹 지역(19세기 후반 프랑스는 베트남 식민지를 세 개 구역으로 나누어 북부를 '통킹', 중부를 '안남', 남부를 '코친차이나'라고 불렀으며, 이 세 지역을 식민지 분리 정책에 따라 각각 다른 방식으로 분할 통치함—옮긴이)을 차지했다. 예르생은 이런 이야기들을 읽으면서 지도를 살피곤 했다. 이들이야말로 진짜 남자들로, 이런 자들이라면 절대 마르부르크 같은 곳에서 허송세월을 할 까닭이 없었다. 그는 자신의 선택이 옳다고 믿었다. 모름지기 남자라면 파리 같은 곳에서 살아야 한다고 확신했다.

파리는 현대적인 도시였다. 예르생의 일생에서 그처럼 현대적인 도시에서 사는 건 어쩌면 마지막이었을 것이다. 오스만Georges-Eugène Haussman 남작의 도시 혁신 사업은 일단락되었다. 지하철 건설 계획이 추진 중이었다. "나는 루브르 박물관으로 들어갑니다. 오늘은 고대 이집트 관련 유물들을 관람했습니다." 예르생은 봉마르셰 백화점의 살롱에서 신문을 읽는다. 백화점의 소유주인 부시코Boucicaut 집안은 25년 후 백화점과 마주 보는 곳에 뤼테시아 호텔을 짓는다. 인생의 황혼기에 접어든 예르생은 해마다 지구를 가로지르는 여행을 마치고 나면 이 호텔에서 몇 주 정도 묵었다. 7층 모퉁이에 위치한

늘 같은 방에서 묵었는데, 이 방은 학생이던 그가 파리에 와서 처음으로 구한 방, 마담 가의 지붕 밑 다락방에서 불과 몇백 미터 떨어진 곳이었다. 그 다락방에서 그는 목을 많이 꺾으면 저만치 생쉴피스 성당 종탑이 보인다고 어머니께 적어 보냈다.

윌름 가, 루이 파스퇴르는 2차 광견병 백신 접종을 성공리에 마쳤다. 그는 어린 조제프 메스테르에 이어 쥐라 지방 출신 장바티스트 쥐피유Jean-Baptiste Jupille를 광견병으로부터 구했다. 머지않아 도처에서 그에게 도움을 청해오기 시작한다. 그때까지 프랑스나 러시아 구별 없이 농촌이나 눈 덮인 숲 전역에서 치료행위란 광견병에 걸린 개들을 포박하여 이들을 질식시키는 것이 고작이었다. 운이 나쁘면 그러다가 의료진까지 개에게 물리는 수도 있었다. 대모험은 사하라 사막 모래 언덕뿐만 아니라 윌름 가 모퉁이에서도 시작된 셈이었다. 미생물학의 새로운 국경이 생겨난 것이다. 신문을 정독하는 이제 겨우 스물두 살 먹은 외국 유학생 예르생은 어머니에게 전적으로 얹혀사는 형편이었다. 그는 그 무렵 다른 모든 남자들과 마찬가지로 수염을 짧게 자르고, 어두운 색 재킷을 걸쳤으며, 프롤레타리아 계급에 속하는 자들이 '독일 놈들이 못 마시게 이걸 다 마셔야 한다', '독일 놈들에게 술독을 내주는 거야말로 어리석기 짝이 없는 노릇이다'라는 명분을 내세워가며 부어라 마셔라 하는 싸구려 카페에서 끼니를 해결했다. "노동자들과 독일 출신으로 보이는 사람 사이에서 벌어진 격렬한 싸움을 지켜보았습니다. 운이 없으려니 그자가 자기도 모르게 독일어를 사용한 것이 발단인 것 같아 보였습니다. 그자는 거의 실신할 정도로 얻어맞았죠."

어쨌거나 그는 한동안 궁핍한 생활을 면치 못했다. 그는 코르닐 Victor André Cornil 교수의 세균학 강의에 등록했다. 세균학은 새로 부상한 학문이었다. 예르생은 평생 새로운 것, 완전히 현대적인 것을 선택한 사람이었다.

파스퇴르는 예방접종을 하느라 눈코 뜰 새 없이 바쁜 몇 달을 보냈다. 1886년 1월, 예방접종을 한 1천 명 중에서 여섯 명이 숨을 거두었는데, 네 명은 늑대에게, 두 명은 개에게 물린 환자들이었다. 7월이 되자, 성공 2천 건에 실패는 채 열 건이 되지 않았다. 예방접종을 하고도 사망한 자들의 시신은 오텔디외Hôtel-Dieu 병원으로 보내졌으며, 그곳에서 예르생은 코르닐 교수의 지시대로 이 시신들을 해부했다. 칼 자이스 현미경이 내린 진단은 칼 같았다. 척수에서 예방접종의 무해성이 관찰되었기 때문이었다. 죽은 이들은 시기적으로 너무 늦게야 예방접종을 받은 것이었다. 예르생은 이 결과를 파스퇴르의 조수인 에밀 루Émile Roux에게 제출했다. 의사 가운을 걸친 두 고아의 만남은 이렇게 해서, 오텔디외 시체 안치실에서 광견병에 걸려 죽은 시체들을 앞에 놓은 채로 시작되었고, 이 만남으로 두 사람의 인생은 완전히 달라진다.

모르주 출신 고아와 콩폴랑 출신 고아.

루는 예르생을 파스퇴르에게 소개했다. 수줍음 많은 예르생은 파스퇴르라는 거물과 그가 일하는 곳을 처음으로 방문한 다음 어머니에게 이렇게 적어 보낸다. "파스퇴르 박사의 진료실은 네모반듯하고 작으며 커다란 창문이 두 개 있었습니다. 한 창문 근처에 작은 테이블이 하나 놓여 있는데 그 위엔 접종할 바이러스가 든, 굽 달린 유리병들이 쭉 늘어서 있었죠."

예르생은 곧 윌름 가에 자리 잡은 이들 가까이로 거처를 옮긴다. 아침마다 안뜰엔 예방접종을 받으려는 사람들이 마음 졸이며 길게 줄을 섰다. 파스퇴르가 진찰을 하면 루와 그랑셰[Jacques-Joseph Grancher]가 예방 주사를 놓았고, 예르생은 이를 위해 백신을 준비했다. 그는 정식 직원이 되어 적은 액수지만 봉급도 받게 되었다. 이날 이후 그는 누구에게도 손 내밀지 않게 된다. 모르주 출신 고아와 콩폴랑 출신 고아가 쥐라 출신 근엄하고 박식한 파스퇴르라는 아버지를 얻은 것이다. 늘 검은 프록코트를 입고 다니는 자. 성서적인 이름을 가진 자. 양떼들이 풀을 뜯도록 풀밭으로 인도하는 자. 영혼을 구원으로 이끄는 자.

병들었지만 여전히 고등사범학교 책임자직을 맡고 있던 루이 파스퇴르는 과학 한림원 회원들 앞에서 발표를 마쳤다. 광견병 예방접종을 위한 기구를 설립해야 할 필요가 있었다. 파리 시가 그에게 보클랭 가에 위치한 벽돌과 판자로 엉성하게 지어 거의 다 망가진 4층짜리 건물을 임시로 내주자, 파스퇴르를 중심으로 하는 이들 소규모 파스퇴르 사단은 그곳에 둥지를 틀었다. 이것이 이들의 공동체적인 삶의 시작이었다. 안뜰 쪽에 외양간과 개 우리, 접종실 등이 마련되었다. 루, 루아르[Adrien Loir], 그랑셰, 비알라[Viala], 바세르주그[Etienne Wasserzug], 메치니코프[Elie Metchnikoff], 하프킨[Waldemar Haffkine], 예르생으로 이루어진 파스퇴르 사단은 건물 위층에 진을 쳤다. 예르생은 누군가가 그를 하프킨처럼 예르신이라고 부르면 금세 토라져서 눈살을 찌푸리곤 했다. 그는 매일 아침 생페르 가에서 진행되는 의학 수업을 듣기 위해 집을 나섰다. 정오엔 게이뤼삭 가의 작은 바에서 점심을 때웠다. 그는 디프테리아와 당시만 해도 막연하게 폐병이라고 부르던 결핵을 논문 주제로 삼았다. 이를 위해 그는 아동병원에서 임상 사례를 관찰하면서, 잔뜩 부어 오른 목에서 표본을 채취하고, 점막을 추출했으며, 디프테리아 독소를 분리해내고자 시도했고, 그러는 와중에도 잡지에서 탐험가들의 여행기록을 꼼꼼히 읽었다.

프랑스 중앙은행은 파스퇴르 연구소 기금을 마련하기 위해 전 세계를 대상으로 모금 운동을 펼쳤다. 각지에서 돈이 몰려들었다. 러시아 차르, 브라질 황제, 이스탄불 술탄 등이 앞다퉈 분담금을 보내왔을 뿐 아니라 평범한 소시민들도 참여했다. 이들의 이름은 매일 아침 《주르날 오피시엘*Journal Officiel*》에 실렸다. 나이 든 파스퇴르는 아침마다 그 명단을 빠짐없이 읽었다. 어린 조제프 메스테르가 서 푼을 기부했다는 사실을 알고서 그는 눈물을 흘렸다. 기금이 모인 덕분에 이들은 파리 15구에 얼마간의 땅을 구입했다. 루와 예르생은 매주 뒤토 가의 건축 작업 진척 상황을 살피고 윌름 가로 돌아와, 동료들과 합류하기 위해 파스퇴르와 그의 아내가 사는 아파트로 갔다. 거기가 바로 마스터플랜이 완성되는 사령부였다. 검은 프록코트 차림의 늙은 파스퇴르는 이미 두 차례나 뇌혈관 계통 발작을 일으킨 터라 말이 어눌했으며, 왼쪽 팔은 마비되었고, 다리도 질질 끌며 걸을 정도로 건강 상태가 좋지 않았다. 루와 예르생은 건축가와 더불어 새로 세워지게 될 파스퇴르 연구소의 내부 계단을 설계했다. 그들은 계단 하나하나의 높이를 낮추는 대신 개수를 늘리는 편을 택했다.

늙고 병든 파스퇴르에게서는 더 이상 새로운 발견은 기대할 수 없었다. 그의 제자들 가운데에서 가장 뛰어난 루, 그의 친자에 버금가는 후계자인 루가 그의 뒤를 이을 것이었다. 파스퇴르는 마지막 남은 힘을 이론적인 투쟁에 쏟아부었다. 지난 20년 동안 누가 시킨 것도 아니었지만 그에게 대항하려는 새로운 세대 연구자들이 기적처럼 치고 올라오는 중이었다. 파스퇴르는 무에서는 아무것도 태어나지 않는다고 주장했다. 그렇다면 신은 어떻게 되는 것인가. 어째서 지난 여러 세기 동안 그 모든 미생물들의 존재가 감쪽같이 우리에게 드러나지 않았단 말인가. 어째서 어린아이들, 특히 가난한 집안의 아이들이 죽어갔단 말인가. 파니는 몹시 불안해했다. 파스퇴르는 다윈과 비슷한 부류의 인물이었다. 종의 기원과 생물학적 진화, 곧 미생물에서 인간으로 진화해왔다는 생각은 성서의 내용과는 뚜렷하게 배치된다. 예르생은 어머니의 그러한 걱정쯤은 웃어넘겼다. 그의 동료들도 마찬가지였다. 머지않아 이 모든 것이 명백하다는 것이 알려질 테니까. 실험을 통해 진화 내용을 재현함으로써 이를 설명하고, 가르치면 될 테니까. 그들은 한 세기하고도 반 세기가 더 지난 오늘날에도 여전히 지구 인구의 절반이 창조론을 옹호한다는 사실을 상상이나 했을까?

파스퇴르 사단이 형성되어가던 시절, 사하라 주둔 부대원 무리는 여전히 마자린 가의 술집에서 모였으며, 그 사이 시인들의 패거리는 점차 빛을 잃어갔다. 이 세 무리가 공존하던 시기도 있었다. 이들은 같은 도시, 그것도 거의 같은 길을 사이에 두고 공존했다. 프랑스 출신 온화한 시인 방빌Théodore de Banville(1823~1891)은 뷔시 가에 머물면서 자기 집에 딸린 하녀 방을 랭보에게 빌려주었으나, 랭보는 곧 베를렌과 함께 라신 가로 옮겨간다. 비상한 투시력을 지닌 랭보가 떠나자 시인 그룹은 눈에 띄게 생기를 잃었다. 그럼에도, 거의 습관적으로, 그들이 실험실이라고 부르는 술집에 모여 술과는 다른 삶의 묘약들을 만드느라 고민을 거듭했다. 이제는 총기를 잃은 시인들의 머릿속에 자리 잡은 다채로운 빛깔의 요정들은 계속 후속구로 이어지긴 하나 점차 패기를 잃어가는 12음절의 시구들에 젖어들었다. 현미경과 더불어 완전히 현대적인 주사기마저 등장한 이 시기에, 훗날 에티오피아의 황제로 등극하는 메넬리크 2세 왕에게 총을 팔러 떠나는 젊은 신예 시인 랭보에 의해 치명타를 맞은 12음절 시구들은 속절없이 무너져 내렸다.

예르생으로 말하면 손에 잡히는 건 모조리 읽는 편이었지만, 특히 과학이나 탐험 기록에 관심을 쏟았다. 그는 평온하고 고독한 가운데에서, 슬렁슬렁 놀기만 하면서 일이라고는 하지 않는 것처럼 보이는 건달처럼, 다시 말해 일하는 티를 내지 않으면서 일했다. 그것이 그가 지닌 우아함이기도 했다. 그는 밤이면 미생물을 이리저리 요리해서 어떤 반응이 나타나는지 관찰할 준비를 했다. 그가 사용하는 온갖 기구들이란 보는 이들의 시선을 사로잡기에 충분했다. 준비를 마치면 드디어 실전에 들어간다. 말하자면 실제로 연을 날리는 것이다. 그는 닭장과 쥐 우리를 열고 실험 대상이 될 표본을 골라 백신을 접종하며, 마술사의 솜씨로 토끼에게 새로운 유형의 실험용 결핵균, 이른바 티푸스형 급성 속립 결핵균을 주사한다.

검은 옷차림의 이 왜소한 청년은 그걸 들고 실험실로 가서 루에게 시험관을 내민다. 아니면 마술사의 모자에서 흰 토끼를 꺼내 녀석의 두 귀를 잡고 바닥 깔개 위에 내려놓는다. 내가 한 가지 사실을 발견했습니다. 엄지와 검지로 현미경의 톱니바퀴를 조절하던 루는 두 눈을 들고 고개를 돌려 눈살을 찌푸리며 이 수줍음 많은 학생을 아래에서 위로 쭉 훑어본다. '예르생 유형의 결핵'은 의학 교재에 수록되었으며, 이로써 그의 이름은 이미 후배 일반의와 의학사 연구가들의 기억에 오래도록 남게 되었다. 하지만 일반 대중에게서 그의 이름은 삽시간에 잊혀졌다. 덕분에 페스트균의 발견자라는 사실에도 불구하고 오늘날 그를 아는 사람은 많지 않다. 결핵에 걸린 가엾은 토끼는 기침을 하고 그때마다 폐에서 피가 나오더니 결국 바닥 깔개에서 숨진다. 녀석의 흰 털 군데군데에 묻은 선홍색 핏방울이 선명하다. 녀석의 순교 덕분에 청년은《파스퇴르 연구소 아날*Annales de l'Institut Pasteur*》에 최초로 논문을 실었다. 논문은 루와 예르생의 공동 저술이었다. 하지만 이 무렵 예르생은 아직 의사도 아니었고, 프랑스인도 아니었다.

파리에 온 지 3년째 되는 해에 예르생은 스물다섯 살의 나이에 논문을 발표하였으며, 이때 받은 동으로 만든 메달을 주머니에 고이 간직한다. 그 메달은 어머니에게 선사할 것이었다. 아침에 정식으로 의학박사임을 인정받은 그는 그날 저녁 바로 독일행 기차에 몸을 싣는다. 파스퇴르가 그에게 베를린 위생연구소 소속으로 결핵균의 발견자인 로베르트 코흐Robert Koch가 개설한 기술적 미생물학 강의에 등록할 것을 권유한 탓이었다. 예르생은 스위스 출신으로 독일어, 프랑스어 둘 다 자유롭게 구사할 수 있었다. 사실 그의 시도는 간첩 임무와 크게 다르지 않았다. 예르생의 수첩에 "위대한 라마승 코흐"라고 묘사된 이 인물은 그의 저술에서 파스퇴르를 맹렬하게 공격한다. 예르생은 총 24회에 걸친 강의를 착실하게 수강하면서 내용을 수첩에 빼곡하게 기록한 후, 코흐의 발언을 파스퇴르에게 통역해주고, 실험실 배치도를 그리고 보고서를 작성해 그에게 보내면서 파리에서도 이 정도를 하기란 그다지 어려운 일이 아닐 거라는 결론까지 덧붙인다.

그가 파리로 돌아온 직후 루와 예르생이 공동 필자로 참여한 두 번째 논문이 발표된다. 훗날 파스퇴르 연구소가 될 건물은 사디 카르노Sadi Carnot 대통령과 국제적인 인사들이 참석한 가운데 화려하게 준공식을 가졌다. 이때까지도 예르생은 여전히 스위스인이었다. 프랑스 법은 공화국 시민만이 의료 행위를 할 수 있다고 못 박아놓고 있었다. 프랑스 시민이 되기 위한 절차를 밟기 시작한 그는 파니에게 편지를 보낸다. 외가 쪽 조상들이 프랑스인이었으므로 서류는 빠른 시일에 마무리되었다. 종교 분쟁을 피해 프랑스를 등진 칼빈파. 프랑스는 이 돌아온 탕자를 받아들였다.

보클랭 가에서 각기 다른 일에 매달리던 두 사람은 어느 날 오후 흰 가운을 현관 옷걸이에 걸고 평상복 재킷을 입었다. 루는 팡테옹 광장에 자리 잡은 파리 5구 구청에 가는 그의 실험실 조수 예르생과 동행했다. 가까운 거리였다. 두 남자는 등기부에 서명했다. 구청 직원은 압지로 잉크를 빨아들인 다음 증명서를 내밀었다. 두 사람은 시인들처럼 술집에 들러 한 잔 마시면서 이 일을 축하할 겨를도 없었다. 연구실로 돌아온 두 사람은 이내 다시 백색 가운으로 갈아입고 번센 버너(실험실용 버너—옮긴이)에 불을 붙인 다음 잠시 중지했던 세균 요리를 시작했다. 이제 예르생은 프랑스 학자였다.

퇴출

그런데 만일 그가 내내 스위스인으로 남아 있기를 고집했거나 독일인이 되었다면? 비행기 안에서 졸고 있는 이 노인, 파란 눈동자에 흰 턱수염을 기르고, 평정심을 유지하고 있는 그가 파스퇴르가 아니라 코흐를 택했다면? 만일 그랬다면 독일 제국 여권을 가진 이 일흔일곱 살의 노인은 어디에 정착했을까? 천재들이 사기를 당하는 일이 흔하게 있다. 이들의 순진함을 천하가 다 알기 때문이다. 파리 한 마리도 죽이지 못할 것 같은 어떤 이들은 수수께끼를 푼다는 즐거움 하나만으로 대량 학살 무기를 발명해낸다. 만일 이 노인이 전쟁이 막 발발한 이 무렵에 베를린에서 은퇴한 의사로서의 여생을 보내고 있는 중이었다면? 그가 만일 마르부르크에서 독일 여자와 결혼이라도 했다면, 그의 자식들과 손주들은 지구상 어느 곳에서 어느 나라의 군복을 입고 있을까?

지금 우리는 1940년 5월의 태양 아래서 익어가는 론 강 이북 지역의 포도 농장 위를 내려다보고 있는 중이다. 포도를 수확할 무렵이면 전쟁에 동원된 자들이 돌아올까? 정치에 관해서라면 언제든 손을 씻으려 했던 에르생은 상당히 위험스러운 처지에 놓여 있었다. 역사를 모른 체하고 그 역사가 빚어놓은 음식을 맛없다고 저만치 밀어놓기. 이타주의자들이 흔히 그렇듯이 그는 개인주의자였다. 인간을 너무 사랑하다 결국 인간을 혐오하게 되는 건 한참 후의 일이다.

예르생으로서도 그건 어쩔 수 없었다. 그는 모든 걸 알아야 직성이 풀리는 사람이었다. 수첩을 열고, 승무원들에게 금속으로 만들어진 작은 흰 고래에 대해 끊임없이 질문을 퍼부었다. 에어 프랑스사의 수상비행기, 아니 마르세유를 향해 날아가는 배는 설계자 두 사람(리오레[Lioré]와 올리비에[Olivier])의 이름을 따서 레오[LeO], 좀 더 정확하게는 레오 H-242라고 불렸다. 동체는 양극 산화 처리된 두랄루민으로 만들어졌다. 예르생은 이 같은 사실들을 빠짐없이 수첩에 기록했다. 양극 산화 처리된 두랄루민이라면 분명 이제까지는 볼 수 없었던 신소재였다. 그는 아시아에서 이 두랄루민이라는 신소재를 이용해서 무엇을 건설할 수 있을지 자문해보았다. 그를 둘러싼 열한 명의 승객들은 등받이가 높이 올라오는 편안한 의자에 앉아 있었다. 술도 얼마든지 제공되었다.

비행기가 일시 기착하는 휴양지들 중에서 되는 대로 어느 한 곳을 택해 그곳에 재산을 숨기고 편하게 여생을 보내려는 이들 부유한 도주자들, 특혜를 누리는 겁쟁이들에게 둘러싸인 예르생은 수첩에 뭔가를 기록하는 데 전념하는 시늉을 하면서 그들과의 번잡스러운 교류를 피했다. 그는 이미 이름과 얼굴이 세간에 상당히 알려진 유명인사였다. 그는 파스퇴르 사단 중에서 가장 늦게까지 생존한 유일한 인물이기도 했다. 사람들은 그가 비행기의 종점인 사이공까지 가며, 그곳에 도착하기까지는 일주일이 걸린다는 사실을 알고 있었다. 여객선 편으로는 한 달이 걸리던 여정이었다. 여행을 할 때마다 그는 대형 박스 여러 개에 실험에 필요한 각종 설비, 유리 도구들, 정원에 뿌릴 종자들을 잔뜩 실어왔다. 전쟁으로 말미암아 또다시 교통과 통신이 두절될 것이었다. 1914년 전쟁 때와 다를 바 없는 혼돈 상태였다.

예르생이 유럽을 떠나 산 세월이 어언 50년이었다. 그는 아시아에서 제1차 세계 대전을 겪었으며, 이제 같은 곳에서 2차 대전을 맞게 될 터였다. 그는 혼자 전쟁을 겪을 것이다. 늘 그랬듯이. 아니, 소규모 그룹, 이른바 예르생 사단이라고 할 수 있는 이들과 더불어 작은 어촌 마을 냐짱에서 전쟁을 맞이하게 될 것이다. 해를 거듭함에 따라, 고독한 외톨박이는 무리를 이끄는 리더의 면모를 보여왔다. 그는 그곳에서 일종의 공동체, 이를테면 속세로부터 멀리 떨어져 앉은 세속적인 수도원 같은 곳을 설립했으며, 지금 그곳으로 가는 중이었다. 그가 설립한 냐짱 공동체는 그 자신이 천명했듯이 검소한 독신 생활, 형제애를 나누는 생활을 지향한다. 과학을 추구하면서 농사도 함께 짓는 예르생의 냐짱 공동체는 무정부주의를 지향한 체칠리아 공동체[Colônia Cecilia](1890년 브라질에서 설립된 공동체로 특히 조반니 로시를 중심으로 하는 이탈리아 무정부주의가 추구하는 원칙을 실천하며 살고자 시도했음—옮긴이) 또는 푸리에 Charles Fourier(1772~1837, 프랑스의 철학자로 공상적 사회주의의 원조로 알려졌으며, 집단 소유에 입각한 팔랑주라는 이름의 공동조합 체제를 구상했음—옮긴이)의 사상을 신봉하는 사회주의적 공동체를 떠올리게 한다. 하얀 턱수염을 길게 기른 예르생은 말하자면 그 공동체의 수장 격이었다. 만일 예르생의 면전에서 이런 이야기를 했다면 그는 어깨만 한번 으쓱했을 것이다. 왜냐하면 그는 다른 일에 열중하다 보니, 거의 우연히, 전혀 의도했던 것이 아닌데, 결과적으로 상당히 많은 재산을 모으게 되어 일이 그렇게 되어버린 것이었기 때문이다.

딱 한 번, 남들과 동화하려는 노력의 일환으로, 대학의 규정과 전통에 맞춰 살기 위해, 이제 막 의사가 되고, 이제 갓 프랑스 시민 자격을 얻은 이 젊은 연구자는 조금이라도 젊을 때 결혼을 해야겠다고 생각한 적이 있었다. 루이 파스퇴르도 그런 경우에 해당되는데, 결혼을 했다고 해서 연구를 할 수 없는 건 아니었다. 예르생은 윌름 가에 있던 파스퇴르 부부의 작은 아파트에서 식사하는 것을 즐겼다. 스스로에게 엄격하고 성실하며, 말수가 적고, 눈과 얼음처럼 푸른 눈을 가진 이 두 사람은 서로를 높이 평가하는 사이였다. 나도 함께 나이 들어가는 부인의 다정한 보살핌 속에서 노년을 보내리라. 예르생은 그런 의도에서 결혼을 위한 과정을 밟기 시작했다. 자신의 뿌리를 증명하기 위해서 사용한 것과 똑같은 합리적인 과정에 첫발을 내딛었다. 언제나 그렇듯이 그는 어머니 파니에게 편지를 보낸 것이다.

아들에게 프랑스 조상을 찾아준 어머니는 곧 아들의 배필이 될 만한 여자를 찾아 나섰다. 미나 슈바르첸바흐Mina Schwarzenbach. 친구의 조카딸이었다. 어여쁜 미나라고들 부르는 아가씨. 우리는 어여쁜 미나가 폭넓은 검은 치마에 목 위까지 올라오는 흰 레이스 블라우스의 단추를 하나도 빠짐없이 단정하게 여민 숫처녀였을 것으로 상상한다. 그녀는 매일 저녁 그 치맛자락 위로 두 손을 얌전하게 모은 채 벽난로 앞에 그림처럼 앉아 있었을 것이다. 예르생은 그녀에게 보낼 편지를 쓴다. 디프테리아 관련 논문을 쓸 때보다 훨씬 힘든 일이었다. 연습 삼아 쓴 편지는 번번이 쓰레기통으로 들어간다. 친애하는 미나. 어쩌면 그는 늙은 파스퇴르 부부의 평온한 일상에 대해 칭찬을 늘어놓았을지도 모른다. 파스퇴르의 집에서 고등사범학교 교장인 페로Georges Perrot(1832~1914, 프랑스의 고고학자, 그리스 전문가—옮긴이)와 나눈 토론이나 소아시아 지역에서 그가 벌이는 고고학 발굴담을 들려주었을 수도 있다. 어쨌거나 서툴기 짝이 없는 편지다. 미나 슈바르첸바흐는 자신에게 보내는 열정적인 12음절 시구를 기다렸을 텐데 말이다. 그녀는 저녁이면 그가 보낸 편지를 한 손에 들고서 읽고 또 읽는다. 예르생은 한마디로 멍청이 같은 편지를 보낸다. 결국 그는 매몰차게 거절당했다. 그 후 혼인 이야기는 없던 것이 되었다. 그는 아내라는 존재를 곁에 달고 산다는 것이 그에게 곧 짐이 될 것임을 직감했다. 아니, 세계 일주를 마치고 그 문제에 대해 다시 생각해본 연후에 결정해도 되겠다고 마음을 고쳐

먹었다.

어쨌거나 지금은 바다를 보러가는 일이 먼저다.

노르망디에서

루가 보기에 그건 완전히 말도 안 되는 생각이었다. 바다를 보러간다니. 번센 버너를 끄고 흰 가운에 손을 닦은 그는 하늘을 향해 양팔을 번쩍 들어올렸다. 혹시 지금 내가 꿈을 꾸고 있는 건 아닐까. 바다를 보러간다니. 하긴, 어촌 마을에서 여생을 보내지 못할 것도 없지 않을까. 바로 그겁니다, 라고 예르생은 말한다. 그 이야긴 그쯤 해두지. 예르생에게는 좋은 생각이 있었다. 실용성과 쾌적함을 겸비한 썩 괜찮은 생각. 결핵 전문가로서 누리는 약간의 명성을 이용해서 젊은 예르생은 연구 감독 기관으로부터 칼바도스 지역 그랑캉에서의 임무를 따냈다. 그는 그곳에 가서 위생적이고 공기 좋은 곳에 사는 어린아이들의 입속 세균을 조사할 작정이었다. 그 조사 결과를 파리에서 학교에 다니는 어린이들의 입속 세균과 비교해볼 계획이었다. 공장에서 나오는 연기로 오염된 하늘이 혹시 질병을 악화시키는 요인은 아닌지 알아보겠다는 의도였다. 이를 위해서 그는 막 아르망 푸조Armand Peugeot사에서 만든 작은 톱니바퀴 체인이 달린 새 자전거도 구입한 터였다.

예르생은 짐 가방을 닫고, 현미경을 조심스럽게 싼 다음 디에프행 기차에 몸을 실었다. 거기서 르아브르까지는 자전거를 타고, 그다음엔 나룻배 편으로 옹플뢰르로 건너간 다음 그랑캉까지 다시 페달을 밟았다. 아침마다 그가 교실을 돌 때면, 아이들은 그 앞에서 입을 커다랗게 벌렸다. 저녁이 되면 그는 부둣가를 걸으며 어부들을 만났고, 이들은 기꺼이 그를 배에 태워주었다. 밤에 여관으로 돌아온 그는 피에르 로티Pierre Loti(1850~1923, 프랑스의 해군장교, 소설가. 배를 타고 세계를 돌아다니며 이국 취향의 여러 작품을 남겼음—옮긴이)가 쓴 『아이슬란드의 어부들*Pêheurs d'Islande*』을 읽었다. 로티와 예르생은 둘 다 매우 고독한 어린 시절을 보냈다. 지방의 소박하고 정직한 가정 출신으로 엄격한 프로테스탄트 교육을 받았으며, 아버지를 모르고 자랐다는 점도 같다. 이 두 소년은 여자들 틈에서 성장했다. 그런 점 때문인지 이들에게는 무의식적인 여자 혐오증과 모호한 성 정체성, 바다를 누비고 다니려는 열망 등도 공통적으로 나타났다. 물론 이러한 생각은 스위스 보 주의 모르주 출신 예르생에게서보다는 프랑스 로슈포르쉬르메르 출신 로티에게서 훨씬 일찍 감지되었다.

예르생은 스물여섯 살에 처음으로 바다를 보았다.

파르나스파 시인들처럼 절벽 위에 서서 바람에 머릿결을 휘날리며 바다를 본 건 아니었다. 그는 고기잡이배 라울Raoul호를 타고 나가 장화와 비옷 차림으로 갑판 위에서 큰 파도에 맞서서 능숙하게 돛을 조작하는 사람들과 함께 바다를 만났다.

예르생은 감격에 겨워 그의 유일한 독자인 어머니에게 글을 적어 보낸다. 로티나 다른 모험가들, 이제까지 알려지지 않았던 종족들을 발견한 항해사들의 글을 모방한 듯한 글이 대부분이었다. 그는 로티와 『바다의 노동자*Les Travailleurs de la mer*』를 쓴 빅토르 위고Victor Hugo의 중간쯤에 자리매김할 만한 어떤 것들을 열정적으로 그렸다. 비록 아직 건현이 무엇인지도 모르며, 교수형을 당한 가족이 있는 집에서 밧줄이라는 말은 입에 올리지 않듯이 배에서도 그 말은 금기나 다름없다는 기초적인 사실도 알지 못하긴 했지만 예르생은 지극히 열정적이었다. "갑자기 배가 멈추더니 그물의 밧줄이 끊어질 정도로 팽팽해졌습니다. 서둘러서 돛을 졸라매라! 제법 커다란 크기의 암석을 만나 그물이 수 제곱미터가량이나 찢어지자 곧 바늘과 실을 가지고 찢어진 구멍을 꿰맸죠. 일곱 시쯤 되어서 그물은 다시 원래 상태대로 복구되었지만, 넙치는 해가 있는 동안에만 잡히는 어종이었죠. 밤에는 가자미를 잡습니다. 가자미도 수요가 많은 어종이지만, 가자미를 잡으려면 육지 가까이 가야 합니다. 가자미가 많이 잡히는 곳은 바다 바닥에 바위가 없고 모래가 있는 곳입니다. 저녁이면 배에서는 노랑 촉수를 구워먹습니다. 그러고 나면 당번을 서는 어부 두 명과 승객을 뺀 선원들 모두가 자기 자리에서 잠을 잡니다." 무화과나무 집의 꽃이 만발한 거실에서 이런 편지들을 읽으면서 파니는 약간 실망하지 않을 수 없었다. 분명 뭔가가 잘못

되어가고 있었다.

아버지 없이 홀어머니 밑에서 성장한 예르생은 어머니의 욕망이라면 무엇이든 충족시키며 자라왔다. 의사가 된 것만 보아도 그렇다. 어머니들이란, 우리 아들이 의사랍니다, 라고 말하기를 즐긴다. 그런데 예르생이란 아들은 여느 집 아들들보다 더한 의사, 의사 이상 가는 학자였다. 게다가 파스퇴르와 함께 일을 하지 않는가. 예르생의 어머니는 아들이 파스퇴르의 오른팔이라고 말하곤 했다. 그 정도면 충분했다. 이제 모르주에 있는 엄마 곁으로 돌아와 영예로운 의사로서 호숫가에 병원을 열고, 그의 이름이 선명하게 새겨진 간판을 달기만 하면 될 터였다. 파니는 불안해지기 시작했다. 원래 어머니들이란 늘 불안해하는 법이다. 어쩌면 머릿속에 들어 있는 맥관에 이상이라도 생긴 건 아닐까. 그 아이 아버지처럼. 그러면 어떤 결과가 발생하는지 보았잖아. 그 아이는 만족이란 걸 몰라. 이제 또 무슨 일을 벌이려는 걸까. 그 아이는 야만인들이 사는 곳으로 가고 싶어 했어. 프랑스인들 사이에 섞여 사는 것만으로는 성에 차지 않기라도 하다는 듯이 말이야. 파니는 방금 받은 편지를 다시 읽었다. "파리를 떠나도 좋을 것 같습니다. 연극도 따분하고, 우아한 사람들도 죄 끔찍하거든요. 움직이지 않고 한곳에 머물러 있는 건 사는 게 아닙니다."

노르망디 지방에 다녀온 후로 모든 건 뱃사람들의 매듭처럼 마무리되었다. 예르생은 그에게 남은 삶을 실험관 앞에서 보내지 않을 것이다. 그는 지평선이나 수평선이 아닌 현미경 렌즈에 눈을 붙이고 살지는 않겠다고 결심했다. 그에겐 탁 트인 곳이 필요했다. 침묵과 고독도 필요했다. 그런데 아무리 보아도 인간의 심리보다는 세균을 훨씬 더 잘 이해하는 게 확실한 루는, 그를 위한답시고, 그에게 명예를 선사해주겠다는 마음에서, 예르생에게 미생물학 강의를 맡겼다.

소크라테스 식 산파술의 신봉자인 예르생은 가르칠 수 있는 것은 하등 배울 필요가 없는 것이라고 믿었다. 무지란 언제나 비난받아 마땅한 것이지만 말이다. 그는 평생 뛰어난 독학자였으며, 선생의 가르침을 필요로 하는 자들을 향해서는 늘 경멸의 시선을 숨기지 않았다. 그가 보기엔 제대로 관찰만 할 줄 알면 되는 일이었다. 제대로 관찰을 할 줄 모르는 사람은 언제까지고 알 수 없을 것이었다. 루와 예르생 이 두 사람 사이에는 몰이해의 벽이 점점 높아졌다. "이 일 때문에 두 시간 동안이나 대판 싸웠죠."

콩폴랑 출신 고아 루는 모르주 출신 고아 예르생을 타이르면서 강의는 파스퇴르 사단의 의무라고도 말했다. 야, 인마, 누이를 팔아서라도 내가 지금 너한테 제공하는 자리에 너 대신 오겠다고 하는 놈들이 수두룩할 텐데, 예르생 넌 고작 그런 소리……. 루는 찬란한 미래가 보장된 파란 눈의 수줍음 많은 청년 앞에서 기가 막혀 말이 나오지 않을 지경이었다. 신의 축복을 받은 타고난 천재적 딜레탕트 예르생. 절대 청각 또는 시각에 운까지 겸비하지 않으면 아무리 뛰어난 재능도 다 소용이 없는 법이다. 운이 따라주지 않으면 제아무리 모차르트라도 나뭇꾼 노릇이나 하면서 살아야 하는 것이다. 랭보를 보라, 그는 모카산 커피나 리에주산 총기를 파는 장사꾼이 되지 않았는가. 예르생 이 녀석은 자전거 여행이며 고기잡이배 타고 낚시한 이야기만 늘어놓지 않는가. 루는 어쩌면 예르생이 줄을 잘못 섰다고, 예르생이란 자는 혜성에 불과했다고 생각했다. 스물여섯 살의 나이에, 적지 않은 수학자들이나 시인들이 그렇듯이 예르생의 후광 역시 꺼져버렸다고 생각했다.

세계의 중심으로 가는 그랜드투어

어쨌거나 강의는 성공이었다. 예르생은 꼭 필요한 몇 마디 말만 밖으로 쏟아냈을 뿐, 나머지는 관찰을 할 줄 아느냐에 달려 있다고 주장했다. 강의 조교는 마술사 또는 식당 지배인 같은 표정으로 아연 쟁반을 각 학생 앞에 내려놓으면서 유리종을 들어올린다. 저마다 장갑을 끼고서 강의에서 다루는 감염으로 죽은 설치류 동물을 만진다. 주삿바늘이 죽은 동물들의 털가죽을 뚫고 들어간다. 감염된 혈액을 슬라이드 위에 펼쳐 바른 다음 현미경 렌즈 아래 놓는다.

첫 번째와 두 번째 강의는 루가 맡았고, 다음 두 강의는 예르생이 진행했다. 강의 개시를 알리는 광고가 여러 달 동안 의학 잡지와 전 세계 신문을 장식했다. 바야흐로 해저 케이블이 발명되면서 새로운 시대가 열린 참이었다. 의사들은 부지런히 여객선 외벽의 현문에 장착된 사다리를 타고서 보르도, 생나제르, 셰르부르 등 대서양

연안에 위치한 항구에 내렸다. 해양의 관문에 도착한 이들은 기차를 타고 파리로 향했다. 루와 예르생이 진행하는 여름 강의는 마침 만국박람회, 계몽주의가 절정에 달했던 프랑스 대혁명 1백 주년 기념행사 기간과 겹쳤다.

파리는 의학 분야의 세계적 중심지였으며, 그중에서도 새로 문을 연 붉은 벽돌집 파스퇴르 연구소는 의학에 있어서 진보의 등대와도 같았다. 그곳에서는 왁스를 먹인 마룻바닥과 작업대의 반짝이는 도기까지 모든 것이 새로웠다. 규석으로 된 루이 13세 식 파사드. 외국에도 곳곳에 파스퇴르 연구소를 세워 예방과 치료를 겸할 수 있는 백신 접종 캠페인을 벌이자는 의견이 벌써부터 심심치 않게 고개를 들었다. 예르생은 작은 바둑판무늬 창들로 이루어진 높은 창문을 통해 햇빛이 환하게 쏟아져 들어오는 대형 강의실에서 프랑스 출신 임상 의사들을 비롯하여 벨기에, 스웨덴, 쿠바, 네덜란드, 영국, 루마니아, 이집트, 미국에서 온 의사 한 명, 러시아, 멕시코, 이탈리아에서 온 세 명의 의사들 앞에 섰다. 정확하게 열두 나라의 서로 다른 국적을 가진 사람들이 모인 이곳에 독일 사람이라고는 한 명도 없었다. 좋은 조짐은 아니었다.

검은 프록코트에 나비넥타이를 맨 차림새의 나이 든 반신불수 신사가 이따금씩 어린 마로니에 나무들이 심어진 자갈 깔린 안뜰에 모습을 드러냈다. 이미 살아 있는 전설 대접을 받는 그는 벤치에 앉아 햇볕을 쪼이곤 했다. 저마다 그와 함께 사진을 찍고 싶어 했다. 그 사진은 파스퇴르 연구소 소속임을 증명하는 서류 옆에 소중하게 보관되었다. 예르생에게 이는 커다란 상처였다. "참으로 짜증

스러운 일이죠. 그러느라고 엄청나게 많은 시간을 허비하니까요. 내 첫 강의 땐 파스퇴르와 샹베를랑Charles Chamberland(1851~1908, 프랑스 출신 미생물학자로 샹베를랑 여과기를 발명한 것으로 유명함—옮긴이)을 비롯하여 사람들을 긴장시키는 거물들이 여럿 왔었지요. 파스퇴르는, 내가 보기에, 흡족해하시는 것 같았습니다."

강의를 마친 예르생은 홀로 센 강변을 걷는다. 검은 턱수염과 파란 눈동자. 지난봄에 그는 디프테리아에 관한 세 번째 논문을 발표했다. 예르생의 천재성은 퇴조를 보이지 않았으며, 그가 밝히는 빛 또한 꺼지지 않았다. 파스퇴르 연구소의 최초 입소자로서 그는 건물 모퉁이의 가장 환하고 아름다운 방을 골랐다. 그는 사정이 허락한다면 안락함을 즐기는 인물이었다. 그는 열 살균기와 증기 소독기 등을 가동시키고, 유리 도구 등을 들여놓았다. 그 해 여름, 프랑스 대혁명 1백 주년을 기념하여 오데옹 네거리엔 당통의 입상이 들어선다. 마르스 광장과 센 강의 오르세 기슭을 따라 과학과 기술, 문명의 진보, 요컨대 프랑스의 발전상을 알리는 전시회가 기획되어, 프랑스의 천재성을 세계에 알린다. 앵발리드 광장에서는 전쟁부와 식민지부 공동 주관 하에 세네갈, 타히티, 튀니지 또는 캄보디아의 촌락을 재현하고, 그곳 주민들을 데려와 멀리 떨어진 곳에 건설한 프랑스 제국의 영토를 본국 시민들에게 보여주는 행사도 열렸다. 이 모든 행사는 보편주의를 지향하면서 실제로는 대단한 국가주의적 가치를 앞세우는 것이었다. 이는 스위스 출신 예르생의 입장에서 보자면, 인권선언에도 이미 등장하는 프랑스 보편주의가 늘 안고 있는 역설이다. 외국인들의 눈에 이토록 신기하게 보이는 이 지극히 프랑스적인 이념은, 그것이 남의 눈에 신기해 보인다는 이유만으로도 이미 보편적이지 않음을 증명하는 것이리라.

기계들이 전시되어 있는 방에서 예르생은 수첩을 연다. 광산과 야금술, 공작기계, 생수를 병에 담는 과정, 토목과 공공 토목 공사 등, 전시되어 있는 모든 것이 의학만큼이나 그의 관심을 끈다. 그가 생각하는 공부란 바로 그런 것이었다. 제대로 관찰을 할 줄 알면 그것으로 충분한 공부. 예르생은 엄청나게 관찰한다. 훗날 그는 연 같은 기계에 관심을 갖고서 이를 해체하고 재조립하는 과정을 거쳐 성능을 개선했는데, 이렇게 실전을 통해 익히는 것이 사용 설명서를 읽는 것보다 훨씬 확실한 방법이라고 그는 믿었다. 절대적인 낙천주의가 지배하는 시대였다. 귀스타브 에펠Gustave Eiffel과 쥘 베른Jules Verne. 쥘 베른이 쓴 최초의 소설 『20세기의 파리*Paris au XXe siècle*』는 진보의 폐해를 고발하는 내용, 곧 재앙적인 미래의 도래를 내다보는 소설로, 예술과 문학이 과학과 기술에 의해 파괴되고 수모를 당하는 암울한 미래를 그렸다. 이 작품은 완전히 실패였다. 보다 더 긍정적으로 쓰라고, 출판업자 에첼Pierre-Jules Hetzel(1814~1886, 프랑스의 출판업자. 발자크, 위고, 졸라 등의 작품을 출판했음—옮긴이)은 영리하게 그에게 조언했다. 우울한 낭만주의는 이제 수명을 다했다는 것이었다. 과학과 기계를 노래하라. 쥘 페리Jules Ferry(1832~1893, 프랑스의 정치가로 1793년에 제정된 무상의무교육제도의 부활을 못 박은 제3공화국 법안을 작성했음—옮긴이). 공교육. 데카르트적 합리주의에 입각한 동화. 더구나 프랑스 대혁명 1백 주년을 기념하는 해였다. 바스티유를 장

악하고, 화약고를 태우는 불꽃으로 파리의 하늘을 밝게 밝혔던 프랑스인들은 그로부터 1세기가 지난 후 얌전하게 엘리베이터를 타고 에펠탑에 올라가 그 높은 철탑 꼭대기에서 아래를 내려다보며 평화로운 불꽃놀이를 감상하는 처지가 되었다.

세계 각지에서 몰려들었던 의사들은 놋쇠로 만든 작은 에펠탑, 파스퇴르와 함께 찍고 그의 서명까지 받은 기념사진을 들고 그들의 근거지가 있는 팜파스나 타이가로 되돌아갔다. 어쩌면 물랭 루주 Moulin Rouge나 폴리베르제르Folies-Bergère(두 곳 모두 프랑스 파리의 유서 깊은 카바레—옮긴이)에서 보낸 밤을 기억하기 위해 가터벨트도 하나쯤 넣어갔을지도 모른다. 예르생은 수첩을 닫는다. "어제 안도의 한숨을 내쉬며 강의를 마쳤다. 수강생들이 자기 물건들을 정리하기 위해 연구소에 다녀가고 나면, 실험실은 완전히 조용해질 것이다." 파스퇴르는 예르생을 위해 교육공로훈장을 얻어냈다. 그런 조잡하고 형식적인 틀 따위엔 전혀 관심이 없었던 예르생은 덤덤하게 훈장을 받아 주머니에 넣었다. 어머니에게 드리면 좋아하시겠지.

코흐 연구소는 세계 각지로 진출하지도 않았고, 베를린엔 에펠탑도 없으며, 그곳에서는 만국박람회도 개최되지 않았다. 비스마르크는 아프리카 문제만 가지고 끙끙대며 골머리를 앓는 중이었다. 뾰족창이 달린 모자pickelhaube—배출구도 없는 모자—를 쓰고 싸우는 프러시아인들 사이에서는 압력이 한층 고조되었다. 사람들은 전쟁에서 이기고, 세당에서 황제를 체포한 것이 과연 그럴 만한 가치가 있는 일이었는지 자문했다. 파리와 베를린 사이에는, 또, 그에 따라 파스퇴르와 코흐 사이 어딘가에는 분명 세당이 자리 잡고 있었다.

여름이 끝나갈 무렵 모르주로 돌아온 예르생은 나름대로 그 지역의 영웅으로 추앙받았다. 결핵과 디프테리아에 관한 그의 논문—식탁 앞에 앉아 대화할 주제가 못 된다고 파니는 어린 여학생들에게 누누이 강조했다—덕분이라기보다는 오히려 스위스의 프랑스어 사용 지역인 로망드에서 가장 많이 언급된 파리에서의 두 가지 행사, 곧 파스퇴르 연구소 창설과 만국박람회에 참석한 인물이라는 이유 때문이었다. 파니는 호숫가 무화과나무 집으로 가십난 담당 기자들을 초대했다. 벽엔 동메달과 훈장을 걸어놓았다. 파니는 그 기회를 이용해서 계집아이들을 위한 대화법 강의와 실전 연습 시간을 마련했다. 예르생은 전 세계의 마을들이며 각종 기계, 공중에 매달린 네 개의 식당, 그러니까 철탑을 지탱하기 위해 설치한 가로대를 조이는 네 개의 기둥 귀퉁이마다 하나씩 설치된 식당들에 대해서 이야기했다. 그는 5프랑을 내고 대형 철탑의 꼭대기층, 즉 3층까지 올라가보았다는 이야기도 들려주었다. 파리의 유행은? 혹시 그와 관련해서 브로슈어라도 가지고 왔는지? 예르생은 수를 놓은 식탁보 위에 조용히 찻잔을 내려놓더니 부드러우면서 신비감에 가득 찬 목소리로 이렇게 대답했다.

"그리고 난 무엇보다도 바다를 보았습니다."

무안해진 파니는 어깨를 으쓱했다.

그 놈의 바다.

선상 의사

파스퇴르와 루는 곧 사실을 인정하지 않을 수 없게 된다. 예르생을 언제까지고 붙잡아둘 수 없음을 깨달은 것이다. 그러니 모두에게 좋은 해결책을 생각해내야 했다. 피가 끓어오르는 이 열정적인 연구원을 파스퇴르 연구소의 기치 아래 잡아두면서 동시에 넓은 세상으로 나아갈 수 있도록 길을 터주는 쉽지 않은 해결책. 젊은 시절이 얼른 지나가준다면야. 그래서 그가 언젠가 율리시스처럼 돌아오기만 한다면야. 썩 내키지 않는 기분으로 파스퇴르는 추천서를 한 장 썼다. "아래에 서명한 파스퇴르 연구소 소장이며 한림원 회원, 레지옹도뇌르 최고 훈장 패용자는 예르생(알렉상드르) 박사가 1886년 7월부터 오늘까지 고등사범학교 물리화학 분과와 파스퇴르 연구소에서 실험준비 조교로 일했음을 증명합니다. 나는 또 예르생 박사가 맡은 일에 열성적으로 임했으며, 나의 실험실에서 일하는 동안 여러 편의 논문을 발표해서 권위 있는 학자들로부터 열렬한 관심을 받았음을 말씀드리고 싶습니다." 이 편지는 예르생의 이력서와 함께 보르도에 위치한 프랑스 화륜선공사Compagnie des Messageries Maritimes로 발송되었다. 예르생은 배를 타는 선상 의사 자리에 지원하려는 것이었다.

프랑스 화륜선공사에서는 곧 열의가 듬뿍 담긴 답장을 보내왔다. 의료 인력의 대대적인 인사이동을 단행해서라도 그에게 그가 원하는 지역을 선택해서 근무할 수 있도록 해주겠다는 것이었다. 예르생은 아시아를 선택했다. 화륜선공사 측은 그를 뽑은 사실을 곧 영업 마케팅에 이용했다.

"고객 여러분도 아시는지 모르겠지만, 저는 이번 항해 중에 파스퇴르 연구소 소속 젊은 의사 중 한 명에게 진료를 받았으며, 우리 회사는 노익장 파스퇴르 박사와는……"

몇 주 동안 예르생은 다시금 파리 병원을 오가며, 어느 것 하나도 소홀함 없이 철저하게 떠날 준비를 했다. 그는 또한 이제까지 등한시해왔던 피부 관련 질병, 사소한 외과 수술, 안과 분야에 대해서도 치료 역량을 보완했다. 그는 일반 의사들이 필요로 하는 도구 일습을 장만했고, 등나무로 짠 여행용 트렁크도 마련하여 그 안에 책들과 칼 자이스 현미경, 항해용 망원경, 현상용 통, 확대기, 현상액, 인화액 등, 사진 촬영에 필요한 모든 도구들을 꼼꼼하게 챙겨 넣었다. 예르생은 부두를 따라가며 흉벽이 이어지는 마르세유까지는 기차를 타고 갈 예정이었다.

미생물학 강의는 파스퇴르 연구소의 사서로 일하고 있던 하프킨에게 인계했다. 하프킨은 우크라이나 출신 유대인으로, 그 역시 고아 상태로 파스퇴르 사단에 합류했다. 우리는 하프킨을 봄베이, 그러니까 학계 사람들이라면 환장을 하는 격렬한 논쟁의 와중에서 다시 만나게 될 것이다. 예르생은 마르세유행 기차에 자리를 잡고 앉았다. 파리에서 5년이라는 세월을 보냈다. 앞으로도 가끔씩 파리에 다니러 가긴 하겠지만, 결코 그곳에서 사는 일은 없으리라.

마르세유에서

1940년 5월의 상공은 그다지 안전한 공간이 못 되었다. 오후가 되면 벌써 작은 흰 고래보다 훨씬 빠르고 훨씬 높은 고도에서 나는 슈투카[Stuka](Sturz Kampf flugzeug의 약자. Junkers Ju-87라고도 하는 슈투카는 제2차 세계 대전 기간 동안 독일이 사용한 급강하 폭격기—옮긴이)들이 나타나 요란한 사이렌 소리를 울리며 급강하하다가 지중해 연안에 이르면 다시 고도를 높여 기지로 돌아가곤 했다. 이곳에서 4년 후, 전쟁이 막바지에 이르렀던 7월의 푸른 하늘 속으로 라이트닝기의 핸들을 잡은 채 생텍쥐페리[Antoine de Saint-Exupéry]가 실종되었다. 예르생과 마찬가지로 뤼테시아 호텔의 단골 고객이었던 생텍쥐페리는 메르모즈[Jean Mermoz](1901~1936, 프랑스의 전설적인 조종사로 프랑스의 우편물 운반 항공사인 아에로포스탈의 중심인물이었고, 프랑스 사회당의 창단 멤버 중 한 명이기도 함—옮긴이) 사단의 마지막 생존자로 기억된다.

작은 흰 고래는 활 모양을 그리며 베르 호반에 내려앉았다. 수상 비행기 부주(浮舟)가 물 표면에 긴 줄무늬를 긋자 물거품이 화환 모양으로 반짝거렸다. 비행기 동체는 잠시 기우뚱하는가 싶더니 이내 균형을 잡았다. 승객들은 부교에 내려섰다. 육지에서는 그다지 좋은 소식이 들리지 않았다. 파리의 공항은 폐쇄되었다. 독일 공군Luftwaffe은 연일 도로와 교각에 집중적으로 포격을 가했다. 비행기 승무원들은 불안에 떨었다. 사병 포로수용소라는 말도 오갔다. 조종사들 중에서는 징집을 피하기 위해 잠적하는 자도 나올 것이고, 전투기 조종사가 되어 알제나 브라자빌 편대에 합류할 용감한 자들도 있을 터였다. 연료 탱크를 가득 채운 수상 비행기는 아시아 항로의 다음번 기착지인 케르키라로 향했다. 작은 흰 고래는 석양 노을이 번져가는 마르세유 항구 상공을 날았다. 예르생은 비행기 날개 아래로 부둣가에 정박한 선박들이 기다란 물고기처럼 보이는 광경을 물끄러미 바라보았다. 날짜까지 거의 정확하게 50년 전, 그는 날개 아래로 보이는 바로 그 방파제를 따라 바닷가를 거닐었다. 그때 그는 옥수스Oxus호에 승선할 예정이었다.

1890년엔 그로부터 24년 후, 처음엔 대전이라고 부르다가 곧 세계 대전으로 바뀌더니 급기야 며칠 전부터는 제1차 세계 대전이라고 부르게 된 전쟁이 일어나리라고는 아직 아무도 상상조차 하지 못했다. 항공 산업의 비약적인 도약 또한 당시엔 상상하지 못했다. 물리적인 거리를 좁혀주며, 주민들에 대한 폭격을 손쉬운 일로 만들어주는 놀라운 발명이 아닌가. 제1차 세계 대전이 발발하기 전에 예르생은 비행기를 한 대 구입할까 망설였다. 그는 더구나 샤르트르 공항으로 가서 최초로 비행기에 타보고 가격 협상까지 했으며, 냐짱에 이착륙을 위한 활주로를 만드는 일까지 고려해보았지만 결국 단념하고, 이내 다른 일에 몰두했었다. 예르생은 원래 잘 그랬다. 이랬다저랬다 쉽게 마음을 바꾸는 성격이었다. 따라서 선상 의사 노릇도 그다지 오래 계속하지는 않았다.

클레망 아데르Clément Ader가 세계에서 최초로 비행기를 이륙시키는 데 성공하고, 비행기라는 신조어를 발명해낼 무렵 예르생은 파리에서 기차를 타고 마르세유 생샤를 역에 내렸다. 그 무렵 그의 나이 스물일곱 살이었다. 그는 칸비에르 가를 따라 구(舊) 항구까지 걸어가 두 번째로 바다를 보았다. 디에프에서 보았던 바다보다 물빛이 훨씬 파랬다. 그는 마르세유 항구 안에서 이리저리 거닐었는데, 이는 절대 우습게 생각할 일이 아닌 것이, 마르세유 항구야말로 원대한 세계로 나가는 관문이었기 때문이다. 그보다 15년 앞서서 소설가 조지프 콘래드Joseph Conrad는 마르세유에서 선원으로 첫발을 내딛었다. 또 10년 앞서서는 같은 곳에서 시인 랭보가 홍해와 아라비아를 향해 항해를 시작했다. 이보다 몇 달 앞서서 브라자는 콩고를 향해 출발했다. 짐꾼 한 명이 그의 옆에서 버드나무 트렁크가 실린 손수레를 끌었다. 각종 의료 도구와 현미경, 항해용 망원경, 사진 관련 도구들이 빽빽하게 담겨 있는 트렁크였다. 예르생은 극동지방으로 떠나는 옥수스호에 올랐다. 그가 배에 오르자 누군가가 항해 규정집을 내밀었다.

프랑스 화륜선공사 소속 여객선은 저마다 매일 한 번씩 종을 울려서 의사의 진찰 시간을 알렸다. 선상 의사는 선장의 지시만 따르며, 선장과 함께 식사를 했다. 그는 배 안의 상비약품들을 관리했으며, 기항할 때마다 새로이 의약품을 구입했다. 주방의 청결과 식재료의 신선함을 감독하는 것도 선상 의사의 임무였다. 남자 간호사 한 명이 그의 시중을 들었다. 간호사는 의사를 위해 구리와 유광 목재로 꾸민 1등석 선실의 문을 열어주고, 그가 다섯 개의 금줄이 쳐진 백색 유니폼을 입는 일을 거들었다. 거울 앞에 서서 나무랄 데 없이 유니폼 바지의 주름을 잡아주는 것도 간호사의 몫이었다. 예르생은 질서와 호사를 좋아했다. 그에게 호사스러움이란 평온을 의미했다. 지독한 비참함의 여러 양상 가운데에서도 최악은 언제나 누군가의 방해를 받는 것이라고 그는 생각했다. 혼자 있을 수 없다는 것이 그에게는 가장 고약한 비참함이었던 것이다.

선박은 한 번에 수백 명의 승객을 태웠다. 이번 항해 길엔 배 밑바닥 층에 7년 전부터 프랑스 보호령이 된 통킹 주둔지로 가는 한 부대의 군인들이 탔다. 2등석엔 신의 부름을 받아 중국으로 떠나는 베네딕트회 수도사들과 카리타스회 수녀들이 올라탔다. 그 외엔 여느 때처럼 모험심에 불타는 사람, 사기꾼, 재산을 모두 탕진한 투자가, 포주, 부잣집 도련님들이 대부분이었다. 혹시나 식민지에 가면 좀 더 나은 삶을 꾸려갈 수 있을지 살피러 가는 사람들이었다. 50년이라는 세월이 지나 다시금 부두에 선 예르생은 손을 모자챙처럼 이마에 대고 초대형 선박의 크기를 가늠했다. 노르망디에서 탔던 고기잡이배와는 완전히 다른 배였다. 굵은 밧줄이 지탱해주는 총길이 125미터짜리 높다란 강철 장벽. 화부들은 보일러에 불을 때서 압력을 높였다. 출발을 앞두고 마지막 밤을 지내기 위해 뭍에 내린 장교들은 별이 좋은 테라스에 자리를 잡았다. 해안을 따라가며 저만치 떨어진 곳에서 금줄 다섯 개짜리 흰 유니폼을 입은 장래가 촉망되는 젊은이는 모험이 기다리고 있는 드넓은 대양의 공기를 가슴 깊이 들이마셨다. 빈정거리기 좋아하는 여자가 다른 지평 아래서 발견하고자 했을 법한 부자 외국인의 모습. 예르생은 미나 슈바르첸바흐는 이미 이 모든 것을 상상하지 않았을까 자문해 보았다.

바다에서

어린아이들과 함께 육지에 남겨진 몇몇 부인들이 흔들었을 법한 하얀 손수건. 조화로운 소리를 들려주는 브라스 밴드와 선교사들에게 작별을 고하는 찬송가. 선두부터 선미까지 만국기를 빼곡하게 매단 대형 여객선이 부두를 벗어나자, 정박지를 피해 기수를 돌렸다.

여객선은 오후 무렵 먼 바다에 들어섰다. 노트르담드라가르드 성당은 배가 지나온 길 뒤로 점점 작아졌다. 저녁 햇빛이 선체를 분홍빛으로 적셨고, 배를 따라오는 갈매기들의 털을 황금빛으로 물들였다. 바람이 강해지면서 물결이 높이 일었다. 승객들은 선상 거실로 들어갔다. 1등석 승객들은 마작에, 3등석 승객들은 블롯 게임에 각각 빠져들었다. 그 무렵 마르세유에서 사이공까지는 배로 30일이 걸렸다.

제일 처음 기항지는 메시나, 두 번째 기항지는 크레타 섬이었다. 거기까지는 거의 연안 항해였고, 그때부터가 진짜 지중해 남쪽을 가로질러 알렉산드리아로 가는 여정의 시작이었다. 7년 전, 파스퇴르 사단의 한 사람으로 콜레라를 연구하던 튈리에Louis Thuillier(1856~1883, 프랑스의 물리학자, 생물학자로 돼지콜레라의 병원균을 발견하였으며, 이집트 출장 중 이 병의 백신 제작 과정에서 감염되어 사망—옮긴이)는 젊은 나이로 알렉산드리아에서 사망했다. 예르생은 니스 칠한 나무 액자들과 의학 서적, 영어 사전 등을 이용해서 자신의 선실에 작은 서가를 꾸몄다. 그는 늘 수첩을 열어 무언가를 적었고, 어머니에게 편지를 보냈다. 어느 날 아침 선교(船橋)에 서 있던 그는 황금빛 모래와 앙상한 야자수들이 점점 다가오는 광경을 지켜보았다. 곧 첫 번째 회교 사원 첨탑이 보이더니 처음으로 낙타의 모습도 눈에 들어왔다. 플로베르Flaubert의 표현처럼 그도 이집트에서부터는 "당나귀가 귀리로 배를 채우듯 온갖 색상으로 배를 채우기" 시작했다.

옥수스호는 수문 쪽으로 서서히 접근했다. 1890년 봄, 예르생이 수에즈 운하에 들어섰을 무렵, 영국 출신 탐험가로 그보다 5년 전에 열린 베를린 회의에서 영웅이 된 헨리 스탠리, 아프리카를 샅샅이 훑고 다니며 리빙스턴을 찾아낸 천하의 스탠리는 카이로의 한 빌라에 3개월 동안 틀어박혀 지냈다. 스탠리는 그곳에서 에민 파샤를 찾아 에콰도르를 여행하고, 잔지바르로 돌아온 모험 기록을 집필했다. 그는 이 기록에 『아프리카의 어둠 속에서*Through the dark continent*』라는 제목을 붙였다.

그로부터 남쪽으로 수천 킬로미터 떨어진 곳에서 브라자와 콘래드는 제각기 증기선을 타고 콩고 강을 거슬러 올라갔다. 처음엔 폴란드인이었다가 마르세유인이 되었다가 영국인이 된 콘래드 선장은 강의 북쪽 끝에 위치한 스탠리 폭포를 『어둠의 심연*Heart of Darkness*』의 무대로 삼았다. 또한 3년 전 파리에 모이던 파르나스파 시인 패거리를 저버리고 길을 떠나 카이로에 도착한 아르튀르 랭보는 하인 자미 와다이와 함께 유럽 호텔 방안에 틀어박혀 누이동생에게 쓴 편지에 이집트는 임시 기항지에 불과하다고 적었다. "어쩌면 나는 잔지바르로 가서 그곳에서 아프리카를 일주하는 긴 여행을 하게 될 거야. 어쩌면 중국이나 일본으로 갈 수도 있겠지. 또 다른 나라로 가게 될지 누가 안담?"

단조로운 풍경이 이어지던 운하를 벗어난 배는 홍해의 잔잔하고 투명한 수면 위로 물거품을 내뿜으며 전진한다. 예르생은 끔찍한 더위를 경험한다. 작열하는 태양빛에 뜨겁게 달아오른 금속, 자줏빛이 감도는 예멘의 산악지대, 저녁 무렵 아덴 만에 접근하면서 만나는 몇몇 표지등. 밤이면 갑판으로 나가 육지에서보다 훨씬 찬란하게 빛나는 별빛 아래에서 바람을 기다리곤 하지만, 대기는 요지부동이다. 예르생의 수첩은 맬컴 라우리Malcolm Lowry(1909~1957, 영국 출신 시인이자 소설가. 대표작은 『화산 아래서*Under the volcano*』이며 본문에 인용된 『울트라마린』은 그의 데뷔작—옮긴이)의 『울트라마린*Ultramarine*』에나 등장할 법한 문장들로 가득 찬다. "시뻘건 불꽃을 뿜어대는 수많은 횃불들이 해안에서 떨어져 나오는 커다란 시커먼 물체들을 희미하게 비춥니다. 작은 증기선에 이끌려 그 뒤를 따르는 뗏목들에서는 단지 몇 가지 음표만으로 이루어진 규칙적인 리듬의 노랫소리가 들리죠. 옥수스호의 선창에 석탄을 가득 채워준 석탄 운반선들입니다." 그는 파니에게 보내는 편지를 이렇게 마무리한다. "아, 벌써 유럽에서 얼마나 멀리 떨어진 것처럼 느껴지는지요!"

병사들은 식민지 주둔 군사용 반바지에 오지 탐사용 모자를 착용한 차림새였다. 그들은 아침이면 갑판에 나와 아침체조와 전투 훈련을 실시했다. 사흘 후 기나긴 여정이 시작되었다. 배는 닻을 올리고 남동쪽 콜롬보 쪽으로 방향을 잡은 뒤 서서히 인도양을 향해 나아갔다. 배 밑바닥엔 식수와 석탄이 그득했고, 화물 창고는 공작기계, 화기, 야회복, 1백 리터들이 싸구려 포도주, 아니스 향료를 넣은 술, 얼음 기계 등, 사이공에서 아직 생산되지 않는 갖가지 물건들로 꽉 찼다. 이 모든 것들로 잔뜩 무거워진 채 검은 연기를 뿜으며 전진하는 배는 적재량 3천 8백 톤을 자랑하며 녹색 물 위를 미끄러져 나아갔다. 간혹 요란스러운 소나기가 퍼부었지만, 오래 계속되지는 않았다. 비가 오는가 하면 어느새 선박의 목재들이 강렬한 태양 빛 아래서 젖은 몸을 말리곤 했다.

열대 지방을 가로지르자 망망대해 한가운데 생뚱맞게 솟아오른 아무도 가보지 않은 섬이 야자나무 숲과 더불어 점점 멀어졌다. 12음절 시가 여전히 빛을 발하던 시절의 보들레르 시만큼이나 생뚱맞다고나 할까. 자연은 게으르고 나른한 섬에 특별한 나무들과 맛난 과일들을 선사했다. 예르생은 그가 머물고 있는 곳과 그에게 주어진 임무에 대해 확실하게 인식했다. 수백 미터에 달하는 갑판, 수 킬로미터에 이르는 좁은 통로와 수많은 사다리, 오후에 접어들어 구리로 만든 종이 울려대는 리듬에 따라 이루어지는 진료. 그는 말하자면 흰 유니폼을 입고서 아침이면 선장실에서 당직 장교들의 보고 모임에 참석하는 우아한 바르나부트Barnabooth(프랑스 출신 작가 발레리 라르보의 여러 필명 중 하나. 풍족한 유산을 물려받은 라르보, 일명 바르나부트는 한동안 우아하게 세계를 여행하며 지냈음—옮긴이)였다.

저녁이면 그는 의학 서적들을 읽고 영어 공부에 집중했다. 1등칸의 살롱에서 그는 인도나 싱가포르 같은 기항지에서 내려 말레이시아나 시암에 위치한 그들의 농장으로 가는 몇몇 영국인들을 만났다. 그는 이들로부터 머릿글자를 이용해서 형용사를 만드는 영국인들의 습관을 터득했다. 그 해, 바다에선 어느 정도 혹은 아주 많이 유행을 좇는 태도를 일컫는 'posh'라는 말이 유행이었다. 이는 'port out, starboard home', 곧 문자 그대로 '갈 땐 좌현, 돌아올 땐 우현'을 의미하는 말로, 배의 항해 방향에 따라 선실 예약을 바꿈으로써 갈 때 올 때 모두 창을 통해서 변화무쌍한 해안 풍광을 즐기려는 사람들을 가리켰다. '포시posh'가 아니거나, 그런 점을 미리 생각하지 못한 다른 사람들은 오나가나 물만 바라볼 수밖에 없었다.

그가 자신의 선실에서 살롱을 오가는 동안 배는 남반구 바다로 들어섰다. 실론에서는 정글을 보았다. 후텁지근한 비가 큼지막한 초록빛 잎사귀 위에 무섭게 쏟아졌다. 싱가포르로 가는 도중 어느 날 저녁 나이 지긋한 식민지 주둔자들은 살롱에서 압생트 주를 앞에 놓고 앉아 마리 1세가 된 마이레나Marie-Charles David de

Mayrena(1842~1890, 프랑스 군인 출신으로 현재의 말레이시아에 해당되는 곳에 세당 왕국을 세우고 스스로 왕이 되었으나 곧 프랑스 군대에 의해 추방당한 풍운아—옮긴이)의 이야기를 들려주었다. 그는 프랑스 원정대가 조직한 원주민 기병대 소속 군인이었다가 모험가로 변신, 열대 숲 속에 숨어 지내면서, 안남 지역 어딘가라는 것 외에는 아무도 모르는 곳에 왕국을 건설하고 스스로 세당의 왕이라고 선포했다가 프랑스군에 의해 축출된 매우 독특한 인물이었다. 사람들 말로는 쫓겨난 그는 그로부터 남작이라는 작위를 수여받았다가 무기를 든 경호원 신세로 전락한 수하들, 전성기 때 브뤼셀에서 데려온 싸구려 장신구로 치장한 무희들에게 둘러싸여 티오만 섬에 은둔 중이라고 했다. 싱가포르를 지나자 북동쪽으로 방향을 잡은 배는 시암만을 따라 방콕 연해로 가서 메콩 강 삼각주를 우회한 다음 그보다 약간 북쪽에 위치한 생자크 곶에 도착했다.

높다란 철제 벽을 두른 여객선은 만조 때 사이공 강으로 접어들었다. 무겁게 내려앉은 하늘을 머리에 인 배는 성인 남자의 걸음 속도 정도인 시간당 2~3노트로 강을 거슬러 올라갔다. 맹그로브 나무들 사이에 만들어놓은 어장을 강 위를 오가는 정크나 거룻배들이 뒤집어놓지 않고, 망가뜨리지 않는 속도였다. 포를 실은 함선 한 척이 예르생을 태운 여객선을 앞질렀다. 땀에 절어 끈끈하게 달라붙은 옷을 입은 승객들은 호기심 반 불안감 반으로 난간에 기댄 채, 공중을 배회하던 가마우지들이 수직 강하해 골풀이 자라는 진흙탕 속으로 부리를 처박는 광경을 지켜보았다. 그들은 과연 이곳에서 큰 재산을 모을 수 있게 될지, 아니면 이처럼 홍건하게 물이 고인 논바닥에서 여생을 마치게 될지 스스로에게 묻고 또 물었다. 반면 그들 중 한 명, 다른 사람들보다 훨씬 학식이 있고, 볼테르의 글을 읽는 독자이며, 실연 또는 시험 실패 같은 이유로 외인부대에 입대하듯 식민지를 향해 무작정 떠난 또 한 사람은 어째서 그를 태운 여객선엔 징기스칸이 페르시아인들의 피로 붉게 물들였으며, 그들의 잘려나간 머리로 채워졌던 트랜스옥시아나 강에서 따온 옥수스라는 이름이 붙었는지 궁금해했다.

"종려나무가 점점 커지는가 싶더니, 원숭이들이 우글거리는 야자나무 숲들이 보이기 시작했습니다. 마침내 광활한 초지 몇 군데를 지나자 우리 눈앞에 유럽식 건물들이 줄지어 서 있는 광경이 펼쳐지더군요. 옥수스호는 포를 한 방 쏘더니 이내 닻을 내렸습니다. 최종 목적지에 도착한 것이었습니다." 저 멀리에 창고, 적재되어 있는 석탄과 면화, 높이 쌓아올린 술통들이 보였다. 부두는 인력거들과 덩치 작은 안남산 말들이 끄는 승합마차들로 북새통이었다. 병사들은 이열종대로 정렬하여, 북부에서 중국과 국경을 형성하고 있는 통킹에 도착하기에 앞서서 임시로 묵게 될 병영을 향해 행진했다. 한편, 사제들과 수녀들은 카티나 가로 들어섰다. 카티나 가는 강가에서 고원을 향해 난 오르막길이었다. 길은 프랑시스 가르니에 광장으로 이어졌다. 광장엔 새로 지은 두 개의 노트르담 종탑과 귀스타브 에펠 역참이 자리 잡고 있었다.

짐짝들로부터 약간 떨어진 곳에 앉은 매춘부 기둥서방들은, 주머니에 트럼프와 칼을 넣은 채, 투숙할 곳을 잡지 못해 어슬렁거리는 사람들이나 아무도 마중 나오지 않은 사람들, 마르세유에서 새로 도착한 사람들을 호시탐탐 노렸다. 중국 도시의 유곽이나 아편 가게에서 등쳐먹을 손님을 물색하는 것과 다를 바 없었다. 예르생은 여객선 장교들과 함께 병기창을 방문했으며, 렉스나 마제스틱 호텔의 테라스에서 휴식을 취했다. 하얀 정장 차림의 상인들은 저녁이면 베르무트나 카시스 술을 홀짝거렸다. 사이공이라는 도시는 사람으로 치면 아직 서른 살이 안 된 젊은이였다. 도시는 백색으로 치장을 했고, 오스만 남작식 모델에 따라 만들어진 널찍널찍한 길 가장자리엔 캐롭나무들이 그늘을 드리웠다. 화륜선공사 측에서는 젊은 의사 예르생에게 항만 세관과 위생 담당 관청의 도장이 찍힌 서류를 내주었다. 예르생 박사는 나흘 후 볼가Volga호에 승선해야 한다는 내용이 적힌 서류였다.

그는 사이공에서 마닐라를 오가는 노선에 배치되었다.

이중생활

볼가호는 돛과 증기기관이 혼합된 낡은 배였다. 세 개의 돛에 유일한 중앙 보일러를 갖춘 소박한 배로 최대 예순일곱 명의 승객과 화물 수 톤 정도를 실을 수 있었다.

매달 사이공에서 출발할 때면 이 노선의 단골 승객인 무역업자들이 유럽산 제품들을 잔뜩 배에 실었다. 필리핀 부자들에게 넘겨줄 파리에서 만든 옷, 리모주산 도자기, 각종 유리와 크리스탈 제품, 고급 포도주들이 대부분이었다. 돌아오는 길에는 원추형 설탕덩어리, 마닐라산 시가, 카카오 열매 등 가난한 필리핀 농부들의 피와 땀이 어린 산물들이 선창을 가득 채웠다. 출발 항구에서 도착 항구까지 걸리는 사흘 낮 사흘 밤 동안 배는 콘래드 작품에 등장하는 누렇고 드센 물결이 맥없이 일렁거리는 바다를 앞머리로 밀며 전진했다. 평화로운 증기선은 마치 강을 건너는 나룻배만큼이나 규칙적으로 바다 위를 항해했다. 선교에 선 프랑수아 네그르François Nègre 선장은 아시아 지역의 작은 돛배에서 잔뼈가 굵은 인물이었다. 이 날 이후 1년 동안 예르생은 저울추만큼이나 규칙적인 인생을 산다.

3분의 1 정도는 배 위에서, 3분의 1은 신도시 사이공에서 휴식을 취하고, 나머지 3분의 1은 구 도시 마닐라에서 보내는 생활이었다. 마닐라는 수 세기 전 스페인 사람들이 남긴 휘황찬란한 가톨릭 유적을 간직한 여러 도시들 중 하나였다. 스페인의 역사, 황금과 핏빛으로 얼룩진 성인들의 입상, 각종 봉헌물, 각양각색으로 단장한 채 꽃이며 과일, 과자 등의 헌물들로 뒤덮인 성모 마리아 상들이 도시 곳곳에 자리 잡고 있었다. 보 주 출신 프로테스탄트 예르생의 눈에는 이 모든 것이 부두교 우상들만큼이나 낯설고 이상하게 보였다. 바다 저 너머로는 푸에르토리코나 아바나처럼 요새에 둘러싸인 마닐라의 도심, 경사지고 포석이 깔린 골목길, 정면엔 벌써 녹색 이끼가 끼면서 검게 썩어 들어가기 시작한 백색의 성당과 그 곁을 지키는 두 개의 종탑이 세월의 무상을 드러내 보이는 동안, 프랑스 사람들은 툴루즈에서 생산된 붉은 새 벽돌로 사이공의 노트르담 사원 축성 공사를 이제 막 끝내가는 중이었다.

예르생은 이 두 도시 구경일랑 일찌감치 끝내고, 그 후로는 그곳에 갈 때마다 점점 더 도심에서 벗어났다. 예르생은 우리도 잘 알다시피 매우 조직적인 인물이었다. 필리핀에서 그는 매달 관측소로 가서 예수회 소속 신부들에게 천문학을 배우고, 고도를 측량하기 위해 기압계의 사용법을 익혔으며, 타알 화산에 올랐고, 연을 제작하듯 차근차근 실무 경험을 쌓았다. 그는 펜으로 화산의 분화구를 그렸다. "분화구 안쪽엔 노르스름한 기운이 감도는 두 개의 녹색 석호가 형성되었으며, 그곳으로부터 하얀 수증기가 올라와 두터운 층을 형성했다. 여기저기 크레바스에서 자그마한 연기 기둥들이 솟아올랐다." 그는 현지에서 방카라고 부르는 범선을 구입했으며, 항해사를 고용해 여러 강줄기를 거슬러 올라갔다. 도중에 타갈로그 족 마을에서는 닭싸움도 참관했다.

로드 짐Lord Jim, 아니 예르생은 매달 "열대의 빽빽한 밀림 가운데로 난 좁고 꼬불꼬불한 운하"를 따라 점점 더 깊숙하게 정글을 파고들었다. 그가 쓴 탐험가로서의 최초의 기록은 순전히 유일한 독자인 어머니 파니를 위한 글이었다. "우리는 녹색의 아치 아래로 전진해나갔습니다. 거기에 달빛과 밤의 정적, 어두운 강변 구석에 매어둔 고기잡이 작은 배들을 더하면 이 광경이 주는 묘한 매력을 제대로 느끼실 수 있을 겁니다. 우리는 선장과 그의 두 아이, 그리고 스페인 중사 한 명을 태웠습니다. 새벽 1시에 잘라잘라에 도착했지요." 새벽 무렵 이들은 다시 뱃머리를 돌렸다. 다음 날 앞당김 줄을 이용해 볼가호로 끌어올려진 예르생의 방카는 볼가호 갑판에 놓였다. 정박용 굵은 밧줄을 치워버리고 배는 쓰러뜨려놓았다. 예르생은 금줄 다섯 개짜리 제복을 입고 종을 쳐서 진료 시간을 알렸으며, 저녁엔 장교 식당에서 압생트 주를 놓고 빙 둘러앉은 네그르 선장과 도매 상인들에게 모험담을 들려주었다. 다시금 일렁거리는 바다 위에서 서서히 움직이는 증기기관선의 리듬에 몸을 맡기는 것이었다. 가끔 석탄을 아끼기 위해, 또는 선배들의 추억을 기리기 위해 돛을 펴기도 했다. 보잘것없는 범선만이 그의 이 같은 이중생활의 유일한 공통분모였다. 사흘 후, 예르생의 방카는 사이공에서 돌아오는 길에 볼가호에서 내려져 항구에 묶였다.

코친차이나에서 필리핀 방카는 베트남의 삼판에 해당되었다. 예르생은 그때나 저 때나 시간 날 때마다 강에서 항해를 즐겼다. 그를 안내하는 쭌과 티우는 모포와 등잔, 모기장, 물을 거르는 샹베를랑 여과 장치, 쌀, 오리 등을 배에 실었다. 오리는 두 발을 묶어두었다. "멀리 있던 산이 가까이 다가오면 강은 점점 산으로 에워싸입니다. 협곡 안으로 깊숙이 들어갈수록 태양은 엄청 뜨거워지죠." 저녁이 되면 이들은 연안에서 야영했다. 불을 피우고 가금류를 잡아 털을 뽑았다. 이들 몇 명 안 되는 소수의 탐험가들은 머지않아 비엔호아까지, 또 거기보다 더 멀리까지 거슬러 올라갔다. 예르생은 그곳에서 요르겐센이라고 하는 덴마크 출신 고립된 농장주를 만나, 늙은 곰처럼 무뚝뚝한 그의 환대에 익숙해진다. 예르생이 떠날 때면 요르겐센은 그에게 구입해야 할 물품을 적은 목록을 건넸다. 그가 물건을 받으려면 한 달 동안 기다려야 했다. 말뚝 위에 티크 목재로 지은 그의 집 테라스에서는 후추나무 농장의 녹색 물결을 굽어볼 수 있었으며, "발 밑에서 물이 바위에 부딪치며 신음하는" 광경이 고스란히 눈에 들어왔다. 아침이면 수평선엔 푸른 산이 걸렸다. 코끼리들이 물을 마시러 오는 강, 원숭이들의 고함소리, 새들이 요란스럽게 지저귀는 소리. 모름지기 사람이라면 세상으로부터 물러나 이런 곳에서 살아야 마땅하지 않겠는가. 요르겐센과 더불어 일행은 이틀 동안 걸어서 모이Moï 족의 첫 번째 마을이 나오는 곳까지 갔다.

걱정 많은 어머니 파니는 무화과나무 집에 거주하는 소녀들의 눈에 띄지 않는 곳에 아들에게서 온 편지를 숨겨놓기 시작했다. 파니만 아는 그곳에 예르생이 최초로 인류학적 관점에서 작성한 기록이 쌓여가고 있다. 그는 모이 족에 대해 "키가 크고, 몸에 걸친 옷이라고는 허리띠가 전부인 족속"이라고 묘사했다. 그들은 안남 족과는 얼굴 생김새가 많이 달랐다. 대부분이 턱수염과 콧수염을 기른 모이 족의 얼굴에서는 안남 족에 비해 훨씬 강한 자부심과 야성적인 기질이 느껴졌다. 그들이 사는 촌락은 말뚝 위에 지은 굉장히 큰 한 채의 집으로 이루어졌다. 각 가족은 불완전한 칸막이를 이용해서 그 큰 집의 한 귀퉁이씩을 차지했다. 요컨대 진정한 의미에서의 공동체인 것이다. 모이 족에게 돈이란 아무런 가치도 지니지 못했다. 그들은 돈보다 유리구슬이나 구리 반지를 더 좋아했다.

예르생은 천성적으로 고독하게 살도록 태어난 사람들이 흔히 그렇듯 공동체적인 삶, 원시공산주의가 표방한 평등주의, 화폐의 부재에 대해 굉장한 매력을 느낀다. 그는 그곳을 기점으로 삼아 계속 앞으로 나아간다. 물가를 떠나 정글 속으로 들어가 안남 산악지대를 가로지른다. 그는 멈추지 않고 세당Sedang 족이나 자라이Jaraï 족이 사는 곳까지 전진한다. 그때까지 그곳은 고집쟁이 요르겐센조차 가보지 않은 처녀지였다. 스스로 마리 1세라는 왕이 된 마이레나라면 어쩌면 갔을지도 모르겠으나, 만일 그렇다 하더라도, 그는 황금이나 명예를 찾아 나선 길이었을 것이라는 점에서 예르생과는 달랐다. 예르생은 대개 볼가호가 출발하기 전날이 되어서야 사이공으로 돌아오곤 했다. 돌아온 그는 볼가호에 자신의 작은 배를 실었다. 사흘 후면 다시 방카가 되어줄 그의 작은 배. 볼가호에 오른 그는 다시 네그르 선장, 도매상인들과 어울렸다. 선원들에 관해서는 "중국인, 말레이시아인, 코친차이나인들이 두루 섞인 국제적 집단"이라는 묘사를 남겼다. 당시의 그는 선원들처럼 평생을 여객선에서 지내는 자신의 모습은 도저히 상상할 수 없었지만, 그렇다고 딱히 달리 무엇을 할 수 있을지도 알지 못했다. 그의 순례는 얼마 지나지 않아 지리적인 경계선에 도달했다. 그러니 이제부터는 미생물학 강의만큼이나 지루하고 고통스러운 시간이 펼쳐질 수도 있는 노릇이었다.

예르생은 아직 엄밀한 의미에서의 탐험가는 아니었다. 그는 떠나서 돌아오지 않은 적도 없었고, 특별한 위험을 만난 적도 없었으며, 목숨이 위태로운 지경에 처한 적도 없었다. 그러나 곧 툭Thouk과의 전투에서 창이 몸을 관통하는 사고를 당한다. 한데 그가 지닌 의학적 지식 덕분에 목숨을 구한다.

예르생이 마닐라와 사이공 사이의 황해를 오르락내리락 하며 소일한 그 해 봄에 랭보는 마지막으로 마르세유 항구에 돌아왔다. 몇 주 동안이나 적절한 치료도 받지 못하고, 파스퇴르 연구소에서 만드는 제품도 써보지 못한 채 들것에 실려 바위 사이를 오간 그의 다리에 외과 의사의 톱이 닿았다. 그를 싣고 오는 배 안에서 화륜선공사가 고용한 백색 제복 차림의 의사는 완전히 무력했다. 그가 환자를 위해 해줄 수 있는 일이라고는 아무것도 없었다. 정신착란 증세를 보이는 천재 시인의 마지막 말 몇 마디. 잡목 숲에서 들리는 북소리처럼 코끼리의 상아를 통해 흘러나오는 알아듣기 어려운 웅얼거림. 다리 절단에 앞서 시인은 누이 이자벨에게 보낸 편지에 이렇게 적었다. "왜 중학교에서는 이런 바보짓을 겪지 않으려면 갖추어야 할 최소한의 의학 지식조차 가르치지 않는 걸까?"

알베르와 알렉상드르

칼메트Albert Calmette가 사이공에 도착하면서 예르생은 적지 않게 놀랐다. 두 사람은 처음으로 만나는 것이었다. 파리의 루가 파스퇴르의 조언을 받아 주선한 만남이었다.

두 사람은 같은 해에 태어난 동갑내기였지만, 그때까지 걸어온 길은 거의 정반대였다. 브레스트의 해양보건학교에서 의학을 공부한 알베르 칼메트는 쿠르베 장군이 지휘한 중국 전쟁에 참여했다. 피에르 로티도 그 전투에 함께했다. 해양 의사로서 그는 홍콩에서 근무했으며, 그 후 가봉에서 6개월 일하는 동안 브라자를 만났고, 가봉을 떠난 후에는 뉴펀들랜드와 생피에르에미클롱에서 2년간 근무했다. 파스퇴르 연구소에서 미생물학 강의를 들은 그를 연구소 측에서 곧 코친차이나로 파견한 것이었다. 요컨대 알베르 칼메트는 파스퇴르 사단의 신참 회원이었던 셈이다.

예르생은 예의상 그의 초대를 받아들였다. 솔직히 호기심도 동했다. 말하자면 그의 지나간 삶이 다시금 불쑥 모습을 드러낸 것이나 마찬가지였다. 마치 항해와 연구 사이를 이어주는 다리처럼. 스무 살 칼메트가 해군 소속 보건 업무를 시작할 무렵 예르생은 마르부르크에 체류 중이었으며, 바다라고는 아직 한 번도 본 적이 없었다. 그런데 그 예르생이 지금은 뱃사람이 되어 있었다. 볼가호를 타고 항해를 거듭한 지 어언 1년이었다. 두 사람은 카티나 가의 아래쪽에 자리 잡은 백색의 궁궐 같은 마제스틱 호텔의 찻집에 마주앉았다. 카티나 가는 현재 동커이 가가 되었다.

금색으로 칠한 제1제정 시대 풍 의자와 제복을 갖춰 입은 종업원들. 강변 풍경. 당시로부터 120년이라는 시간이 흐른 2012년에도 여전히 그 강물 위를 떠다니는 정크선. 훗날 보이지 않는 유령 노릇을 하게 될 미래의 작가를 위해 의자 하나를 골라잡도록 하자. 마르부르크의 추어 조네 호텔에 묵으면서 두더지 가죽으로 표지를 씌운 수첩을 들고 예르생의 자취를 찾아다니던 그 작가를 위해서 말이다. 그 유령은 귀를 바짝 세우고서 검은 수염을 단정하게 손질한 스물여덟 살 동갑내기 두 남자의 대화를 수첩에 충실하게 기록해야 한다는 임무를 스스로에게 부여한다. 두 사람은 수줍음 잘 타는 내성적인 공모자들이 흔히 그렇듯이 신중하게 서로의 공통점을 탐색해 나간다. 세계 지리와 피에르 로티, 대구 낚시에 대한 지대한 관심. 두 사람은 더운 사이공에서 미클롱의 추위와 얼음에 관해 이야기를 나눈다. 정작 군인은 민간인 행세를 하고, 민간인은 군인처럼 금줄 다섯 개가 달린 백색 제복을 갖춰 입었다.

젊은 두 의사의 머리 위에서 대장의 거대한 그림자가 어른거린다. 검은색 프록코트에 나비넥타이를 매고 양 미간을 잔뜩 찌푸린 그들의 도덕적 스승에 대한 기억은 이 두 파스퇴르 사단 의사의 대화 곳곳에서 되살아난다. 두 사람은 각자 "노인네"와의 첫 만남을 떠올리며 그때의 추억을 늘어놓는다. 단 한 번도 의사였던 적이 없으면서 의학의 역사를 송두리째 바꾸어놓은 그의 업적과 생애라면 모르는 사람이 없다. 화학자이자 결정학자였던 파스퇴르. 두 사람은 누에나방의 질병에서 시작하여 맥주 발효, 와인과 우유의 저온 살균법, 돼지 콜레라와 양 탄저병의 병원균 발견을 거쳐 광견병 예방치료제 개발에 이르기까지의 그의 성공담을 추억했다. 전 세계 그 어느 언어로도 표현하지 못했던 전혀 새로운 현실을 찾아낸 덕분에, 권위 있는 사전을 만들어낸 언어의 대가 리트레Littré를 끈질기게 졸라 "미생물microbe과 미생물학microbie이라는 용어는 아주 적절하다"는 판결을 받아낸 인물. "극미동물animalcule이라고 지칭해왔던 것에 대해서 미생물microbe이라는 용어를 쓰는 편이 더 적절해 보인다. 왜냐하면 당신이 지적했듯이 우선 단어 자체가 더 짧고, 미생물 상태를 지칭하기 위한 여성명사microbie의 사용도 가능하기 때문"이라고 리트레는 부연 설명했다.

이렇듯 서로 상대방 쪽으로 몸을 굽히고서 도란도란 이야기를 나누는 두 사람을 보노라니, 자연스럽게 혁명 단체에서 활동하는 비밀 결사대원들이 암호를 써가며 더 나은 내일을 꿈꾸고 있는 듯한 느낌이 든다. 형제애라고나 할까. 두 사람 중에서 더 강렬한 인상을 받은 사람은 칼메트 쪽이었다. 그의 앞에는 디프테리아 독소를 발견함으로써 당당하게 석학의 반열에 올라선 예르생이 떡 버티고 앉아 있지 않은가. 루는 파리에서 이미 그에게 경고했다. 예르생은 괴짜다, 고독을 즐기는 그는 뱃사람이나 모험가가 되기 위해 떠났다고 그에게 거듭 상기시킨 것이다. 칼메트는 자신을 파견한 까닭이 이곳에 파스퇴르 연구소를 세우기 위해서이며, 그렇게 되면 칼메트 자신은 예르생을 곁에서 도울 것이라고 털어놓았다. 그런 내막을 전혀 알지 못했던 예르생은 그 말을 듣자 온몸이 굳어버렸다. 파스퇴르 사단이 또다시 그를 붙잡고 늘어지다니. 칼메트는 사이공에 일할 공간을 마련하지 못한 상태였다. 그는 병원 한 구석에 연구실을 마련할 작정이었다.

그러기 위해서 그는 군의 지휘를 받는 식민지 보건 담당 기관에 들어갔다. 그건 루와 파스퇴르가 예르생을 끌어들이기 위해 파리에서 구상한 일종의 위협이기도 했다. 예르생은 내내 주저했다. 그렇게 하다가 언젠가 프랑스 당국의 요구에 따라야 하는 날이 오게 될 것이 두려웠기 때문이다. 예르생은 프랑스 국적을 취득하긴 했으나, 그 후 단 한 번도 프랑스 군에서 복무한 적이 없었다. 그에게 그런 요식 행위 따위는 끝난 일이었다. 그건 벌써 옛날에 다 지나간 과거였다. 예르생은 자리에서 일어났고, 두 사람은 악수를 했다. 어쩌면 그 둘은 앞으로 다시는 만날 일이 없을지도 모를 노릇이었다. 그러나 두 사람 사이엔 머지않아 우정이라고 부르게 될 무언가가 분명 있었고, 두 사람 모두 그걸 느끼고 있었다. "그는 나에게도 보건 기관에 들어오라고 설득하기 위해 무진 애를 썼습니다. 하지만 어제의 논리가 오늘도 여전히 유효하기 때문인지 나는 선뜻 결정을 내릴 수 없었습니다."

예르생은 마제스틱 호텔의 살롱을 나와 두 손을 주머니에 꾹 찌른 채 화륜선공사 사무실을 향해 걸었다. 목적지는 아주 가까웠다. 강가를 따라 조금만 걸어가면 바로 도착할 만한 거리였다. 투응우, 곧 슈라우드로부터 내려진 신호주를 지나 운하 위에 지은 작은 다리를 건너면 바로 회사였다. 예르생은 볼가호에 올라 여느 때처럼 종을 치고서 의사로서의 일과를 수행했다. 칼메트는 위층 자기 방으로 돌아갔다. 그때까지만 해도 이 두 사람은 자기들의 삶이 어느 정도 긴밀하게 연결되어 있는지 알지 못했으며, 그 후 40년 넘게 편지를 주고받는 사이가 되리라고는 상상도 하지 못했다. 네그르 선장은 예르생의 방카를 갑판으로 끌어올렸다. 예르생은 다시금 모험 가득한 삶을 계속하면서 무슨 일이든 돌진해보겠다는 희망을 이어갔다.

예르생은 바다에서 저녁을 맞이할 때면 여전히 다소 망설이는 기색을 보였다. 그는 칼메트가 들려주었던 계획들을 되새김질해보았다. 그가 쌀을 발효시켜 술을 만드는 법, 아편의 진통 효과, 독사에게 물린 치명적인 상처를 치료하는 방법 등을 연구해보겠노라고 털어놓았던 것이다. 칼메트는 세상 사람들이 다 아는 성공을 거두었다. 훗날 등장한 BCG백신이라는 용어에서 C자는 칼메트를 의미한다. 왓프놈 사원에서 멀지 않은 곳에 자리 잡은 프놈펜 칼메트 병원과 파스퇴르 연구소의 명성은 오늘날 널리 알려져 있다. 그는 개체 번식 또는 전이를 통해 지구상에 이 두 기관을 퍼뜨리기 위해 열심히 뛰었다. 덕분에 릴보다도 앞서 프랑스 외부 지역으로서는 처음으로 이곳에 이 두 기관이 자리 잡을 수 있었다. 아니 프랑스 본토를 벗어난 곳이라고 하는 편이 좀 더 정확하겠다. 당시 사이공, 릴 또는 알제는 프랑스 영토였으니 말이다.

비행기에서

1940년까지는 어쨌거나 그것이 사실이었다. 비록 나치 군대와 맞선 지 고작 일주일 만에 패배를 선언했다는 사실이 제국의 생존에 어두운 그림자를 드리운 것은 사실이었지만 말이다. 프랑스는 불과 한 세기 만에 세 번째로 침략을 당했다. 흰 턱수염과 푸른 눈의 일흔일곱 살 된 노인네는 지중해 상공을 나는 비행기 안에서 졸고 있었다. 르오 H-242 기는 마르세유에서 이륙한 지 이틀 만에 아테네 공항에서 이륙했다. 작은 흰 고래는 푸른 바다 위를 선회했다. 비행기 조종석 뒤쪽에 위치한 항공 역학적 연통의 윗부분에 조립된 그놈 앤 론Gnôme & Rhône이라는 새로운 모델의 엔진 네 개가 내는 굉음 속에서 왼쪽 날개 아래로 키프로스의 자태가 어른거렸다.

예르생은 새로 얻은 정보를 수첩에 기록했다. 모델명 그놈 앤 론.

그는 파리에서 열린 파스퇴르 연구소 총회에 참석하고 돌아가는 길이었다. 한동안 다시 총회가 열리기는 힘들 것이었다. 그는 루의 무덤이 자리하고 있는 자갈 깔린 연구소 안뜰에서 연구원들의 작별 인사를 받았다. 칼메트와 루가 죽은 지도 벌써 7년이 되었다. 그는 이제는 저세상 사람이 되어버린 옛 동료들에게 인사를 하고, 나이 든 연구소 경비원 조제프 메스테르와 악수를 했다. 광견병에서 살아난 최초의 환자였던 그도 어언 예순네 살의 노인이 되었다.

분명 예르생은 동료들이 모두 떠난 지금 자신은 어째서 여전히 생존해 있는지 궁금해했을 법하다. 앞으로도 얼마나 많은 전쟁을 겪어야 할 것인가? 그는 칼메트 형제를 생각했다. 형인 가스통은 기자였으며, 프루스트는 『잃어버린 시간을 찾아서』의 초반부를 그에게 헌정했다. 동생 알베르는 사이공의 마제스틱 호텔에서 처음 만났다. 그로부터 10년 후 루는 예르생에게 다음과 같이 적어 보냈다. "우리가 그의 형 집에서 사로Albert Sarraut(1872~1962, 프랑스 출신 급진 정치가로 두 차례나 총리직을 역임—옮긴이)를 만날 수 있도록 칼메트가 알아서 준비할 걸세." 사로 장관이 인도차이나의 차기 총독이 될 가능성이 높아 보이던 시기였다. 같은 편지에서 루는 "연구소엔 새로운 일이라곤 없네. 모로코와 관련한 프랑스와 독일의 협상에 모두들 촉각을 곤두세우고 있는 상태"라고도 적었다.

형 가스통 칼메트는 그의 사무실, 즉 《피가로》 지의 편집장실에서 사로가 아닌 다른 장관 카요Joseph Caillaux(1863~1944, 프랑스의 급진적 정치가, 고위 공무원으로 제3공화국 치하에서 장관직, 총리직을 역임—옮긴이)의 부인이 쏜 총에 맞아 죽었다. 이 사건은 1914년 봄, 장 조레스Jean Jaurès(1859~1914, 프랑스 정치가로 사회주의를 지향했으며, 특히 세계평화를 위해 앞장서다가 암살당했음—옮긴이) 암살 사건과 전쟁 발발 직전에 일어났다. 다시 한 번 예르생은 추악한 정치판을 떠나 혼자가 되고자 발버둥쳤다. 비록 그의 전 생애를 통틀어 진정한 의미에서 파스퇴르 연구소와 그 사단으로부터 멀어진 적은 없었지만, 그럼에도 늘 혼자가 되고 싶어 했던 건 엄연한 사실이었다. 온통 파란색 천지인 망망대해에서 희고 불그스름한 선 하나가 그의 눈길을 끌었다. 레바논의 산들이었다.

앙리 무오Henri Mouhot(1826~1861, 프랑스의 자연학자, 탐험가로 앙코르와트 유적을 발견한 자로 알려져 있으나 이는 사실이 아님—옮긴이)가 앙코르의 신전을 발견했을 무렵, 그러니까 1860년—이 해에 파스퇴르는 자연발생론에 맞서서 대대적인 논쟁을 벌이며, 샤모니에서 출발해서 알프스의 빙하로 들어가 순수한 공기를 채집한다—만 하더라도, 아시아에 가기 위해서는 희망봉을 돌아 길게 우회하는 항로가 유일했다. 돛을 단 범선으로는 석 달이 걸렸다. 그로부터 30년이 지난 후, 예르생이 옥수스호를 타고 처음으로 아시아에 갈 때에는 증기선을 타고 수에즈 운하를 지났으므로 30일 만에 도착할 수 있었다. 이제 1940년 봄, 비행기로는 일주일이면 충분했다. 한 사람의 일생 동안, 늙은 호박만 하던 것이 멜론만 해졌다가 귤처럼 작아졌다고 말할 수 있다.

6년 전부터 이미 에어 프랑스사 항공 노선의 단골 고객이 된 그는 자신이 지나가게 될 항로에 대해서라면 훤했다. 아테네를 지나 베이루트, 베이루트를 지나 다마스쿠스, 바그다드, 부시르, 자스크,

카라치, 조드푸르, 알라하바드, 캘커타, 랑군, 방콕, 앙코르를 거쳐 사이공에 이르는 길. 파리에서 출발하여 10여 차례 이륙과 착륙을 반복하게 되는 여정. 벼룩이 뛰어오르듯 가다 서다를 반복하는 길. 양극 산화 처리된 두랄루민으로 만들어진 작은 흰 고래는 줄곧 시간당 2백 킬로미터라는 속도를 유지하며 날아간다. 사실 시속 2백 킬로미터면 오늘날의 기차 속도보다도 느리다. 하지만 당시로서는 엄청 빠른 속도였기 때문에 비행기 동체 안에서는 고도가 조금만 올라가도 눈알이 돌기 마련이었다.

이제나 저제나 예르생은 모든 것을 알고자 했다. 장소와 이름, 숫자에 대한 그의 기억력은 도무지 만족을 몰랐다. 그는 비행시간, 조종사 이름(쿠레Couret), 기술 책임자 이름(풀리캉Pouliquen), 하늘의 상태, 기후 조건 등을 빠짐없이 기록했으며, 지난날의 기록을 읽고 또 읽었다. 그러다가 지겨우면 다시 메모 작성에 돌입했다. 모든 탐험가, 연구가들에게서 공통적으로 나타나는 기록 습관으로 말미암아 그는 한평생 수백 권의 수첩을 빼곡하게 채웠다. 만년필을 손에 쥔 미래의 전기 작가 유령 자격으로 잠시 그의 곁에 앉아보자. 그의 어깨 너머로 보이는 내용을 두더지 가죽으로 겉표지를 감싼 수첩에 대충 옮겨 적어보자. 그것은 마치 이란 침공을 준비 중인 스파이용 드론의 여정 같아 보이는 내용을 담고 있었다.

자스크 — 0시 55분 출발. 고도 1천 미터

1시 50분 — 해적들의 곶? 페르시아 만 진입.

2시 — 바닷가 암석 위에 형성된 작은 촌락. 에메랄드 빛 바닷물.

해변만 빼고 온통 초록빛. 야자나무숲. 작은 고기잡이배. 회색 기암괴석.

3시 — 촌락과 야자나무 숲만 이어지는. 인적이라고는 거의 없는 반도. 바다엔 배들만 떠다닌다.

3시 40분 — 동쪽 들판엔 드문드문 인적이 눈에 띈다. 많은 수의 촌락(시라), 자스크와 부시르의 중간쯤 되는 곳.

5시 — 고도 1천 미터로 들판 또는 인근 산악지대를 비행. 많은 수의 촌락. 북서쪽에서 남동쪽으로 흐르는 강물은 거의 말라붙었음. 통신로 확보.

5시 30분 — 강을 끼고 남동쪽을 향해 앉은 너른 골짜기. 바둑판 모양으로 생긴 밭.

6시 30분 — 부시르 도착, 기온=27도.

1940년 6월 초, 비행기가 설 때마다 승객들은 새로운 소식에 목말라했으며, 군사 상황 때문에 불안해했다. 이들은 연합군이 덩케르크에서 패잔병들을 배에 태웠다는 소식을 접했다. 프랑스의 항구들은 연일 폭격을 당했다. 생나제르에서는 큐나드Cunard사의 랭카스트리아Lancastria호에서 일어난 화재로 피난민 수천 명이 목숨을 잃었다. 영국만 유일하게 독일에 맞서고 있었다. 이탈리아도 참전했다. 예르생은 유럽이라는 화약고로부터 매일 조금씩 멀어져갔다. 캘커타에서는 석양이 갠지스 강을 붉게 물들였다. 그는 해질 무렵 삼각주 위에서 자줏빛과 황금빛이 절묘하게 뒤섞이는 광경을 지켜보았다. 냐짱까지 가는 데에는 긴 시간이 소요되었다. 비행기 안에서 갑자기 죽어, 어디가 되었건 비행기가 잠깐 멈춘 곳에 묻힐지도 모르는 노릇이었다. 그렇게 된다면 그곳엔 성당이 아니라 파스퇴르 연구소를 짓게 될 테지. 그는 어린아이가 방학을 손꼽아 기다리듯 비행 날짜와 이착륙 날짜를 꼽았다. 늘 냐짱으로 돌아가는 생활을 한 지도 어언 50년에 접어드는 만큼 그는 그곳에서 죽고 싶었다. 나짱이 아니라 냐짱이라고 발음해야 한다고 그는 편지에서 강조하곤 했다. 그는 17세기에 『포르투갈어-안남어-라틴어 사전*Dictionnaire portugais-annamite-latin*』을 편찬한 알렉상드르 드 로드Alexandre de Rhodes가 아비뇽 출신 예수회 선교사였으며, 따라서 랑그독langue d'oc(오크어 또는 옥시타니아어라고도 함. 프랑스 루아르 강 이남의 6개 지역에서 사용되던 언어를 가리키며, 이탈리아와 스페인 일부 지역에서도 사용됨—옮긴이)을 사용하는 사람이었으므로 h를 습음화 하는 습관이 있었기 때문이라고 그 이유를 설명했다. 냐짱Nha Trang. 예르생 그는 정말이지 모든 것을 알아야 직성이 풀리는 사람이었다.

예르생이 냐짱을 발견할 수 있었던 건 순전히 화륜선공사의 또 한 명의 사령관, 곧 생나제르 출신 플로트Flotte 선장과의 우정 덕분이었다.

플로트 선장 덕분에 그는 지상낙원에 발을 들여놓을 수 있었다.

하이퐁에서

해군에서는 근무지 선택이 각자의 몫이 아니다. 화륜선공사 입장에서 보자면 필리핀 노선은 수지가 맞지 않았다. 마닐라로 가는 볼가호에서 1년간 근무한 예르생은 하이퐁으로 가는 사이공호에서 근무하는 의사로 재배치되었다. 사이공호는 볼가호의 절반 크기에 지나지 않는 작은 배였다.

사이공호는 서른여섯 명까지 승객을 실을 수 있는 화물선으로 느린 속도로 중국해를 왕래했다. 바다에서 하루 넘게 항해하는 적도, 바다에서 밤을 지내는 적도 거의 없었다. 따라서 예르생에게는 아주 한직이었다. 해양법상, 먼 바다를 항해하는 거대한 여객선과 마찬가지로 작은 배에도 금줄 다섯 개짜리 백색 제복을 입은 의사가 반드시 승선해야만 했다. 표저나 두통 등을 호소하는 환자들은 거의 없었다. 예르생이 보기엔 오직 납처럼 창백한 안색을 한 채로 줄담배 연기를 뿜어내는 플로트 선장만이 걱정거리였다. 의사의 말에 선장은 어깨만 으쓱할 뿐이었다. 이곳 바다에서 항해를 하기 시작한 이래 그는 늘 강인한 모습을 유지해왔다. 지금도 이렇게 멀쩡한 것이 그 증거라는 말만 늘어놓았다. 예르생은 무료했다. "우리는 해안에서 평균 2~3마일 정도 떨어져서 항해했습니다. 그렇기 때문에 늘 눈앞에 보이는 풍경이 달라졌죠. 나는 소일거리 삼아 우리가 지나가는 경로따라 줄줄이 등장하는 산들의 모습을 크로키에 담아보았습니다. 다음번 항해 때 혹시라도 그 산들을 알아볼 수 있기를 기대하면서 말입니다. 선장은 나에게 선교에 올라가서 그림을 그리라고 말했죠. 해양 지도가 너무 엉망이라면서, 완성하면 자기에게도 한 부 복사해달라는 부탁도 잊지 않더군요."

쥘 페리의 지휘를 받는 쿠르베Amédée Courbet(1827~1885, 프랑스의 해군 제독으로 특히 인도차이나 전쟁에서 혁혁한 공을 세움—옮긴이) 제독의 함대(피에르 로티도 이 함대 소속 장교 중 한 명이었다)가 안남과 통킹을 차지한 지난 10년 동안, 프랑스에는 오직 해안 지역만 알려졌다. 육로를 통해 이 두 지역을 코친차이나와 연결하기 위해서는 언젠가 반드시 지도 작성 작업을 벌여야 할 것이었다. 이제 막 열린 무역 노선만이 사이공과 하노이라는 두 식민지 수도를 연결하는 유일한 수단이었다. 아침마다 의사 예르생은 해군용 쌍안경 줄을 목에 걸고서 연필과 도화지를 꺼내 들었다. 의사 못지않게 심심해하는 승객들은 영국 사람들의 습관을 배웠다. 승객 중에서 제일 돈이 많은 사람들은 '포시'가 되어 사이공에서 출발할 땐 배의 왼쪽 선실을, 하이퐁에서 출발할 땐 오른쪽 선실을 택했다. 플로트 선장과 예르생, 이렇게 두 사람만 선교에서 파노라마처럼 펼쳐지는 풍광을 눈에 담았다.

갈 때나 올 때나 배는 지극히 평온하고 볕이 잘 드는 만 깊숙이 닻을 내린다. 양묘기를 가동해서 카누를 물에 띄운 다음 노 받이에 노를 걸어 가까운 어촌에 상자 몇 개를 내려준다. "사이공을 출발한 후 제일 먼저 멈추는 곳이 냐짱입니다. 거기까지 가는 데에는 스물여덟 시간이 걸리죠." 예르생은 바람에 흔들거리는 짙은 녹색의 야자나무들과 햇빛을 받아 반짝거리는 모래를 그린다. "우리는 이 멋진 만에 정박하는 유일한 선박입니다."

냐짱부터는 북쪽으로 거슬러 올라가게 된다. 배가 전진함에 따라 홍 강 어구 하이퐁에 도착할 때까지 하늘은 점점 짙은 잿빛을 띄어간다. 하이퐁에서는 정크선이 승객들을 태우고 하노이까지 간다. 예르생은 작은 배 한 척을 구입하여 마닐라와 사이공 사이를 누비고 다녔던 것처럼 삼각주 인근 지류를 왕래한다. 강을 따라 일주일 정도 항해한 후엔 다시 태양이 작열하는 남쪽으로 돌아오는 여정이었다. 예르생은 다시금 진찰 개시를 알리는 종을 울린다. "승객들이란 때로 아주 따분하지만, 어쩌겠습니까, 그 또한 실존의 지난함 중의 하나가 아니겠습니까." 배 안에서는 체격이 큰 식민지 이주백인 여인들이나 암말들이 폭염 때문에 진땀을 흘리다가 혼절하는 일들이 가끔 벌어졌다. 하지만 뭐니 뭐니 해도 건강이 좋지 않은 플로트 선장이 제일 큰 걱정거리였다. 그는 가끔 갑판 난간을 붙잡고 몸을 의지해야 할 정도였다. 하지만 선장은 아프다고 응석을 떨기보다는 그저 어깨만 한 번 으쓱하고 여느 때처럼 담배에 불을 붙이는 부류에 속하는 위인이었다. 예르생이 그에게 병자라는 진단을 내리면 그는 더 이상 배를 타지 못할 수도 있었다. 플로트 선장은 어차피 죽는 거라면 바다에서 죽기를 원했다. 두 남자는 친구가 되었고, 곧 그 이상, 즉 공범자가 되었다. 예르생은 사이공호에 샹베를랑 여과 장치를 설치했다.

냐짱 앞을 지나다닐 때마다 매번 감탄을 금치 못하던 예르생에게 배달 임무를 수행하는 선원들과 함께 육지에 내릴 수 있는 권한이 주어졌다. 반경 50킬로미터에 걸쳐 자욱한 안개에 뒤덮인 산 정상 아래로 펼쳐지는 항구 너머 후방 지역은 그야말로 온갖 진귀한 식물들의 보고였다. 장교 식당에서 플로트 선장과 예르생은 늘 하던 대로 대화를 이어갔다. 그때까지 냐짱 인근 산악지대를 넘어가본 사람은 한 명도 없었으며, 따라서 그곳의 지도라는 건 아예 존재하지도 않았다. 진즉부터 예르생이라는 인물의 미래는 바다가 아님을 직감한 선장은 규칙을 어겨가며 그의 냐짱 체류를 허락했다. 자신이 책임을 맡은 배에서 의사의 부재로 발생할 수도 있는 위험을 감수한 것이다. 예르생은 시골 구석구석을 누비고 다니며 구두 없이 걷는 데 익숙해졌다. 그래도 여전히 탐험 수준은 아니었다. 갑판 선교에서도 그의 훈련은 계속되었다. 그는 나이 든 선장에게 육분의를 사용해서 좌표를 정하는 법을 익혔다. 밤에 선실로 돌아가서는 측지학을 공부하고, 천문 관측을 위해 필요한 수학적 지식을 쌓아갔다.

사이공과 하이퐁을 오가는 단조로운 노선에서 지루한 일상을 보내는 동안 예르생은 플로트 선장 덕분에 지도 제작자와 탐험가로서의 미래를 준비한다. 우리의 기억 속에서 잊혀간 수천 명의 용감한 선원들 가운데에서 특히 플로트 선장에게 경의를 표하자. 태어나서 자란 생나제르 항구에서 출발하여 일생 동안 크고 작은 모든 바다를 섭렵한 후, 보르도 항구의 한 병원에서 열대병으로 사망한 밝은 혜안의 플로트 선장을 망각 속에서 끄집어내 뒤늦게나마 칭송하자.

가난한 사람들의 의사

칼메트에 이어서 이번엔 루아르가 들이닥쳤다. 예르생은 그들이 절대로 그를 놓아주지 않으리라는 걸 예감했다. 아드리앵 루아르, 그는 파스퇴르의 친조카로, 초창기 파스퇴르 사단의 일원이었다. 나이가 같은 두 사람은 뒤토 가에 건물을 신축하기 전 보클랭 가에서 함께 준비반 조교로 일했다. 삼촌의 조언에 따라 루아르는 화륜선공사의 사이공 사무실로 전보를 보냈고, 예르생은 사이공에 도착할 때마다 그가 보낸 전보들을 받았다.

루아르는 파스퇴르 연구소를 세우고, 닭 콜레라균으로 만든 백신을 통해 병을 퍼뜨리는 토끼들을 섬멸하라는 임무를 안고 오스트레일리아로 파견되었다. 그는 또한 개와 들개들을 대상으로 광견병 예방접종도 실시하고, 탄저병 예방을 위해 양들에게도 접종을 실시해왔으나, 혼자만으로는 감당할 수 없었다. 루아르는 예전 동료인 예르생에게 도움을 청했다. 넓은 세상을 마음껏 누비며 다니고 싶어 하던 예르생이 아닌가. 그런 그에게 루아르는 중국해에서의 연안 항해보다 훨씬 흥미로운 제안을 내놓았다. 선상 의사보다 월급도 많고 연구를 계속할 수 있는 연구실도 제공되는 조건이었다. 오스트레일리아는 한창 도약 중인 대지였다. 그곳에서는 모든 것이 현대적이고 캥거루도 원 없이 볼 수 있었다. 루아르의 설득은 그쯤까지였다. 예르생은 마제스틱 호텔을 지나, 카티나 가를 거슬러 올라가다 귀스타브 에펠 우체국으로 들어가 창구에서 파란 종이를 한 장 달라고 요청했다. 그는 그 편지지에 최대한 형식을 갖추어 루아르에게 그의 변함없는 우정을 확인시키고, 그가 하고 있는 일에 대해 찬사를 보낸 다음, 그래도 시드니엔 가지 않겠다고 정중하게 적었다. 칼메트가 제안한 사이공에서의 일을 거절한 것과 다르지 않았다. 그래도 용기를 잃지 않은 칼메트는 예르생에게 다시금 제안했다. "칼메트는 온갖 감언이설을 다 늘어놓아가며 집요하게 나를 식민지 해군 부대에 들어오도록 꼬드겼습니다."

예르생은 세균학의 전성시대는 이미 지나갔다고 확신하는 터였다. 모험가들의 시대는 끝났다. 천재적인 몇몇 연구자들이 혼자 고립되어 작업에 전념하던 시대도 갔다. "현 단계의 미생물학에서 괄목할 만한 진전을 이루기란 매우 어려울 것이며, 그렇게 되기까지 무수히 많은 시행착오와 실망을 거듭하게 될 것임을 나는 알고 있습니다." 그에게는 그처럼 힘든 일을 맡아야 하는 십자가를 지고 싶은 마음이 없었다. 예르생은 아직 젊고, 따라서 갈 길이 바쁜 데다, 무엇에나 금방 싫증을 내는 성격이었다. 이제 정글에서 맨발로도 얼마든지 걸어다니게 된 그는 다시금 온종일 연구실에서만 지내야 하는 연구원이라는 불편한 구두를 신고 싶지 않았다. 어느 한 곳에 묶이려고 파리를 떠난 게 아니지 않은가. 그는 탐험가의 길을 선택했다. 어쩌면 의사가 되기도 전에 먼저 그 길을 선택했는지도 모른다. 그는 베를린에서 벌써 어머니에게 그렇게 적어 보냈다. "저는 운명적으로 과학적인 탐험에 나서게 될 것 같습니다. 그 방면에 너무도 강렬하게 끌리거든요. 리빙스턴의 발자취를 따라가는 것이 제가 마음속에 늘 품어오던 꿈이었음을 어머니도 기억하실 테지요."

그때 당시 이미 고인이 된 지 20년을 넘긴 리빙스턴에 대해서라면, 예르생은 모르는 것이 없었다. 남아프리카에서 출발해 앙고라까지 간 그의 여정, 모잠비크에 이르기까지 아프리카 대륙 구석구석을 누비고 다닌 그의 발자취. 지나가는 마을들에서 베푼 의료 행위. 잠베지 강의 발견과 나일 강 수원을 찾기 위한 지칠 줄 모르는 노력. 그를 찾으라는 임무를 안고 떠난 스탠리 기자와 탕가니카 호숫가에서의 극적인 만남. 그 리빙스턴 박사가 아닌가? 스탠리를 따라 떠날 것을 거절하고, 그로부터 1년 후 사망. 그를 따르던 충직한 하인 추마와 수시가 내장을 꺼내 나무 밑에 매장. 내장 적출 후 건조된 시신을 횃대에 매달아 바가모요까지 옮긴 후 인도양으로 실어와 잔지바르에서 영국인들에게 넘겨준 추마와 수시. 웨스트민스터 사원에서 거행된 장례식과 이 모든 것의 고삐를 쥐고 관리하던 스탠리. 이곳에 데이비드 리빙스턴 잠들다. 선교사. 여행가. 자선사업가. 알려지지 않은 새로운 땅을 발견하게 될 때까지, 예르생은 냐짱에 체류하게 될 때마다 그가 영웅으로 여기는 가난한 사람들의 의사 리빙스턴과 같아지려 애썼다.

"의료 행위에 취미를 붙이게 되었는지 물어보셨지요. 그렇기도 하고 아니기도 합니다. 저에게 조언을 구하러 오는 사람들을 치료하는 건 굉장히 즐겁지만 의학을 직업으로 삼고 싶은 마음, 그러니까 내가 제공하는 치료의 대가로 환자에게 돈을 요구하고 싶은 마음은 없습니다. 저는 의학이란 성직이나 마찬가지라고 생각합니다. 환자를 돌봐준 데 대해 돈을 요구한다는 건 그에게 돈을 주지 않을 거면 목숨을 내놓으라는 강도짓과 크게 다르지 않죠." 예르생은 사이공호를 타고 항해를 계속했으며, 화륜선공사는 그에게 급여를 지불했고, 그 급여 덕분에 예르생은 적어도 당분간은 환자들에게 돈을 받지 않아도 되었다. 평생 동안 그는 정치는 물론 경제와도 무관한 사람으로 지내려고 했다. 모르주 출신 자유로운 복음주의자로, 의사이며 동시에 탐험가이자 목사였던 리빙스턴의 충실한 추종자로 지내고자 했던 것이다.

1940년 봄, 일주일 동안 10여 차례의 이륙과 착륙을 거듭한 여행 끝에 사이공 공항에 내린 흰 턱수염의 노인 예르생은 양극 산화 처리된 두랄루민으로 만든 작은 흰 고래에게 작별인사를 고한 후 기차 편으로 마침내 냐짱 역에 내려 어부들의 곶Pointe des Pêheurs을 뜻하는 평화스럽고 멋진 항구 썸꼰Xóm Cồn으로 돌아왔다. 그가 방파제 위를 천천히 걷자 주변에 있던 어부들이 반갑게 그에게 인사를 건넸다. 오래전 그를 받아준 어부들의 손자뻘 되는 사람들이었다. 이곳 사람들이 좋은 의사 선생님 남Nam이라고 부르는 그의 마지막 귀환이었다. 사람들은 그의 제복에 새겨진 다섯 줄의 금색 줄을 기리기 위해 '다섯 줄 아저씨'를 뜻하는 '남'이라고 불렀다. 지난 세기, 그러니까 그들의 할아버지, 할머니를 고쳐주던 검은 수염과 파란 눈을 가진 씩씩한 젊은 뱃사람 시절에도 이미 예르생은 제복을 입지 않았음에도 사람들은 늘 그를 그렇게 불렀다.

예르생은 물가에 지은 자신의 대저택으로 들어갔다. 그 자신이 오래전에 설계한 집이었다. 합리적인 육면체의 집. 천문 관측대를 이고 있는 지붕은 돔형이었다. 세 개의 층은 각각 열주가 늘어선 회랑으로 둘러싸여 있었다. 사람들은 이번만큼은 정말로 그를 다시 볼 수 없게 되는 건 아닌지 두려워하던 차였다. 예르생은 짐을 풀러 가져온 약품들을 정리했다. 아껴서 써야 할 판이었다. 그는 베란다 안에 들여놓은 흔들의자에 앉아 바다를 바라보았다. 야자수들과 찬란한 만 사이를 오가는 햇빛의 유희. 그의 가까이로 온갖 색으로 치장한 범선들이 요란한 소리를 내며 지나간다. 앵무새도 그의 곁을 지켰다. 아침이면 그는 라디오를 통해 전날 저녁 파리 소식을 들었다. 프랑스를 위해 자신을 바칠 결심으로 치욕적인 휴전협정에 서명하겠다는 페탱 원수의 음성이 들려온다. 프랑스는 패전국이 되었다. 스위스는 중립국이었으며 독일은 승전국이었다. 프랑스 전역에서 단 며칠 만에 20만 명 이상이 목숨을 잃었다. 통상적으로 전염병이 휩쓸고 지나갔을 때에나 가능한 사망자 20만 명이라는 숫자는 이른바 갈색 페스트, 곧 파시즘이 초래한 결과였다. 예르생은 전쟁이란 본래 세계적이므로 냐짱도 전쟁으로부터 자유로울 수 없을 것임을 잘 알고 있었다. 독일의 동맹국인 일본 군대가 어느 날 어부들의 곳에 상륙할 것이었다. 노회한 전염병학자로서 예르생은 최악의 시나리오가 언제나 가장 확실한 시나리오임을 잊지 않았다.

늙는다는 건 매우 커다란 위험에 맞닥뜨리게 되는 것이다.

일부 사람들에겐 젊고 아름다울 때 죽는 것이 그다지 나쁘지 않은 일일 수도 있다. 아르튀르 랭보는 탈저로 일찌감치 생을 마감하지만 않았더라면 필리프 페탱 원수와 고작 두 살 정도 차이 났을 것이다. 예르생은 일흔일곱 살이었다. 냐짱에서 그의 수도사 같은 생활이 다시 시작되었다. 그는 죽을 때까지 육면체의 대저택을 벗어나지 않았다. 언제가 될지 모르지만 그때가 올 때까지 버틸 것이었다. 처음으로 그는 잠시 주저했다. 이렇듯 나이는 먹을 만큼 먹은 상태에서 또다시 무슨 모험에 뛰어든단 말인가. 그는 살 날이 얼마 남지 않았음을 직감하고 있었다. 벌써 오래전부터 사람들은 그에게 회고록을 집필하라고 성화였다. 파스퇴르 사단. 그다지 열정을 기울이는 기색이라고는 없이 그는 그간 모아두었던 자료들을 정리하고, 오래전부터 끌고 다니던 짐짝들을 열어젖혔다. 세상 사람들이 그가 페스트의 대역사를 들려주기를 원할 때 그는 탐험가로서의 기록을 담은 수첩만 다시 읽었다.

예르시니아 페스티스.

기나긴 행진

이제 스물아홉 살이 된 예르생은 과학 따위는 잊어버리고 싶었다. 미생물학이니 연구니 하는 것은 모두 끝났다. 그의 인생은 완전히 바뀌었다. 그는 바다를 택했고, 부둣가와 기중기, 이른 새벽 시간의 승선, 물결 위로 미끄러지는 배의 움직임, 아시아 바다의 온순하고 누런 파도 위로 내려앉는 저녁의 노래 등을 통해서 행복감을 맛보았다. 하지만 항해 생활이 2년 넘게 지속되자 예르생은 싫증을 내기 시작했다. 예르생이 해양 언어의 정확성, 그와 마찬가지로 스위스 태생인 작가 블레즈 상드라르Blaise Cendrars(1887~1961, 스위스에서 태어났으나 프랑스로 귀화한 소설가, 시인. 본명은 Frédéric Louis Sauser. 러시아, 뉴욕, 브라질 등지를 여행했으며, 외인부대에 지원해서 참전하여 상이용사가 된 파란만장한 그의 삶이 투영된 글을 주로 썼음—옮긴이)가 묘사한 대규모 항구들의 떠들썩한 분위기를 사랑한 건 사실이지만, 그렇다고 해서 자신이 플로트 선장처럼 선교 위에서 늙어가는 삶을 살게 되리라고는 도저히 상상할 수 없었다. 결국 그는 화륜선 공사 측에 사직을 요청한다. 그의 요청은 받아들여졌으며, 따라서 그는 이제 파스퇴르 연구소와 선박회사 모두로부터 자유의 몸이 되었다.

사는 게 늘 이런 식이라면 어느 회사를 막론하고 예르생 같은 직원에 대해 진중하지 못하고 끈기가 부족하다는 식의 비난을 쏟아냈을 것이다. 하지만 당시 그는 이미 결핵과 디프테리아 연구에 혁혁한 공을 세운 인물이었다. 더구나 파스퇴르의 총애를 한 몸에 받는 유능한 학자였으며, 뛰어난 선상 의사였다. 요컨대 예르생은 함부로 건드릴 수 없는 거물의 반열에 올라 있었다.

완전히 자유로워진 그는 사이공을 떠나 냐짱에 머물면서 어부들의 곶에 목재 주택을 한 채 짓고 그 집 내부에 일종의 진료실을 마련한다. '닥터 남'은 그 지역 최초의 서양 의사였다. 화륜선공사를 사직하면서 규칙적인 수입이 없어진 그는 큰 기대는 하지 않으면서 여유가 있는 동네 유지들에게는 유료로, 가난한 사람들에게는 무료로 진료를 제공하는 체제를 고안했다. 하지만 실제로는 누가 돈이 많은 사람인지 가난한 사람인지 구별조차 하지 못하면서 진료를 계속하는 가운데 걷기 훈련을 재개했다.

그는 산길 수백 킬로미터를 주파하고, 모이 족 부락에서 거주하며 그들의 언어를 익히고, 그들과 더불어 사냥을 하면서 그들에게 의술을 베푼다. 언젠가 그곳에서 예방접종을 실시할 계획을 염두에 둔 그는 창과 쇠뇌를 다루는 법을 배우고, 그 대가로 그들에게 날이 여러 개 달린 스위스 칼의 무궁무진한 사용법을 가르쳐준다. 이렇듯 그는 점점 더 냐짱에서 멀리 떨어진 곳까지 진출했다. "안남 출신 환자들은 내가 탐사 길에 오르지 않고 있을 때면 도처에서 몰려옵니다. 솔직히 나의 의술을 이용해서 이득을 취하는 건 그들이죠. 특히 그자들이 나한테 진료비를 낸답시고 내 지갑을 슬쩍 가져갈 땐 확실히 그런 셈이죠. 하지만 어쩌겠습니까, 그 사람들에겐 프랑스 사람들의 것을 훔치는 건 좋은 일이라는 생각이 머릿속 깊이 뿌리를 내리고 있는걸요. 사실 안남인들의 것을 약탈해가기 위해서가 아니라면 프랑스 사람들이 뭣 때문에 인도차이나에 왔겠습니까?"

얼마 안 되는 저축마저 바닥나버리기 전에 그는 그 돈으로 각종 장비를 구입하여 진정한 의미에서의 탐사에 나선다. 바다에 이어 숲을 탐험한 그는 이제 본격적으로 정글을 가로질러 점점 더 높은 산악지대 정복에 나선다. 따로 부여받은 임무라고는 없는 그는 모이 족의 도움을 받는다. 처음 구간에서는 그들이 안내역을 맡은 것이다. 예르생은 냐짱과 중국해에서 출발하여 산악지대를 가로질러 메콩 강의 반대쪽에 다다르고 싶어 했다. 그러니 한참 후에야 그를 다시 보게 되거나, 아예 볼 수 없을지도 모를 노릇이었다. 그는 통역 한 명 외에 다섯 명의 대원을 데리고 탐사에 나섰다. 상체에 착용한 여러 개의 가죽 멜빵엔 해양용 크로노미터와 측지기를 단단히 매달았다. 사냥을 할 수 있기를 바라며 등에는 윈체스터 장총도 짊어졌다. 그는 여러 필의 말과 코끼리 두 마리를 끌고 북서쪽 길로 출발했다. 세 시간마다 쉬는 일정이었다.

이번 탐사에서는 줄곧 앞으로만 전진한다는 목표를 세운 그는 되돌아올 생각은 아예 접었다. 거머리들의 공세를 피하기 위해서는 말을 타고 가는 편이 그래도 제일 나았다. 오솔길에서는 말들이 자유롭게 나아갈 수 있도록 풀어두었다가 오솔길이 끊기면 고삐를 잡고 녀석들을 이끌었다. 둔한 코끼리들이 말들의 뒤를 따랐다. 녀석들을 위해서는 대나무와 관목들을 베어 길을 터주어야 했다. 앞장서서 길을 내던 모이 족 전사들은 벌써 한참 전에 되돌아왔다. 그들의 옷엔 곤충학자였던 예르생의 부친이 존재조차 알지 못했던 각종 벌레들이 들러붙어 있었다. 저녁이 되자 일행은 강장제를 들이키는 기분으로 쌀로 빚은 술을 조금씩 마셨다. 불을 피우고 모기장을 걸고서 피리를 꺼냈다. 내일, 촌락이 가까워지면, 스스로 마리 1세로 등극하여 탄약을 나누어주었다던 마이레나와는 달리 그들은 마을 사람들에게 여분의 연고와 키니네를 나누어줄 것이었다. 동이 트자 일행은 각종 기구들과 사진 장비들이 비를 맞지 않도록 방수천으로 꼼꼼하게 포장했다. 모닥불을 끈 다음 코끼리의 안장 위에 짐을 실었다. 일행은 앞으로 곧장 나아간다. 이름도 없는 미지를 향해서, 바이올린의 선율이나 12음절 시구 따위는 알지도 못하는 분노에 찬 부족들을 향해서. 일행은 해양 컴퍼스를 이용해 방향을 잡는다. 이제야 정말로 자유로우며 무상성의 삶이 시작되는 것 같았다. 없던 길 만들기. 미지의 세계 속에 신에게로 또는 자기 자신에게로 가는 고랑 파들어 가기. 우스꽝스럽기 짝이 없는 자아의 수수께끼. 어둠에 잠긴 스위스 보 주의 교회당 안에서는 도저히 풀 수 없었던 그 질긴 수수께끼.

프놈펜에서

해발 2천 미터가 넘는 봉우리들을 넘은 예르생 일행은 침엽수들이 자라는 서늘한 숲을 지나 무더운 정글로, 들판 저 아래쪽, 깨진 유리창처럼 햇빛을 반사하는 벼논으로 내려갔다. 다 더해봐야 몇 명 되지도 않는 지친 도보 탐사자들은 드디어 스뚱뜨렝 근처에서 메콩 강에 도착했다. 냐짱에서 출발한 지 3개월 만이었다. 말과 코끼리를 되판 예르생은 일행을 모두 긴 카누에 태웠다. 크로노미터를 고장 내지 않기 위해 석 달간의 모든 일정을 일행의 선두에서 걸어서 완주한 예르생은 마침내 배에 앉아 거대한 옥색 강물의 흐름에 몸을 맡겼다.

그 무렵 피키에Piquier 부두라고 불리면서 배를 진수하는 장소로 쓰이던 곳은 오래전에 이미 뭍으로 변했다가 급기야 108번 도로가 되었다. 왓프놈 사원과 프랑스 구역, 로열 호텔 등지에서 멀지 않은 곳이었다. 그곳엔 현재 파스퇴르 연구소와 칼메트 병원이 들어섰다. 하지만 예르생이 도착했을 무렵에만 해도 프놈펜은 시골의 한가한 촌락에 불과했다. 석 달간의 강행군을 마친 그는 프랑스 관청에 자신의 도착을 알렸다. 그러자 캄보디아 주재 고관 루이 윈 드 베르느빌Louis Huyn de Verneville의 집에서 그를 환영하는 파티가 열렸다. 화려하게 치장한 참석자들이 천정에 달린 선풍기 바람을 쐬며 교류했을 것으로 추측되는 파티. 보 주 출신의 예르생은 은행이나 외교 분야로 피신한 귀족 잔재들을 바라보는 프랑스 사람들의 역설적인 시선에는 공감하지 않았다. 그는 그저 물소 가죽으로 만든 편안한 의자 깊숙이 몸을 굽히고 앉아 있었다. 예르생은 안남 해안에서 육로로 캄푸치아에 도착한 최초의 여행객이었다. 그때까지 크메르 왕국에 이르는 유일한 방법은 강이었다. 그곳 전통 의상을 입은 하인들이 손님들에게 샴페인을 따랐다. 사람들은 그에게 이제까지 전혀 알려지지 않았던 여정이며 그 길에서 만난 야생 상태의 인간들에 대해 물었다. 하지만 좀처럼 입을 열지 않는 예르생의 대화는 그가 보내는 편지와 마찬가지로 지극히 학문적인 내용에 국한되었다. "나는 가능한 한 최대로 많은 곳에서 위치를 측정했습니다. 내가 측정한 거의 모든 위도는 일련의 북극 고도에 의해 결정되었죠. 솔직히 그건 아주 훌륭한 방법이었습니다. 반복되는 관측 덕분에 결과가 훨씬 정확해질 수 있었으니까요. 나는 정확도가 20″를 벗어나지 않을 거라고 장담합니다. 내가 측정한 경도는, 당연한 말이지만, 크로노미터의 규칙적인 움직임에 의존한 결과물입니다. 나는 같은 장소에 며칠 동안 머무르게 될 때면 언제나 그걸 확인했습니다. 그 결과 오차가 4″를 벗어나지 않을 거라고 확신합니다.” 이런 걸 일러 소위 유용한 시라고 하던가? 좌중은 곧 그의 이야기를 따분하게 여겼다. 파티에 온 손님들은 낭만이라고는 손톱만큼도 찾아볼 수 없는 이 이야기를 전혀 알아듣지 못했다. 그들은 선풍기나 반짝반짝 광을 낸 구두 끝만 멀뚱멀뚱 바라보다가 샴페인을 홀짝거리거나 담배에 불을 붙이곤 했다. 높다란 창문을 통해서 톤레삽의 황금빛 물이 메콩 강과 만나는 광경, 왓프놈 사원을 향해 걸어가는 오렌지색 승복 차림의 승려들의 행렬이 눈에 들어왔다. 예르생 자신도 슬슬 따분해지기 시작할 무렵 저녁식사가 끝나고 곧장 압생트 술잔이 돌아다니기 시작했다. 예르생을 위해 무도회를 열려던 계획은 취소되었다.

무도회 같은 거라면 아무 관심도 없던 예르생은 조바심에 좌불안석이었다. 그는 사람들이 왜 자기를 향해 박수를 치고, 그에게 축하 인사를 건네는지 이해할 수 없었다. 그가 한 일은 디프테리아 연구만큼이나 단순한 일이었다. 그저 주변을 관찰하면서 걷기만 하면, 바꿔 말해 물소 가죽 안락의자에서 엉덩이를 떼고 일어서기만 하면 되는 일이 아닌가 말이다. 주변 사람이 전부 3차 방정식 푸는 법을 이해하는 건 아니라는 사실을 인정해야 하는 수학자들의 놀라움, 대다수 사람들이 오만함 또는 천진함으로 치부해버리는 이 진심 어린 놀라움, 누구나 다 1백 미터를 10초 만에 주파할 수 없다는 사실은 쉽게 받아들이면서도 다른 사람들이 모두 자기 같지는 않다는 사실이 혹시 공화국의 토대에 위배되는 건 아니냐고 반문

하는 천재들의 놀라움. 실컷 메모를 해놓고도 모든 것을 금방 잊어버리는 일반적인 사람들을 바라보는 슈퍼 기억력 소지자들의 못마땅함.

예르생과 그의 일행은 배를 타고 메콩 강 삼각주 연안을 통과해서 사이공으로 돌아왔다. 그는 탐사 보고서를 작성했다. 그는 인류학적 · 지리적 관찰 결과를 그 보고서 안에 모두 수록하고, 150장이 넘는 사진을 통해 이를 시각적으로 보완했다. 냐짱의 집에서 그가 손수 현상하고 인화한 사진들이었다. 그는 자신의 여정을 정확한 지도로 표현했으며, 그가 그린 지도들은 라오스의 루앙프라방으로 보내졌다. 루앙프라방의 미시옹 파비Missions Pavie(프랑스의 식민지 담당 고위관리이자 외교관, 탐험가였던 오귀스트 장마리 파비가 1879년부터 1895년까지 15년이 넘는 기간 동안 네 차례에 걸쳐 조직한 캄보디아, 라오스, 미얀마 일대 원정대를 가리킴—옮긴이) 도면 담당부서에 전달된 예르생의 지도들은 그곳에서 유기적인 손질 과정을 거쳤다. 한편, 글은 파리로 보내졌다. 물론 그의 글에서 감상적이고 낭만적인 구절들을 만나리라는 기대는 하지 말아야 한다. 그는 파스퇴르 사단의 일원답게 매우 정확한 문장을 구사했으며, 스위스의 바슈롱에서 구입한 크로노미터와 "마닐라 관측소의 바로미터와 비교 확인한" 바로미터에게 모든 영광을 돌린다.

그의 글은 너무도 학술적이어서 《르 투르 뒤 몽드*Le Tour du monde*》 같은 대중 지향적 잡지로부터 게재가 부적합하다는 답변을 듣는다. 그의 글엔 호랑이의 공격이나 벌거벗은 가슴을 드러내놓고 나른한

오수를 즐기는 원주민 공주 같은 일화는 전혀 등장하지 않는다. 그래도 프랑스 본토에서 발행되는 신문들은 세부적인 사항까지 미주알고주알 늘어놓지는 않으면서도 그의 탐사 성공을 비중 있게 다루었다. 따라서 예르생에게는 파리로부터 강연 초청이 쇄도했다. 파스퇴르는 예르생에게 엄마 품이나 다름없는 연구소에 그의 방을 마련해주었다. 뤼테시아 호텔이 아직 문을 열기 전이었으니까. 예르생의 탐사 보고서는 지리학회에서 발행하는 잡지에 게재되었다. 5년 전 아르튀르 랭보의 아프리카 답사기 『오가딘(오늘날 공식명칭은 오가덴Ogaden이다) 보고서*Rapport sur l'Ogadine*』를 출판한 곳도 바로 이 지리학회였다. 예르생은 생제르맹 가에 위치한 지리학회의 정문을 밀고 들어선다. 학회 입구엔 각각 지구와 바다를 받치고 있는 두 개의 여인 조각상이 보란 듯이 놓여 있다.

예르생의 강연회에는 뒤토 가의 파스퇴르 사단과 마자린 가 식민지 주둔 군인 사단뿐만 아니라 파스퇴르를 따르는 학자들(그중에는 방금 번센 버너를 끄고 흰 가운을 옷걸이에 걸어두고 달려온 에밀 루도 물론 포함되어 있었다)과 지리학자, 탐험가들(이들 가운데에는 라오스의 루앙프라방 부영사직에서 돌아온 오귀스트 파비도 끼어 있었다)이 대거 참석했다. 사람들은 그로부터 한 세기 후 폴 제고프Paul Gégauff(1922~1983, 프랑스의 영화제작자, 시나리오 작가, 배우—옮긴이)가 누벨바그Nouvelle Vague와 누보로망Nouveau Roman의 기수들을 한자리에 불러 모았을 때와 마찬가지로 이처럼 다양한 집단을 한자리에 끌어모은 예르생의 재능에 경이를 표했다. 기사의 효율성을 위해 다소 사실을 단순화하고 과장시키거나 관상학적으로 묘사하는 습성을 지닌 기자들은 예르생이 도대체 어떻게 생긴 사람인지 궁금해했다. 그들의 호기심은 이내 실망으로 바뀌었다. 예르생은 약간 정신이 이상한 석학 같지도 않았고, 그렇다고 결연한 의지를 불태우는 모험가 같은 모습과도 거리가 멀었기 때문이다. 그는 그저 침착하고 결단력 있어 보이는 파란 눈동자, 가지런하게 손질된 검은 수염을 가진 청년에 불과했다. "저녁에 저는 파스퇴르 박사님과 함께 식사를 했습니다. 스승님은 제 여행 이야기를 재미있게 들으셨죠." 그에게 문을 열어주고 외투를 받아준 사람은 당시 열여섯 살이었던 어린 문지기 조제프 메스테르였다.

예르생은 파리에 머무는 석 달 동안 몽수리 관측대에서 하는 강의를 등록해 들었다. 정규적인 수입이라고는 한 푼도 없었던 그는 다음번 탐사를 위해 필요한 경비 모금에 나섰으며, 미시옹 파비에 합류하라는 제안은 거절했다. 그는 카이사르를 잘 알았다. 루앙프라방에서 2인자가 되기보다 냐짱에서 1인자가 되는 편을 선택한 것이다. 그는 파스퇴르에게 도움을 청했다. 파스퇴르가 써준 두 번째 추천서는 화륜선공사로 보낸 첫 번째 추천서보다 훨씬 열정적이다. "예르생 박사는 나에게 자신을 외무부 장관에게 추천해달라고 부탁했습니다. 나는 그에 대한 전적인 신뢰와 열의로 그의 요청을 받아들였습니다. 예르생 박사는 파스퇴르 연구소에서 2년 동안 더할 나위 없이 성공적으로 일했습니다. 그는 루 박사와 함께 디프테리아에 있어서 가장 중요한 연구 작업을 수행했습니다. 의학 분야에 대한 방대한 지식으로 그는 박사라는 호칭을 얻었습니다. 학자로서 그는 장래가 촉망되는 인재였습니다. 그러나 광범위한 독서의 결과로 여행을 하겠다는 집념에 불타올랐으며, 우리들 중 어느 누구도 그를 우리 곁에 붙잡아둘 수 없었습니다. 예르생 박사는 누구보다도 진지하며, 어떠한 시련이 있어도 정직함과 놀라운 용기를 잃지 않을 뿐더러, 다방면에 걸쳐 매우 엄밀하고 확고한 역량을 지녔습니다. 요컨대, 그는 이 나라에 크나큰 영광을 안겨줄 인재입니다. 더구나 여기 첨부한 그의 최근 메콩 강 탐사 보고서만 읽어보아도 여행가로서 탐험가로서 예르생 박사가 지닌 탁월한 재질을 바로 알 수 있을 것입니다."

예르생은 이 추천서로 상당한 기금을 모집할 수 있으리라 기대했다. 하지만 결과는 보잘것없는 푼돈에 지나지 않았다.

바다로 떠난 이후 처음으로 유럽에 체류하는 동안 예르생은 고향인 모르주로 가서 어머니를 만나고, 파스퇴르 추천서로 얻은 푼돈으로 바슈롱에서 나온 새 크로노미터와 전위계, 여러 개의 온도계, 마요르에서 만드는 사냥총 두 자루와 실탄 등을 구입한다. 꽃이 만발한 무화과나무 집의 거실에서 가십난 기자들에게 둘러싸인 그는 어머니 파니와 명문가 규수들 앞에서 탐사 수첩을 열어 보인다. 앞서 보았듯이 그 수첩에 적힌 내용들이란 하나같이 따분하기만 했다. 여자들은 너나 할 것 없이 이미지를 원했다. 예르생은 그들에게 모이 족 여인들을 찍은 사진들을 보여주었으나, 깜짝 놀란 파니가 식탁보로 얼른 그 사진들을 가렸다. 어린 여자 아이들은 그간 열심히 배우고 익힌 대로 그 사진들을 보면서 얼굴을 붉혔다. 아니, 자유 복음 교회에서 찬송가를 부르던 얌전한 성가대 소년 알렉상드르가 이제 와서 벌거벗은 검둥이 여자들 사진이나 찍고 다니는 사람이 되었다니.

제2의 리빙스턴

앞으로는 그것이 예르생의 삶이 될 것이었다. 그는 이제 총독에게 정식으로 임명을 받은 탐험가, 측량가가 되었다. 총독은 사이공의 집무실에서 연필 한 자루를 손에 쥔 채 예르생의 옆에 서서 수수께끼 같고 우스꽝스럽기 짝이 없는 안남, 통킹, 라오스 일대의 항만 해안 지도 쪽으로 몸을 굽혔다. 총독은 정복은 했으나 전혀 알지 못하는 곳에 들어와 있었다. 알레시아 전투가 끝난 후에야 갈리아와 게르마니아 그림 앞에 선 고대 로마 장군들과 같은 처지라고나 할까. 총독과 그 주변 사람들은 어디에 광석, 특히 금같이 귀한 지하자원이 있을지, 어디에 도시를 건설해야 할지, 군사 기지는 어느 곳에 마련해야 할지 고민이 이만저만이 아니었다. 그들은 지금의 우리, 그리고 다른 모든 정복자들과 마찬가지로 형형색색으로 그려진 지도, 이를테면 지구 위에 익살광대들이 입는 알록달록한 외투를 던져놓은 것 같은 형상을 꿈꾸는 어린아이들과 다를 바 없었다. 프놈펜과 파리 출장을 마치고 돌아온 예르생은 지리학회 서고에 보관된 문헌들, 그러니까 선교사들이 열에 들떠 작성한 듯한 판타지 문학 같은 기록들을 훑어보았고, 앞으로 해야 할 탐사를 상상했다. 물론 세균학이나 바다 항해도 조금 그리웠다. 어쨌거나 그는 백과사전적인 호기심의 소유자였으니까.

2년 동안 그는 주어진 임무를 수행했다. 필요한 장비와 인력, 경비와 무기 등이 그에게 지급되었다. 그 대가로 그는 탐사 기간 중에 새로운 무역로를 연구하고, 목축업에 적합한 장소 등을 물색하며, 임업이나 광업과 관련하여 잠재적 자원의 가치를 낱낱이 평가하고 기록해줄 것을 요구받았다. 말하자면 우리가 사는 이 지구가 지닌 부에 가치를 부여한다는 생시몽Henri de Saint-Simon(1760~1825, 프랑스의 사상가, 경제학자로 공상적 사회주의자로 알려져 있음—옮긴이)적인 생각을 실현에 옮겼던 것이다. 언젠가는 타이어를 발명하고, 그 위에 얹을 세미 트레일러도 발명하여 숲 개발을 가속화하게 될 것이었다. 하지만 그 무렵의 인간은 이제 막 자연의 주인이자 소유주 자격을 획득한 처지였다. 당시만 해도 자연은 보호해야 할 허약한 노인이 아니라 정복해야 할, 무찔러야 할 무서운 적이었다.

저녁에 야영을 하면서 그는 도화지를 무릎 위에 놓고 크로키에 전념했다. 열대 계절풍이 부는 시기엔 진흙탕 급류로 변하므로 반드시 다리를 건너서 통과해야 하는 시내의 위치를 표시했다. 참Cham족 마을에 이른 그는 고대 참파 문화 속으로 들어갔다. 말레이시아인의 후손으로 크메르 족이나 안남 족보다 앞선 세대에 해당되는 참 족은 거의 언제나 다른 부족을 공격하는 침략자의 입장에서 살다가, 시조가 되면서 침략을 당하고 만다. 2년 동안 예르생은 몸을 잔뜩 웅크리게 만드는 산악지대 정상에서 추운 새벽을 맞았다. 정글에서는 밤이면 맹수들의 접근을 막기 위해 야영지 주변을 빙 둘러가며 모닥불을 피웠다. 초원에서의 사냥, 말라리아로 인한 위기, 미지근한 열대성 빗속에서 온몸을 강타하는 오한. 쌀로 빚은 술을 마시며 수다를 떨고, 부적을 지니고 팔뚝에 상처를 내 서로의 피를 섞는, 전혀 파스퇴르 사단의 일원답지 않은 행동. 하지만 칼메트가 사이공에서 개발한 소독제, 마술적인 효과를 내는 약품들을 늘 몸에 지니고 다니는 예르생이었다.

날이 갈수록 탐사 작업은 발전에 발전을 거듭했다. 코끼리와 안장을 얹은 작은 말들 외에 도중에서 구워먹을 짐승들이며 가금류를 실은 바구니들이 불어나고, 그 짐들을 운반할 짐꾼들과 정찰 임무를 맡은 자들이 합류했다. 캐노피 아래로 80명쯤 되는 대부대가 구불구불 열을 지어 나아가는 경우도 적지 않았다. 현지인들이 쓰는 커다란 모자를 쓰고 목까지 단추를 채운 중국 옷을 입은 모습을 담은 예르생의 독사진도 있다. 야자나무들이 앞길을 터주는 동안 그는 잠시 걸음을 멈추고서 삼각대 위에 니스 칠한 나무로 제작된 커다란 상자를 설치한다. 잠깐 정지. 찰칵. 순간을 이미지로 포착하는 것이다. 그가 몸에 지니고 다니던 각종 자재들을 살펴보자. 의복을 만드는 데 쓰인 식물성 섬유, 장비를 제작하는 데 사용된 금속과 유리, 허리띠와 멜빵 등을 만드는 데 쓰인 무두질한 짐승 가죽, 이 모든 것들은 코끼리나 말처럼 고대 시대부터 잘 알려진 것들이었다. 요컨대 그 당시엔 플라스틱이나 합성 섬유 따위는 아직 출현하기 전이었다. 자. 다시 출발. 일행이 다시 움직이기 시작하면, 야자나무 잎들은 무대를 가리는 장막처럼 닫힌다.

2차 원정에서, 침엽수들이 울창하게 들어선 산을 넘자, 해발 1천미터도 넘는 곳에서 추위와 싸우던 그들 앞에 초록 풀이 자라는 광활한 고원이 지평선까지 아득하게 펼쳐졌다. 고원 한가운데로는 강이 흘렀다. 스위스를 연상시키는 풍광이었다. 원정에서 돌아온 예르생은 "그곳의 외관은 초록빛 물결의 거대한 너울로 뒤집어진 바다를 상기시켰다"고 회상했다. 랑비안 고원을 발견한 것이었다.

그로부터 4년 후, 그곳에 부임한 새 총독 폴 두메르Paul Doumer(1857~1932)는 예르생의 보고서를 읽은 다음 스스로 그곳을 방문하기로 결심한다. 두메르는 지치거나 말라리아에 걸린 본토 출신 프랑스인들을 받아줄 수 있는 공간, 말하자면 치료기관을 겸한 일종의 요양원을 고지대에 설립하려는 의중이었다. 두메르와 예르생은 소규모 원정대를 꾸려 등산을 감행한다.

폴 두메르는 검은 프록코트 차림의 프랑스 제3공화국 교사들의 상징이자 민주적인 평등주의의 화신이기도 했다. 남의 집 살림을 돕는 홀어머니 밑에서 자란, 아무것도 가진 것이 없는 민중의 아들 두메르는 노동자로 일하다가 학교 교사가 되고, 이어서 국회의원이 된 입지전적인 인물이었다. 급진적인 좌파로 분류되는 그는 과학의 발전과 공중위생의 개선을 독려하였으며, 기후가 선선한 랑비안에 알프스 식의 아름다운 산악마을을 건설한다.

모르주 출신 고아 예르생과 오리야크 출신 고아 두메르, 이 두 사람은 두메르가 먼저 눈을 감을 때까지 끈끈한 우정을 이어간다.

오랜 지기. 두메르의 관직 생활은 상당히 길고도 영예로웠다. 그는 1932년 러시아에서 이민 온 파벨 고르굴로프Pavel Gorguloff라는 자가 쏜 총알을 맞고 사망한다. 칼메트의 형이 《피가로》지 자신의 집무실에서 총탄 세례를 받아 암살당하고, 장 조레스 역시 단골 술집에서 암살당하는 사건이 있고 나서 제법 오랜 시간이 흐른 뒤에 일어난 일이었다. 정치라고 하는 괴물의 더러운 이면.

달랏에서

40년 후, 1930년대 중반, 좀 더 정확하게는 두메르 사망 3년 후, 예르생은 여전히 살아 있었고, 두메르가 계획한 마을은 달랏이라는 이름으로 완성되었다.

호수 주변으로는 노르망디나 비아리츠 해변 풍의 빌라들이, 언덕 쪽으로는 사부아 식 통나무집들이 들어섰다. 아프리카 나리, 야생 치커리, 수국 등의 꽃들이 마치 프랑스 디나르에서처럼 흐드러지게 무리지어 피어 있다. 톱니 궤도 열차가 이제껏 아무도 발을 들여놓지 않았던 고원을 기어올라, 콩고의 푸앵트누아르 역처럼 도빌 역을 그대로 베껴 지은 역에 멈춰 선다. 병원 운영은 파스퇴르 연구소에서 맡았다. 수녀들이 새벽 기도 때마다 찬송가를 부르는 쿠방데주아조Couvent des oiseaux, 즉 새들의 수녀원과 학교도 설립되었다. 수백 명의 학생들이 다니는 이 학교에 예르생은 자신의 이름을 써도 좋다고 동의했다. 그가 발견한 고원에 세워진 학교가 아닌가.

아름드리 향나무와 소나무, 물가에 이르는 완곡한 경사면을 따라 자라난 남양 삼나무들이 빼곡하게 들어선 공원 한가운데에 위치한 호화로운 랑비안 팰리스 호텔에서 새로 부임한 총독의 이름으로 파티가 열린다. 바로 인근에 여름 거처를 두고서 모나코의 카지노에 가지 않을 땐 잠시 머물곤 하는 바오다이 황제는 파티 석상에서 예르생에게 안남국 용십자 훈장을 수여한다.

대리석 기둥 반대편, 호텔의 서가와 마주 바라보는 모서리 둥근 카운터에 앉은 미래의 전기 작가 유령은 흰 바탕에 창녀 기둥서방들이 좋아할 만한 호사스러운 두 가지 색 장식을 단 의상을 입은 허수아비 황제가 토해내는 연설을 듣는다. 벽난로에서는 불길이 활활 타오른다. 벽걸이 양탄자며 황금빛 장식, 벽지, 중국 풍의 화병 등, 모든 것이 해안에서 톱니 궤도 열차 편으로 이곳 고원지대까지 운반되었다. 기차는 공식적인 대표단과 기자들까지도 실어왔다. 물론 미래의 전기 작가 유령도 아무도 모르게 이들 틈에 슬그머니 섞여 올라왔다.

달랏의 예르생 고등학교가 1935년에 문을 열었을 때, 예르생의 나이는 일흔두 살이었다. 달랏에 잡초와 사냥감만 무성하던 시기에 원정을 추진하면서 그가 알게 되었던 모이 족 원로들도 이 행사에 함께 자리했다. 그가 입은 검은 옷 위로 붉은 색과 황금색으로 제작된 용 훈장 띠가 둘러지자, 예르생은 바오다이 황제를 비롯하여 그에게 찬사를 보내는 프랑스, 안남국 관계자들 앞에서 자신이 느끼는 바를 솔직하게 표현할 수 없어 곤혹스러움을 느꼈다. 솔직히 그는 예전의 고원을 훨씬 좋아했다. 웃자란 녹색 풀들이 너울마냥 바람에 일어섰다 스러지기를 반복하던 곳. 그는 자신이 이 고원을 발견했다는 사실, 아니 고원의 위치를 친구 두메르에게 발설했다는 사실이 후회스러웠다. 이 고원은 산악지대에 사는 원주민들의 것으로 남겨두었어야 하지 않았을까.

예르생은 총독과 허수아비 황제를 향해 준비해온 감사의 인사를 낭독했다. 사석에서도 그는 자신이 한 말이 빈말이라고는 생각하지 않았다. 예르생은 원래 그런 사람이었다. 그는 자신이 추진자 입장에 있을 땐 진보를 찬미했다. 나이가 들어감에 따라 그는 향수에 젖었다. 크리스탈 샹들리에 아래, 피아노 근처에서 빨강과 금색으로 된 띠를 두른 늙은 예르생의 파란 눈동자는 호수의 파란 수면을 향했다. 모르주와 무화과나무 집 풍경이 언뜻 그의 뇌리를 스치고 지나갔다. 정치 싸움에서 목숨을 잃은 두메르의 얼굴도 다시 보였다. 1930년대 유럽엔 다시금 전쟁의 기운이 감돌았다. 하지만 이곳에서는 전쟁 따위는 짐짓 모르는 척했다. 솔밭에 아르데코 풍으로 지어진 휴양 시설에서 근심이라고는 없다는 듯 박수를 치고, 샴페인 잔을 부딪칠 뿐이었다. 예르생은 벌써 전에 칼메트에게 이렇게 적어 보냈다. "내가 보기에 달랏은 이미 변했습니다. 사교 도시가 되어가고 있는 중이죠. 물론 이 같은 발전도 꼭 필요하긴 합니다만, 그래도 내가 그런 걸 그다지 좋아하지 않는 사람이라는 건 잘 알고 계시리라 믿습니다."

예르생은 10여 킬로미터 떨어진 곳에 위치한 모이 족 마을 단끼아를 달랏보다 더 좋아했다. "단끼아의 두 개의 커다란 벌거숭이 젖꼭지는 초록빛 풀들로 뒤덮여 있으며, 제일 높은 봉우리에 올라서면 지평선 쪽으로 숲이 눈에 들어옵니다. 이 광경을 보고 있노라면 나는 희한하게도 알프스와 쥐라 산맥 인근의 목초지가 떠오릅니다." 예르생은 황량한 랑비안 고원, 높이 자란 키 큰 야생풀들이 길게 늘어서 초록빛 파도처럼 너울거리던 그 고원을 처음으로 가로질렀던 때를 마치 꿈을 꾼 것처럼 기억한다. 당시 그는 서른 살도 채 안 된 청년이었다. 만일 그 순간에 그가 툭 도적떼를 만나 죽었다면, 『일뤼미나시옹*Illuminations*』 같은 시집을 남기지도 않은 예르생이 그때 죽었다면, 그의 일생은 의학과 지리학 분야에서 남긴 업적으로 한정되었을 것이다. 디프테리아 병원균을 발견하고, 토끼에게 실험용 결핵을 유발했으며, 안남과 캄보디아를 연결하는 육로를 개척했고, 아시아에 스위스 호반 도시 같은 도시를 건설할 만한 장소를 찾아낸 자라고 말이다.

미래의 전기 작가 유령, 그러니까 두더지 가죽으로 표지를 씌운 수첩을 들고 모르주부터 예르생을 따라다니면서 마르부르크에서는 추어 조네 호텔, 파리에서는 뤼테시아 호텔, 프놈펜에서는 로열 호텔, 사이공에서는 마제스틱 호텔에 묵었고, 현재 달랏의 랑비안 팰리스에 머물고 있는 기록자는 예르생이라는 인물을 따라다니는 일이 솔직히 말해서 상당히 우아하고 기분 좋은 일임을 인정한다. 발길을 멈추어야 하는 장소마다 나름대로 높은 품격을 자랑하는 곳이니 말이다. 이날 오후, 그는 호숫가를 거닐었다. 1930년대 이

후, 어느 날 갑자기 녹색 고원지대에 솟아오른 도시 달랏은 임자가 바뀌고, 거주민이 바뀌었지만, 풍경만큼은 좀처럼 바뀌지 않았다. 노르망디 지방의 바뇰드로른이나 바스크 지방의 캉보레뱅처럼. 이곳에서는 30년에 걸친 베트남 전쟁이, 오리의 털을 적시지 않고 흘러가는 물처럼, 흔적도 남기지 않고 지나쳐갔다. 달랏은 전장으로부터 저만치 떨어져 있었던 것이다. 예르생 고등학교 개교를 기념하기 위해 하노이와 사이공에서 기차를 타고 온 기자들 가운데에 끼어 있던 미래의 전기 작가 유령은 니스 칠한 나무로 만들어진 카운터에 펼쳐놓은 수첩 위에 그 사실을 기록한다. 그를 알아보는 사람이라고는 아무도 없다. 그는 자신이 《파리 수아르[Paris-Soir]》 지의 특파원이라고 상상해본다. 그러면 사람들은 그에게 본토 소식을 물을 것이다. 장 가뱅이나 아를레티 소식도 물을 테지. 인민전선이 내년 선거에서 승리를 거둘 것인지도 묻겠지. 그는 그런 문제에 대해서라면 애매하게 대답한다.

미래의 전기 작가 유령은 한 치의 실수도 허용하지 않는다. 그의 능란함은 충분히 시대를 뛰어넘을 만하다. 면바지에 흰 셔츠, 파란 넥타이, 질 좋은 가죽으로 만든 영국제 구두. 그는 문헌 자료실에서 전날치 신문을 읽은 사람처럼 시사 문제에 정통하다. 그는 과학과 기술의 진보를 훤히 꿰뚫고 있으며, 신조어 따위는 전혀 사용하지 않는 프랑스어를 구사한다. 시간을 거슬러 1930년대로 침투한 능력 있는 스파이라고나 할까. 그런 그이지만 주머니에서 말보로 라이트를 꺼내 한 대 피우는 것만큼은 어쩔 수 없다. 당시엔 아직 존재하지도 않은 상표이니 말이다. 때로 지나치게 방심을 하거나 술을 조금 마셨을 경우, 휴대폰을 꺼놓는 걸 잊어버리기도 한다. 그럴 때면 그는 자연스럽게 통화도 한다.

곧 그가 앉아 있는 카운터 주변으로 사람들이 몰려든다. 흔히들 경찰이라고 부르는 사람들이다. 그들은 기록자에게 5년 전 호찌민이 세운 인도차이나 공산당을 위해 일하는 사람이라고 비난한다. 친위대가 제국주의의 시종인 황제 곁으로 다가서 황제를 에워싼다. 이들은 나이 든 탐험가와 그가 맨 용 훈장의 띠 따위는 벌써 잊은 지 오래다. 경찰서에서는 그야말로 점입가경이다. 미래의 전기 작가 유령은 자백하고, 설명하며, 미화하고, 4년 후엔 전쟁이 일어날 것이므로 그렇게 되면 일본군과 프랑스군이 도착할 거라는 예언도 서슴지 않는다. 반군의 우두머리 잡 장군은 랑비안 팰리스의 스위트룸에 진을 친다. 디엔비엔푸와 호찌민의 승리. 베트남 전쟁과 미국의 패배. 소련군의 입성. 사람들은 그를 묶고 주사를 놓는다. 정신병원에나 보내야 할 자라는 것이다. 이봐, 자네는 파나마를 다시 보려면 아직 멀었어.

아르튀르와
알렉상드르

전화는 울리지 않았다. 유령은 그의 스위트룸으로 올라갔다. 그러고는 에티오피아 사자 발이 달린 무쇠 욕조에 물을 가득 받고 넥타이를 푼 다음 황동으로 만든 선풍기를 틀었다. 책상 위에는 레오나르도 시아시아Leonardo Sciascia(1921~1989, 이탈리아의 소설가, 수필가, 정치가—옮긴이)의 책이 한 권 놓여 있다. 밑줄이 그어진 한 구절이 눈에 들어온다. "과학은 시와 마찬가지로 광기에서 더도 덜도 아니고 딱 한 발짝쯤 떨어진 곳에서 찾아진다."

침대엔 메모들이 흩어져 있다. 비탈리Vitalie와 파니, 이렇게 두 어머니에게 보내진 편지들. 두 누이 이자벨과 에밀리에게 보내는 편지들. 서둘러서 급히 써내려간 편지엔 주로 떠난다, 다른 곳으로 가려 한다, 말을 사겠다, 육분의, 측지기, 아네로이드 기압계, 기계 관련 논문집, 토목공사나 광물학 · 삼각법 · 수력학 · 천문학 · 화학

교과서 등을 주문하려 한다는 내용이 담겨 있었다. 한 사람은 안남 전 지역을 통틀어 가장 큰 과학 도서관 목록을 고스란히 옮겨놓은 듯하고, 다른 한 사람은 아비시니아의 가장 큰 과학 도서관 수장고 목록을 그대로 베껴 쓴 것 같다. 덕분에 유령은 이 두 사람의 일생을 비교해가며 글을 쓸 수 있다. 한 사람의 기나긴 삶과 다른 한 사람의 짧디 짧은 삶.

마치 시간이 정지한 섬 같은 랑비안 팰리스는 오늘날 달랏 팰리스로 이름이 바뀌었다. 솔직히 이렇듯 이름이 변화하는 과정에 자본주의에서 공산주의로의 이행이 담겨 있는 것 같지는 않다. 독립을 쟁취한 후에도, 일생의 상당 부분을 임시 거처에서 보낸 위대한 지도자의 이름을 기리기 위해 호찌민 팰리스로 바뀌었다거나, 프랑스와의 협상이 진행되는 동안 내내 그곳에 체류했던 잡 장군의 이름을 따서 잡 팰리스로 바뀌지 않았으니 더더욱 그렇다.

푸르스름한 녹을 간직한 채 머지않아 1백 주년을 기념하게 될 수도꼭지는 언제나처럼 굳건해 보인다. 페르시아산 양탄자는 시공간으로의 이동에 유용해 보일 뿐 아니라 지리적 · 인구학적 몽상에도 상당한 영감을 불어넣을 수 있을 것 같아 보인다. 욕조를 가득 채운 더운 물 속에 몸을 누인 미래의 전기 작가 유령은 담배에 불을 붙이고는 바람이 공원의 나무들을 건드리고 지나가는 소리를 듣는다. 현재 지구상에는 70억 명이 산다. 20세기 초엔 지구 인구가 20억 명이 채 안 되었다. 이 땅에 호모 사피엔스가 출현한 이후 어림잡아 8백억 명이 지구상에서 태어나고 죽었다. 얼마 되지 않는다. 계산은 아주 간단하다. 우리들 각자가 일생 동안 열 개의 삶만 기록할 수 있다면, 이 땅에 왔던 어느 누구의 삶도 잊히지 않을 수 있다는 계산이 나오지 않는가. 어떤 삶도 지워지지 않을 것이며, 누구나 다 후대까지 전해질 것이다. 그렇게만 된다면 그것이 바로 정의가 아닐까.

묘란 아무것도 아닌 것이 아니라 묘비이다. 하나의 삶을 기록한다는 것은 악보를 펼쳐놓고 바이올린을 연주하는 것과 다르지 않다. 한 사람은 제2제정 시대에서 시작하여 제2차 세계 대전 때까지 살았고, 다른 한 사람은 서른일곱 살에 말에서 떨어졌다. 이 두 사람에게는 알고 싶고 떠나고 싶은 열망, 고만고만한 파스퇴르 사단 혹은 파르나스파를 떠나고 싶은 공통적인 열망이 있었다. 태양이 떠오르는 새벽 무렵과 바다에서의 항해, 식물학과 사진에 대한 취향 또한 공통적으로 보였다. "나는 방금 리옹에 사진기 한 대를 주문했습니다. 그 기계만 있으면 그 희한한 지역의 풍경을 담은 이미지들을 이 책에 삽입할 수 있을 겁니다." 하지만 랭보가 말한 갈라족이 사는 지역에 관한 희한한 책에 비견될 만한 모이 족에 관한 희한한 책을 쓴 사람은 예르생이었다. 랭보와 예르생, 세상의 각기 다른 끝에 떨어져서 살았던 이 두 사람은 5분마다 하나씩 진기한 생각을 해낸다는 공통점이 있었다. 시리아에서 에티오피아로 나귀를 수입한다거나 노르망디에서 인도차이나로 젖소를 수입할 생각을 했던 사람들이 아닌가. 과학의 모험이란 바로 "새로운 종류의 고귀함! 진보"였으며, "이 세상은 앞으로 나아간다"고 믿었다. 수학에 대한 취미. 삼각형의 세 각의 합은 항상 두 개의 직각과 일치한다.

시도 역시 그런 것이 아닐까. 파니에게 보내는 편지 말미에 등장하는 12음절 시 구절. 그 구절이 끝나는 곳에서 비로소 모든 동사들이 무한히 이어지는 것이 아닐까. 삶이란 원래…….

예르생이 원정을 준비하는 동안 랭보는 디레다와에서 낙마했다. 그리스인 친구 리그하스[Righas]는 랭보가 "무릎을 삔 데다 미모사 가시에 상처가 찢어졌다"고 적었다. 예르생과 랭보, 이 두 사람에겐 고독이라는 공통점이 있었다. 두 사람은 다른 곳은 어떤지 보고 싶어 하고, 원정대의 선두에 서서 앞으로 나아가며, 처음부터 없었던 아버지보다 더 나은 사람, 더 훌륭한 사람이 되려는 욕망을 품었다. 얼굴도 모르는 아버지보다 과학과 지리 분야에서 더 멀리 가보겠다는 의지. 한 사람은 모르주의 다락에서 찾은 현미경과 외과 수술칼을 들고, 다른 한 사람은 로슈의 다락에서 발견한 코란과 아랍어 문법책을 들고. 엔토토와 하라르를 잇는 길을 여는 일은 사하라 부대의 랭보 대위보다 한 발짝 더 멀리 나아가는 것이었으며, 냐짱에서 프놈펜으로 가는 육로를 발견한 것은 화약 창고 관리인 아버지보다 한층 멀리 나아간 것이었다. 그 길에서 겪은 끔찍한 폭염과 갈증에 대해서 두 사람은 여자들에게 그 고통을 털어놓는다. 스위스와 아르덴에서 한 발짝도 나가지 않으면서, 처녀 시절의 이름마저 잊은 채 남편처럼, 아버지처럼 예르생 또는 랭보라고 서명하던 여자들에게 말이다.

페스트균을 발견하지 못했다면 그는 수천 명의 무명 탐험가들과 마찬가지로 이름 없는 탐험가로 남았을 것이었다. 그런데 그의 손가락 끝엔 동화에 나오는 것처럼 주사기가 들려 있었다. 우리 인간의 어리석으면서도 낭만적인 인생이란 늘 그런 법이다. 페스트 환자들을 치료할 수도, 탈저로 목숨을 잃을 수도 있으니까.

세당 족의 왕국을 향해서

주삿바늘이나 미모사 가시에 찔리는 것으로도 죽음으로의 문이 열린다고 한다면, 가슴팍에 창이 콱 박혀서 피를 쏟아내는 커다란 상처는 수백만 개의 미생물들이 달려드는 거대한 터널이라고 할 수 있다. 의학과 외과 수술에 해박했던 예르생은 툭과의 전투에서 목숨을 건졌다. 사실 그 같은 부류의 인물들이 폭력성의 절정을 경험하지 않는 경우란 매우 드물다.

원정을 계속하는 기간 내내 오지 마을에서 지속적으로 마을 주민들을 치료해주고 어린아이들에게 예방접종을 시행한 덕분에 예르생이 그가 평생 이상으로 삼았던 선한 평화 애호가 리빙스턴 박사와 상당히 유사한 모습을 보였다고 한다면, 그의 타협하지 않는 기질과 심한 감정 기복은 때로 그로 하여금 싸움을 좋아하는 스탠리처럼 행동하게 만들기도 했다. 예르생은 당시 해적이라고들 부르던 강도떼, 그러니까 루이 망드랭Louis Mandrin이나 람피앙Lampião 같은 노상강도들로서 훗날 초기 반식민주의 투사들에게 영감을 준 무리들을 향해서라면 총기 사용도 주저하지 않았던 것이다.

이곳에서는 거물급 강도떼의 우두머리인 툭이 출몰하면서 노략질을 해댔다. 그는 살인 등의 혐의로 수감되었다가 탈옥한 50여 명의 부하들, 다시 말해서 현상금까지 붙은 만큼 더 이상 잃을 것이라고는 없는 포악한 자들을 이끌고 다니면서 주변을 공포로 몰아넣었다. 이들은 군대에서 훔친 약간의 총기와 창, 밀림용 칼들을 소지하고 있었다. 어느 날 저녁 예르생은 친구인 모이 족 마을에 들어섰다. 마을은 방금 약탈을 당한 듯, 초가집에선 아직도 불길이 꺼지지 않은 상태였다. 생존자들이 예르생에게 나무 아래쪽 방향을 가리키자 그는 일행 중 특별히 용감한 자들 몇몇과 더불어 그곳으로 향했다. 야밤을 틈탄 조용한 추격이었다. 툭 패거리는 빼앗은 쌀의 무게와 가축들 때문에 전진 속도가 매우 느렸다. 더구나 무기도 없는 농부들이 혹시라도 악령들이 득시글거리는 숲 한가운데에서 그들을 곤경에 빠뜨릴까봐 걱정이 되어 정신적으로도 잔뜩 풀이 죽은 상태였다. 툭 도적떼는 행렬을 멈추고 불을 피운 다음 전리품을 확인했다. 예르생의 총구가 놈들 쪽을 향했다. 활활 타오르는 불길은 나뭇가지 사이로 그림자들의 현란한 움직임을 만들어냈다. 우두머리 툭이 단숨에 예르생의 총구를 다른 쪽으로 돌려버렸다. 다리에 가해진 둔중한 몽둥이 세례로 예르생은 비골이 부러졌다. 어떻게든 저항했지만 그는 말에서 떨어지고 말았다. 벌채용 칼이 그의 왼

손 엄지손가락을 절반쯤 잘랐다. 툭이 그의 가슴에 창을 꽂자 그의 패거리는 줄행랑쳤다. 예르생이 죽었다고 생각하고 겁을 집어먹은 것이었다. 아닌 게 아니라 파스퇴르 연구소에서 개발한 마법의 약품을 몸에 지니고 다니지 않았다면 분명 목숨을 잃었을 것이었다.

예르생의 일행은 새벽녘이 되어서야 꺼져가는 모닥불 가까이에서 그를 발견했다. 예르생은 피를 잔뜩 흘렸지만 의식을 잃지 않고 살아 있었다. 핀으로 온몸을 관통 당해 판자에 고정된 곤충처럼 창이 그의 온몸을 뚫고 지나간 상태였다. 이로써 원정은 중단되었고, 그의 목숨마저도 위험에 처했다. 개미를 비롯한 각종 벌레들이 피가 흥건하게 고인 곳으로 몰려들었다. 탐험가들의 경력이란 이렇듯 그들의 일생을 기록하려는 전기 작가들을 불과 몇 쪽도 쓰지 못한 채 중도 포기하게 만드는 경우가 허다하다. 가슴에 커다란 피투성이 구멍이 뚫린 채 쓰러지는 탐험가들이라니. 탐험가들의 전기는 카티나 가 호텔의 테라스에서 베르무트나 카시스 술잔을 앞에 놓고 펼쳐보는 식민지용 엉터리 지역 신문의 일단 기사 제목 정도로 요약되어버리기 십상이다. "디프테리아 병원균의 발견자, 모이족 지역에서 창에 맞아 죽다." 이런 식으로 말이다.

많은 양의 피를 흘린 예르생은 자신에게 시간이 얼마 없음을 너무도 잘 알았기에 서둘러 자신의 수술을 지휘했다. 그의 지시에 따라 창은 일단 그대로 두었다. 잘못 뽑아냈다가는 상처 주변이 모두 심하게 손상될 수 있기 때문이었다. 갈비뼈에 손상이 가지 않도록 창을 서서히 빼낸 다음 상처 부위를 소독하고, 살균하고 난 후 가슴을 단단히 압박할 수 있도록 붕대를 맸다. 손 주위에도 붕대를 감았으며, 부러진 다리엔 부목을 댔다. 원정대 일행은 칡덩굴과 대나무로 엮은 들것에 예르생을 눕힌 다음 어깨로 들것을 메고 여러 날을 걸은 끝에 판랑까지 갔다. 그곳엔 전보 배달부가 살고 있었다. 광장 공포증 증세라도 있는지, 마을로부터 외따로 떨어진 오두막에서 전봇대와 전선만을 벗 삼아 지내는 사람이었다. 사이공의 칼메트에게 필요한 약품을 준비해달라는 전보를 보냈다. 예르생은 서서히 회복했다. 덕분에 그의 전기 작가도 한숨 돌릴 수 있게 되었다. 몸을 전혀 움직이지 못하던 환자는 며칠 후 다시 수첩을 잡았다. "이번 사건 덕분에 나는 소총 한 자루와 권총 한 자루를 잃었습니다. 이 일 때문에 내가 크게 문책을 당할 것으로 보이지는 않습니다. 입만 열면 안남 지역엔 평화가 정착했다고 강조해온 총독은 남부 지역에서 일어난 이 같은 폭동 시도가 알려지게 된다면 매우 곤란해질 것이 분명합니다. 그러니 그는 무슨 수를 써서라도 이번 일을 확대시키지 않으려 할 것이고, 필요하다면 아예 그런 일은 없었노라고 부정해버릴 수도 있겠지요. 나는 내가 한 일을 후회하지 않습니다. 그건 내가 반드시 해야 할 의무였으니까요."

상처가 아무는 동안 예르생은 전보를 보내고 받는 일을 익혔다. 타고난 기질이 그러니 그로서도 어쩔 수 없는 노릇이었다. 다리는 석고로 고정시킨 채 사이공으로 이송된 그는 그곳에서 보고서를 작성하고, 지도를 그렸으며, 잠재적으로 도로를 건설할 만한 곳을 추천하고, 수첩에 휘갈겨 적은 내용들을 깨끗하게 정리했다. 회복기 환자 예르생은 기술 관련 전문 잡지들을 탐독하고, 프랑스에 새로운 장비들을 주문했다. 그가 여행을 할 수 있는 상태가 된 직후, 항구에서는 사람들의 부축을 받아 작은 말들이 끄는 마차에서 내리는 그의 모습을 볼 수 있게 되었다. 그는 하이퐁을 향해 출발하는 사이공호의 선실에 목발을 놔두고서 다섯 개의 금줄이 부착된 백색 제복을 입은 그의 후임과 이야기를 나눈다. 사이공호의 첫 번째 기착지에서 내려 화륜선공사의 작은 배를 타고 냐짱으로 가 그의 작은 나무배로 바꿔 타고 그가 만든 자신의 낙원으로 돌아간다. 다리를 절뚝거리며 암실을 분주하게 오가면서 사진을 현상하고 다음 원정을 준비한다. 지도에서 볼 때 정북 방향으로 갔다가 정서 방향으로 들어서는 가장 긴 원정이 될 것이다. 가장 야심적인 원정이기도 하다. 그는 통킹과 라오스 사이에 디엔비엔푸를 지나는 파비 항로가 아닌 새로운 길을 열고 싶어 했다. 그는 어머니 파니에게 여러 통의 편지를 보낸다. "마요르에 보내는 편지를 동봉합니다. 나한테 새로운 무기를 보내주면 물건을 받는 즉시 돈을 보내겠다고 전해 주세요."

출발 직전 툭이 체포되었다는 소식을 들은 그는 곧 어머니를 안심시키고자 이 소식을 전하지만, 오히려 어머니의 근심만 키운다. "저는 내일 내륙 지방으로 출발합니다. 어머니께 제 손의 상처는 완전히 나았고 다리도 완치되었다는 말씀도 드리지 않고 그냥 떠날 수는 없지요. 저는 이제 여행을 계속할 정도로 건강합니다. 오늘 툭의 머리가 잘려나갔습니다. 저도 사진을 찍을 겸 직접 처형장에 갔습니다. 놈의 머리는 칼을 네 번째 내려쳤을 때 떨어졌습니다. 놈은 끝내 한마디도 하지 않더군요. 안남인들은 정말이지 놀라우리만치 냉정한 자세로 죽음을 맞이합니다."

그 해 프랑스에서는 적지 않은 머리를 잘랐으며, 잘린 머리가 바구니 속으로 데굴데굴 굴러들어가게 한 공포정치가 시작된 지 1백 주년이 되는 해로, 다행히도 두 번째 철탑을 세워 요란스럽게 이를 기념하는 일은 벌어지지 않았다. 그 해 프랑스 함대는 국경 담당관으로 승진한 파비의 요청으로 방콕을 봉쇄하기 위해 사이공을 떠났다. 예르생은 단 한 번도 외교관의 길을 기웃거린 적이 없었다. 정치라고 하는 지저분하기 짝이 없는 괴물. 그는 억지로 세당 족들의 근거지를 향해 전진했다. 다시 한 번 울창한 열대림과 안개 낀 소나무밭을 가로질렀다. 도중에 수백만 마리의 개미 군단이 일사분란하게 열을 지어 행진하는 장면과 맞닥뜨렸다. 한 치의 흐트러짐도 없이 일사분란하게 전진하는 개미 군단 앞에서는 농부들도 길을 양보하고 마을을 이동시키는 수밖에 없었다. 안내원들과 짐을 운반하는 가축들로 이루어진 부대는 벼랑가의 좁은 길을 통해 산을 기어오르고, 개울을 건넜다. 예르생과 게를라크Guerlach 신부는 나란히 말을 타고 앞으로 나아갔다. 신부는 얼마 전에 최초로 이 지역의 지형학적 · 인류학적 측정 작업을 진행했으며, 수렵과 채집으로 생활하는 지역 주민들의 신앙과 이들이 사용하는 언어도 조사하는 업적을 세운 인물이었다. 신부는 스스로 마리 1세라는 왕으로 등극한 마이레나처럼 이들을 노예처럼 복종시키려 하는 대신 이들의 영혼을 구원하겠다는 막연한 희망에서 이 같은 일을 시도했다.

세당 족들의 본거지는 험준한 봉우리 위에 지어져 높은 울타리로 단단히 보호하는 일종의 독수리 둥지였다. 게를라크 신부를 알아본 이들은 도르래로 작동시키는 입구를 열었다. 친구의 예를 갖춘 양측은 선물을 교환하고 함께 춤을 추고 같이 식사를 했다. 예르생은 사람들이 모인 한가운데에서 과학 연구에 사용되는 장비들을 펼쳤다. 양 다리를 넓게 벌리고 시선을 하늘로 향한 그는 경도와 위도를 측정하고, 저녁엔 북극성을 찾고, 기압계를 사용해서 고도를 측정했다. 한편 신부는 십자가와 향로를 꺼내 미사를 집전하고 기도문을 읊은 후, 북극성에서 그다지 멀지 않은 곳에 머무는 듯한 신을 향해 두 팔을 높이 쳐들었다. 자신들보다 더 야만적인 인간을 만나 말도 안 되는 괴상한 의식을 지켜보는 건 세당 족들에게 처음 있는 일이었다. 그들은 우스워 죽겠다는 듯 떠들어대며 허벅지를 두드려댔다. 구석으로 밀려난 세당 족 주술사들은 못마땅한 표정을 지으면서도 다음번에 의식을 집전하게 되면 이들 야만인이 하던 짓거리 중에서 몇 가지 정도는 가져다 써도 괜찮겠다는 계산을 하는 눈치였다. 요새 위쪽에 자리 잡은 전사들은 코뿔소 가죽을 씌운 방패를 흔들고 고함을 지르다가 창과 칼을 휘두르는가 하면 백인들에게 조심해서 돌아가라는 인사를 건네기도 했다. 예르생과 신부 일행은 산을 내려와 산악지대의 반대편에 위치한 라오스의 앗따쁘에 도착했다. 이곳에서는 군소리 없이 마구를 달고 고분고분 말을 잘 듣는 말들이 마을 주민들의 구경거리였다.

탐험가들은 경사가 원만한 쪽으로 정글을 내려와 메콩 강으로 향했다. 벌써 여러 달째 계속되는 여정이었다. 조용하면서 살인적인 행군이었다. 전진하는 일행의 아래쪽으로는 노랑과 초록, 에메

랄드 빛과 진홍빛의 물결이 이어졌다. 나뭇가지 사이로 레몬 빛깔 햇살이 떨어지고, 야자나무들은 후두둑 떨어지는 소나기에 잎사귀를 넓게 펼쳤다. 우글거리는 뱀과 개구리, 그들 사이에서 몸을 푸는 작은 수호 정령들. 날카롭게 울부짖으며 날아오르는 빨간 앵무새 무리. 북쪽을 향해 올라가는 일행은 또다시 높은 산을 넘어 중국해 쪽으로 완전히 방향을 틀어 투란(오늘날의 다낭—옮긴이)을 거쳐 하노이로 간다. 하노이에서는 독실한 가톨릭 신부와 무신론자, 이렇게 두 명의 인류학자가 각각 주교와 총독에게 보고서를 제출한다. 뼈다귀에 깃털을 꽂은 펜에 먹물을 찍어 써내려간 보고서엔 세당족들이 선물로 바친 적의 머리, 원정 임무 중에 수집한 상아의 개수 등이 기록되어 있다. 이 같은 민속학적 자료들은 상자에 담겨 파리의 인류 박물관으로 보내진다.

이런 일들은 선상 의사로 일하면서 장교 식당에 앉아 수첩에 항해 일지를 기록하던 것과 다를 바 없었다. 예르생에게 그 일은 항해와 크게 다르진 않지만 항해보다 조금은 더 흥분되는 일이었다. 그는 전혀 따분해하는 기색을 보이지 않았다. 그는 화륜선공사 배편을 이용해 냐짱으로 돌아갈 채비를 서둘렀다.

하지만 그에게 장시간 육로 행군이란 더 이상 가능하지 않았다. 억수같이 퍼붓는 빗속에서 몇 시간이고 안장에 앉아 말과 보조를 마주어야 하고, 그 와중에 산의 생김새를 크로키를 통해 기록하며, 언제까지고 말똥과 젖은 가죽 냄새를 맡아야 하는 생활. 모닥불에 구워먹는 고기와 마을이 가까워질 때마다 들려오는 개 짖는 소리. 그러나 예르생은 아직 모르고 있었다. 그가 다시는 원정대를 이끄는 일이 없으리라는 사실을 말이다. 칼메트가 보낸 전보 한 통이 총독 사무실에서 그를 기다리고 있었다. 총독은 그에게 사이공으로 다른 몇 통의 전보가 배달되었다는 사실도 알려주었다. 그에게 최대한 빨리 홍콩으로 오라는 루와 파스퇴르의 요청이 담긴 전보들이었다. 바야흐로 페스트의 대역사가 시작되려는 순간이었다. 예르생은 탐험가로서 작성한 마지막 수첩을 덮었다. 방금 찍은 잉크가 채 마르기도 전이었다.

엄지손가락이 갈라진 채 약간씩 떨리는 검버섯 투성이 늙은 손이 탐험가로서 기록한 마지막 수첩을 닫았다. 이미 말라버린 잉크는 빛깔마저 바래버린 지 오래였다. 그 사이에 문체 역시 구닥다리 티가 났다. 비달 드 라 블라슈Paul Vidal de La Blache(1845~1918, 프랑스의 지리학자로 19세기 프랑스 지리학을 개혁한 자로 추앙받음—옮긴이) 투라고나 할까. 예르생이 낀 안경 너머로 이제는 다소 광채가 약해진 그의 파란 눈이 보였다. 그는 이제 냐짱의 현재, 그러니까 냐짱에서 맞이하는 1940년 여름으로 돌아왔다. 그는 작은 나무배를 대신하기 위해 회랑 위에 지은 네모반듯한 그의 대저택, 합리적인 육면체 안에서만 머물렀다. 여러 층으로 나누어 배분한 3백 제곱미터의 공간과 테라스, 천문 관측소로 꾸민 옥상을 이어주는 계단. 남 박사는 일흔일곱 살이었다. 두 달 전부터, 그러니까 작은 흰 고래를 타고 유럽 여행에서 돌아온 이후 그는 자신이 수첩에 기록한 내용들을 모조리 다시 읽었다. 그 글들을 읽노라니 어느 새 정글이며 세당 족의 촌락으로 돌아간 듯한 기분이 들었다. 이제 그의 두 다리는 그의 몸을 제대로 지탱해주지 못한다. 밤이 깊었다. 그는 베란다에 내놓은 흔들의자에 앉아 거대한 바다를 응시한다. 바다는 언제나 우리의 노고를 위로해준다.

두 달 전부터 줄곧 옛날 수첩 읽기 삼매경에 빠져 지내다 보니 그는 현재 역사를 잠시 잊었다. 툭과의 전투를 기록한 문장 하나하나가 당시의 고통, 나무 밑에 쓰러져 죽음을 기다리던 참담함, 나뭇잎들 위로 어른거리던 불꽃의 움직임을 생생하게 일깨운다. 그는 셔츠 단추를 풀고 상처 자국을 들여다본다. 정말로 나한테 그런 일이 있었지, 라고 확인이라도 하려는 듯. 그는 이제 회상록을 쓸 용기도, 그럴 마음도 없다. 그 모든 일은 오직 그 혼자만이 알고, 그 혼자만이 기억할 것이다. 아무렴 어떻단 말인가? 그의 삶에 대해서라면, 그 자신이 출간한 몇몇 책보다도 그가 파니, 에밀리와 주고받은 서신들이 훨씬 많은 것을 말해준다. 두 여자는 예르생의 편지라면 한 통도 빠짐없이 간직했다. 그 편지들은 누이 에밀리 사망 후 원형 탁자 서랍 속에서 얌전히 묶인 채 고스란히 발견되었다. 지우거나 고쳐 쓴 흔적 없이 단숨에 쓴 편지들에는 어김없이 알렉상드르라는 이름(그의 아버지의 이름이기도 하다)은 뺀 '예르생' 또는 '남 박사'라는 유머러스한 서명이 들어 있었다. 하지만 현재 시점, 그러니까 1940년 여름에 예르생은 그런 사실들을 전혀 알지 못한 채 그의 삶이 사그라져간다고 생각했다. 밤마다 그는 단파 방송을 통해 전 세계의 뉴스를 들었다. 1940년 여름, 이 세상은 속절없이 무너져 내리는 중이었다.

비시 정권은 인도차이나 총독 자리에 프랑스 극동 함대를 지휘하던 드쿠Jean Decoux(1884~1963, 프랑스 해군 제독으로 제2차 세계 대전 중에 프랑스령 인도차이나의 총독에 임명되었음—옮긴이) 장군을 임명했다. 식민지에서도 본토와 마찬가지로 영국 라디오를 듣는 건 금지되었다. 예르생은 그런 지시엔 아랑곳하지 않았다. 그는 6월에 들어서면서 키가 2미터나 되며 전쟁 발발 전엔 뤼테시아 호텔에 묵던 희한한 장군의 부름에 프랑스 젊은이들이 화답하고 있다는 사실을 잘 알고 있었다. 그는 선전 방송에서 시작하여 승리의 함성에 이르기까지 독일 라디오도 빼놓지 않고 들었다. 이번에도 역시 독일과의 전쟁이었으며 이번에도 역시 독일은 수백만 명의 인명을 앗아간 후 패배를 맛보게 될 것이었다. 선견지명 있는 열다섯 살 랭보가 세당 전투와 제2제정의 괴멸을 겪고 난 후 예견했던 것처럼 말이다. 나치는 "철퇴와 광기로 무장한 정권은 독일 사회, 독일 사상을 군대화할 것이며, 그 모든 것은 종국에 가서 연합군에 의해 파멸될 것"이라는 천재적인 젊은 시인의 글을 읽었어야 했다.

런던에서 띄워 보낸 장군의 호소가 전파를 탄 지 닷새 후, 검은색과 회색 군복을 입고서 찰리 채플린을 제법 그럴 듯하게 흉내 내는 독재자 히틀러가 부르제 공항에 내렸다. 일요일 새벽 다섯 시였다. 히틀러의 여행은 공격 명령이 떨어지기 전부터 내정되어 있었던 것으로, 괴링의 슈투카 전투기들이 부르제 공항의 활주로를 폭격하지 않고 온전하게 남겨두었던 것도, 덕분에 에어 프랑스사의 작은 흰 고래가 마지막 비행을 할 수 있었던 것도 다 그런 이유 때문이었다. 라디오에서 독일인 아나운서는 흥분으로 고조된 목소리로 지붕이 열리는 메르세데스 벤츠 차량 석 대가 6월 아침의 부드러운 햇살을 받으며 파리를 향해 출발했으며, 한 무리의 사진사들과 영화인들이 그 뒤를 따라갔다는 소식을 전했다. 검은색과 회색의 군복을 입은 독재자는 그가 총애하는 건축가 알베르트 슈페어Albert Speer(1905~1981, 독일의 정치가이자 건축가. 히틀러의 측근으로 자치 정권 치하에서 군수장관을 지냈으며 전후 뉘른베르크 전범재판에 회부되어 20년 형을 선고받고 복역한 후 석방됨—옮긴이)를 대동했다. 그는 베를린을 파리보다 훨씬 멋지게 만들고 싶어 했다. 독재자 일행은 서둘러서 오페라 극장과 마들렌 성당, 콩코르드 광장, 샹젤리제 거리, 에펠탑, 트로카데로 광장 등을 방문했다. 히틀러로 말하면 『나의 투쟁*Mein Kampf*』에서 자신은 회화에 재능을 지녔으며, "그 재능을 능가하는 것이라고는 데생, 특히 건축 관련 데생밖에 없다"고 강조한 독재자가 아니던가.

독재자의 이 같은 열광마저도 에르생을 예술과 화해시키기엔 역부족이었다. 회화와 문학이라는 아무 짝에도 쓸모없는 것들. 히틀러와 괴링, 이 두 사람은 혹시 그들의 미술품 컬렉션을 가치 있게 만들어줄 알토란 같은 작품들을 손에 넣기 위해서, 또 서로 그런 작품들을 차지하겠다고 다투려는 오직 한 가지 이유만으로 세계 대전을 일으킨 건 아닐까. 에르생은 젊은 루이 파스퇴르가 한때 쥐라 지방에서 꿈꾸었던 것처럼 화학자가 되지 않고 초상화가가 되었다면 현재의 파스퇴르는 어떻게 되었을지 상상해보았다. 예술가 파스퇴르는 과학 연구를 계속하는 와중에 틈틈이 파리의 에콜데보자르École des beaux arts(파리미술대학—옮긴이)에서 학생들을 가르쳤겠지.

1940년 여름, 그러니까 예르생이 작은 흰 고래를 타고 출발한 지 얼마 지나지 않아 파스퇴르 연구소를 찾아온 최초의 독일인들은 파스퇴르의 유해가 보관되어 있는 지하 묘지를 보겠다고 요구했다. 나이 든 경비 조제프 메스테르, 광견병으로부터 목숨을 구한 최초의 인간은 그들 앞을 가로막았다. 독일 군인들은 그를 떠밀어 길을 텄다. 독일군 장교들은 지하 묘지로 들어갔다. 알자스 출신 나이 든 경비원은 그 즉시 자신의 처소에서 1914년 전쟁 때부터 지녀온 권총으로 목숨을 끊었다.

예르생은 독일 라디오를 통해 뤼테시아 호텔 옥상에 나치 깃발이 걸렸다는 사실을 알았다. 호텔 7층 모퉁이에 위치한 그의 방 바로 위에서 나치 깃발이 펄럭이기 시작했다는 것이었다. 뤼테시아 호텔은 독일군 첩보 조직인 압베르Abwehr의 본부가 되었다. 검은색과 회색 제복을 입은 독일군 장교들은 피아노 주변에 둘러앉아 호텔의 코냑 저장고를 바닥냈다. 프랑스와의 전쟁이 싱겁게 끝나자 이젠 영국 차례였다. 영국은 괴링의 전투기들에 의해 줄기차게 폭격당했다. 히틀러와 쌍벽을 이루는 미술 애호가였던 괴링은 히틀러 몰래 인력과 장비를 빼돌려 프랑스의 점령 지역으로 보내 그를 위해 일하는 예술사가들이 미리 점찍어둔 작품들을 실어오기도 했다.

히틀러가 파리를 방문한 지 두 달이 지났을 때, 트로츠키가 암살당했다. 그는 8월 20일 멕시코의 은신처에서 스탈린의 수하에게 살해되었다. 스탈린은 히틀러의 동맹 세력이었으며, 히틀러 자신은 일본의 동맹 세력이었다. 전 세계 차원에서 벌어지는 퍼즐 맞추기가 본격적으로 가동되는 중이었다. 그로부터 열흘 후, 그러니까 8월 30일, 일본 군대가 통킹 만에 상륙했다. 그들은 하이퐁과 하노이를 점령했다. 일본군 장교들은 메트로폴 호텔의 앉은뱅이 탁자 옆에 그들의 일본도를 세워두고서 코냑을 들이켰다. 요컨대 인도차이나가 침략을 당한 것이다. 흔들의자에 앉아 바다를 바라보면서 예르생은 조만간 네모반듯한 그의 대저택을 냐짱 사령부로 쓰겠다며 징발하러 올 일본군 장교들을 기다렸다. 그들은 집을 뒤져 코냑 저장고를 찾아내려 하겠지만 그건 괜한 노릇일 것이다. 그런 건 아예 없으니까.

예르생과 일본군과의 갈등은 사실 이미 오래전에 시작되었다.

홍콩에서

낡은 수첩을 덮은 노인은 탐험가 차림으로 세당 족의 왕국에서 하노이로 돌아온 젊은 시절 자신의 모습을 떠올린다. 녹색 캔버스 천 조끼와 갖가지 장비들을 매단 여러 개의 멜빵끈. 예르생은 게를라크 신부에게 작별인사를 건넨다. 그의 나이 서른한 살. 그는 사이공으로 와서 루가 보낸 전보를 읽는다. 루와는 지리학회에서 강연할 때 잠깐 만나고 그 후 통 못 보고 지냈다. 전보, 그렇지, 전보. 루와 파스퇴르는 그야말로 노발대발했다. 두 사람은 관계 당국에도 연일 전보 폭격을 퍼부었다. 파스퇴르 사단은 늘 예르생을 자기들의 일원으로 여겼다. 그들에게 예르생은 과학 발전을 위해 임시로 잠깐 따로 떼어놓은 그들의 일원이었다. 냐짱으로 특사를 파견한 그들은 그가 산악지대 원정 중임을 알았다. 산악지대라니, 루는 못마땅했지만, 어깨만 한 번 으쓱할 뿐 어찌할 도리가 없었다.

바다만 가지고는 성에 차지 않았던 모양이지.

제1차 세계 대전이 시작되기 20년 전의 일이다. 그 무렵에도 벌써 과학 분야에서의 전투는 정치 싸움이었고, 동맹도 마찬가지였다. 중국에서 시작된 페스트는 통킹을 거쳐 5월 무렵엔 홍콩에도 상륙했다. '죽음의 낫'에 대한 엄청난 공포가 지평에 떠오르면서, 실제로 사람들이 대거 죽어나가기 시작했다. 주룽반도의 영국인들과 하이퐁의 프랑스인들은 물론, 중국과 무역 거래 중인 모든 항구가 패닉 상태에 빠져버렸다.

걷거나 말을 타거나, 바퀴가 삐걱거리는 소달구지를 타던 시절, 바다에서는 돛단배가 유일한 이동수단이던 시절에 죽음의 낫 페스트는 그 이동수단의 속도에 맞춰 앞으로 나아가면서 죽음을 수확했다. 14세기 유럽에서는 2천 5백만 명이 페스트로 목숨을 잃었다. 로마 시대 토가 같은 긴 가운을 입은 의사들은 부패물에서 나오는 장기(瘴氣)를 거르기 위해 온갖 향기 나는 풀들로 가득 채운 긴 부리가 달린 백색 마스크를 쓰고 환자들을 살폈다. 공포는 이동수단의 속도가 빨라지는 것과 비례해서 증폭되었다. 페스트는 말하자면 증기기관, 전기, 철도, 어머어마하게 높은 철제 선박 등의 출현을 기다렸다고나 할까. 잔뜩 증폭된 흑색 공포 앞에서는 더 이상 쓱쓱 소리를 내며 풀을 자르는 낫이 문제가 아니었다. 공포는 밀밭 한가운데에서 전속력으로 수확에 열을 올리는 탈곡기의 굉음처럼 온 사방을 진동시켰다. 아무런 치료 방법이 없었다. 페스트는 예측이 불가능하며 치명적인 데다, 전염성이 강하고 전혀 합리적이지 않은 괴물이었다. 페스트는 흉측함과 죽음을 몰고 왔으며, 서혜선종의 검거나 노란 즙이 몸을 파고들었다. 페스트에 대한 당시의 의학 기록들은 베를린 대학의 그리징거Griesinger 교수가 쓰고, 15년 전에 몰라레Mollaret가 인용한 전염병 관련 논문에서 찾아볼 수 있는데, 그리징거 교수는 페스트가 "비참하고 무지하며 불결하고 믿을 수 없을 정도로 야만적인 생활을 하는 계층에 몰아쳤다"고 지적했다.

사이공에서 시험관, 현미경용 슬라이드, 증기 소독기 등 약간의 의료 장비를 임대한 예르생은 이를 선실용 짐 가방에 넣어 배에 실었다. 그는 하노이로 돌아가, 라오스에서 시작해서 중국과의 국경 문제를 확정짓기 위해 무앙씽까지 원정에 나설 파비 원정대 소속 의사인 르페브르Etienne Lefèvre를 만났다. 르페브르는 정치에 노련한 인물로서, 영국과의 힘겨루기는 결코 쉽게 해결될 일이 아니라는 사실을 예르생 앞에서 순순히 인정했다. 눈엣가시 같은 프랑스령 인도차이나만 아니라면, 영국은 봄베이에서 홍콩에 이르는 거대한 지역에 온전히 영국 식민지를 건설할 수 있을 것이었다. 그렇기 때문에 영국인들은 일본 의사들을 자기편으로 끌어들이려고 안간힘을 썼다. 동맹 관계를 생각하면 일본 의사는 결국 독일 의사나 마찬가지가 아닌가. 이렇듯 영국인들은 코흐 연구소와 파스퇴르 연구소를 대결 양상으로 몰아갔다.

그런데 비가노Vigano 신부라고 하는 프랑스를 좋아하는 이탈리아인이 이탈리아의 통일을 가져다준 프랑스 제2제정에 대한 감사의 표시로 프랑스 제3공화국의 체면을 세워주겠다면서 자발적으로 나섰다고 르페브르는 전했다. 비가노 신부는 신뢰할 만한 연락책으로 솔페리노 전투에 포병 장교로 참전하여 훈장까지 받았으나 그 후 종교에 귀의, 프로테스탄트들 틈에서 간첩 역할을 하는 가톨릭 신자, 라고 르페브르가 웃으며 설명을 곁들였다. 예르생에게는 이런 이야기들이 모이 족의 삶보다도 훨씬 황당했다. 스위스인과 이탈리아인이 프랑스를 위해 일하다니. 6월 중순에 홍콩에 도착한 예르생은 로슨Lawson 의사가 이끄는 케네디 타운의 병원으로 향했다.

비가 억수같이 쏟아지는 가운데 항구에 도착한 예르생은 길거리며 곳곳의 물웅덩이, 정원, 항구에 정박 중인 정크선 등에 쌓여 있는 페스트 환자들의 시체를 보았다. 영국 군인들은 강제로 환자들을 이송한 후, 집을 비우고 남아 있는 모든 것을 한 곳에 쌓아놓고 불을 지른 다음 그 위에 석회와 황산을 뿌렸다. 그 작업이 끝나면, 페스트가 번졌던 동네 전역에 붉은 벽돌로 벽을 쌓아 출입을 금했다. 예르생은 이 광경들을 빠짐없이 사진에 담았고, 저녁이면 억수같은 비와 잿빛 하늘 아래 펼쳐진 지옥을 글로 옮겼다. 병원엔 환자들이 몰려들었지만, 그들을 위해 병원이 해줄 수 있는 일이라고는 전혀 없었다. 급한 대로 로슨은 곳곳에 격리시설을 마련했다. 말이 격리시설이지 사실은 죽음을 기다리는 대기실에 불과한 공간이 왕년의 유리 공장, 신축 중인 도살장, 징발당한 초가집 등지에서 문을 열었다. 그는 격리시설 맨 바닥에 돗자리를 깔아두고 때가 되면 거기 누워 있던 환자를 돗자리와 함께 태웠다. 죽음은 단 며칠 만에 불쑥 찾아오곤 했다. 시체를 차곡차곡 쌓아 올린 수레는 후텁지근한 비와 광풍 속으로 천천히 굴러갔다. "죽어서 길바닥에 널브러져 있는 쥐들이 많이 보였다." 예르생은 도착한 바로 그날 저녁, 더러운 물을 토해내는 하수구와 썩어가는 죽은 쥐들과 관련된 첫 번째 메모를 휘갈겨 적었다. 카뮈가 『페스트*La Peste*』를 발표한 이후로는 그 같은 사실이 누구에게나 명백한 듯이 보였지만, 그때만 해도 실상은 이와 크게 달랐다. 그러니 예르생이 죽은 지 4년 후 그 소설을 쓴 카뮈는 그에게 빚진 것이 많다.

영국 총독 로빈슨Robinson 경은 외교적 배려 차원에서 전보를 통해 예르생에게 페스트 상황을 연구하기 위해 홍콩에 들어와도 좋다는 허가를 내주었다. 그러나 영국인들의 텃세는 누가 보아도 명백했으며, 시체 해부 권한을 독점하려는 시바사부로 기타사토Shibasaburo Kitasato의 일본팀은 영국인들에 비해 한술 더 떴다. 기타사토와 그의 조수 아오야마Aoyama는 코흐의 수업을 들은 사람들이었다. 공교롭게도 같은 해에 독일에 도착한 기타사토와 예르생은 각각 베를린과 마르부르크를 택했다. 결핵균을 발견한 코흐를 찾아 베를린으로 간 기타사토는 그곳에서 7년간 머물렀다. 로슨 박사가 두 일본인에게 예르생을 소개하는 자리에서 예르생이 그들에게 독일어로 인사를 건네자 두 사람은 대답도 하지 않고 웃기만 했다. "독일에서 떠나온 이후 내가 독일어를 다소 잊었는지, 그들은 대답할 생각은 않고 저희들끼리 웃기만 했다"고 예르생은 회상했다.

기타사토에게 예르생은 결코 잊을 수 없는 이름이었다. 루와 더불어 디프테리아 독소를 발견한 인물이 아닌가. 그는 코흐와 마찬가지로 파스퇴르와 그의 이름을 단 연구소에 대해서라면 노골적인 반감을 숨기지 않는 인물이었다. 경쟁적인 분위기가 지배하는 가운데 기타사토는 다시 한 번 제대로 겨뤄볼 기회가 왔다고 생각했을 것이다. 이번에야말로 페스트균을, 그러니까 페스트가 미생물 때문에 발생하는 병이라면, 그 균을 발견할 수 있을 테니까. 이번엔 무슨 일이 있어도 녀석을 놓치지 않고 잡겠다는 투지가 넘쳤으니까. 인류 역사상 페스트균을 발견하게 될 기회가 앞으로 더 있을 것 같지 않으니까. 몇 주만 더 전염병이 확산된다면, 연구할 시체 수천 구가 더 확보될 터였다. 미생물 입장에서 보자면, 이 정체 모를 전염병이 갑자기 확산을 멈추고 잦아드는 것이 목숨을 부지할 수 있는 유일한 방편이 될 테지만. 예르생과 기타사토 두 사람은 그들이 갈릴레이에 비길 만한 절대적인 천재 코흐와 파스퇴르 덕분에 이처럼 역사적인 현장에 오게 되었음을 모르지 않았다. 두 사람은 자신들은 두 거인의 어깨에 기댄 난장이에 불과하다는 사실도 잘 알고 있었다. 두 사람 중에서는 기타사토가 현장이라는 엄청난 특혜를 누렸다. 예르생에게는 해부를 위한 단 한 구의 사체도 허용되지 않았으니까.

이런 처지라면, 예르생이 처음부터 패배를 인정하고 조용히 이 일에서 발을 뺀 다음 다시 배를 타고 자기 집으로 돌아가버릴 수도 있었을 것이다. 비가노 신부는 다소 음흉한 구석도 없지 않은 바티칸 방식을 애용하는 사람이었고, 보 주 출신의 엄격한 프로테스탄트 방식에 익숙한 예르생은 신부의 방식을 혐오하는 편이었다. 예르생을 위해서 신부는 이틀 만에 앨리스 메모리얼 병원 근처에 대나무 위에 짚을 잔뜩 얹은 오두막을 짓게 했다. 거처이자 실험실로 쓰일 그 오두막에 야전 침대가 들어왔고, 예르생은 그곳에서 선실용 짐 가방을 열어 현미경과 시험관들을 꺼냈다. 비가노는 소각 또는 묘지에 매장되기를 기다리는 사체들이 수북하게 쌓인 병원 시체 보관소에서 일하는 영국 선원들을 매수하여 그들로부터 시체 몇 구를 사들였다. 예르생은 메스를 잡았다. "시체들은 대개 이미 관 속에 들어가 석회가 덮인 상태였다. 나는 넓적다리 부분이 드러나도록 석회를 조금 걷어냈다." 예르생은 시험관과 연을 벗 삼아 지내던 파리 체류 시절의 열정이 다시금 샘솟는 것을 느꼈다. "서혜선종이 뚜렷했습니다. 나는 눈 깜짝할 사이에 그걸 떼어내서 실험실로 가져갔습니다. 순식간에 장비를 준비한 다음 떼어온 조각을 현미경 위에 얹었었죠. 얼핏 보아도 고만고만하게 닮은 미생물들이 무리를 이루듯 모여 있는 것이 눈에 들어왔습니다. 끝이 둥그렇게 다듬어진 통통하고 작은 막대기 모양의 미생물들이었습니다."

길지도 않은 이 몇 문장 속에 모든 것이 다 들어 있다. 회고록을 쓸 필요도 없다. 예르생은 파스퇴르가 누에의 미립자병, 양의 탄저병, 닭의 콜레라, 광견병을 일으키는 병원균을 최초로 관찰한 것과 마찬가지로 페스트균을 처음으로 관찰했다. 일주일 만에 예르생은 논문을 한 편 썼으며, 이 논문은 《파스퇴르 연구소 아날》 9월호에 발표되었다.

내장 기관과 혈액에서 표본을 추출하여 관찰하던 기타사토는 서혜선종은 소홀히 한 채 부차적 감염에 따른 폐렴구균을 상세히 묘사하면서 이를 페스트균으로 간주했다. 우연이나 운이 따라주지 않을 경우 천재성만으로는 아무것도 이루어지지 않는다. 무신론자 예르생은 신들의 가호를 받았다. 훗날 그의 연구에서도 드러나듯이, 기타사토는 병원 부속의 제대로 된 실험실과 폐렴구균이 번식하기에 가장 적합한 온도인 인간 체온과 같은 온도로 유지되는 한증실에서 연구를 진행했다. 그런데 페스트균은 기껏해야 28도, 즉 홍콩의 그 무렵 평균 온도에서 가장 왕성하게 활동한다. 한증실이나 제대로 된 실험실을 갖추지 못한 예르생은 바로 그 온도에서 모든 관찰 과정을 진행할 수밖에 없었던 것이다.

예르생은 관찰 결과를 파리로 보내는 동시에 로슨 박사에게도 제출했으며, 박사는 신속하게 이를 일본팀에게도 알렸다. 예르생은 로슨 박사의 처신을 못마땅하게 생각했지만, 그렇다고 크게 문제 삼지는 않았다. “그는 좀 더 신중하게 처신했어야 했습니다. 나의 준비 과정을 지켜보던 끝에 일본 사람들에게 서혜선종에서 균을 찾아보라고 충고한 장본인도 바로 그였습니다. 그는 스스로 나서서 나를 비롯하여 여러 사람을 안심시켰습니다. 일본인들에 의해 먼저 확인된 미생물은 내가 발견한 것과는 닮지 않았다는 것이었습니다.” 기타사토는 이를 자신의 공으로 돌렸으며, 이는 학문적·정치적 논쟁을 야기했다. 하지만 곧 증거가 확보되었고, 아버지라고는 전혀 모르고 살았으며 그 자신도 아버지가 되어본 적이라고는 없는 예르생이 적어도 그 발견에 있어서만큼은 아버지로서의 자격을 획득했다.

예르시니아 페스티스*Yersinia pestis*.

그는 그 후로도 두 달 동안 임시로 만든 간이 실험실에 머물면서 죽은 쥐들을 관찰하고, 전염병 확산에 있어서 그들의 역할을 밝혀냈다. 탄저병 연구를 위해 보스에서 파스퇴르가 했던 것처럼 그도 타이핑산 지역의 오염된 흙을 가져와 샘플조사를 실시했으며, 이를 칼메트에게 보고했다. "잘 아시다시피 토양에서의 미생물 관찰은 간단한 일이 아닙니다. 게다가, 표본에서 미생물이 발견되지 않았다 하더라도 섣불리 토양이 오염되지 않았다고 결론 내려서는 안 된다는 사실을 잘 알고 계시겠죠. 따라서 저는 아무것도 발견할 수 없으리라는 확신을 가지고 이번 실험을 감행했습니다." 그는 희석시킨 검은 흙에 백금선이 담긴 젤로스 튜브를 심었다. "그런데 두 개의 튜브에서 여러 무리의 페스트균 군집이 발견되었다면 믿으시겠습니까? 다른 미생물체라고는 전혀 발견되지 않았는데 말입니다."

위생 책임자의 자격을 내세워 영국인들은 그를 그곳에 붙잡아두었다. 일본팀은 떠났다. 길 입구에 세워진 붉은 벽돌담은 중국인들의 출입은 막을 수 있을지 모르나 분명 작은 미생물들의 출입까지는 통제하지 못했을 것이다. 예르생은 홍콩을 떠나기로 마음먹었다. 그러고는 하노이의 총독에게 편지를 썼다. "페스트균을 밝혀내는 데 성공했으며, 그 균의 생리적 특성에 관한 초기 연구는 어느 정도 마쳤습니다. 지속적인 연구를 위해 필요한 만큼의 자료는 파리로 보냈으므로, 이 정도면 홍콩에서의 나의 임무는 끝났다고 생각합니다." 8월 중순, 그는 유능한 승려이자 군인이라고 할 만한 비가노 신부에게 항구에서 작별을 고하고 사이공으로 돌아와, 원정대 때와 마찬가지로 보고서를 작성하고, 임대했던 장비를 돌려주었다. 그는 수첩에 다음과 같은 결론을 남겼다. "페스트는 그러므로 전염성이 강하며 쉽게 감염될 수 있는 병입니다. 쥐가 병을 옮기는 주요 매개체 역할을 할 가능성이 매우 높지만, 나는 파리 또한 그 병에 걸린다는 사실을 확인했습니다."

2개월간의 홍콩 체류로 페스트의 대역사는 이제 정리되었다. 그에겐 다른 생각이 있었다. 예르생은 성미가 급한 사람이었다. 그는 파스퇴르 사단 동료들을 기쁘게 해주기 위해서 페스트균을 발견했으니, 이젠 그보다 더 나은 일을 해봐야겠어, 라고 생각하는 사람처럼, 페스트와 관련하여 남은 일은 다른 동료들에게 맡기고, 그 자신은 한시바삐 백신을 만들기 위하여 페스트균 샘플을 유리병에 담아 단단히 봉한 다음 여러 곳에 나누어주었다. 그러고는 칼메트에게 편지를 보냈다. "저는 루 박사님과 함께 두 분이서 조만간 좋은 결과를 얻으실 것임을 조금도 염려하지 않습니다."

이제 그에게는 원정도 항해처럼 막을 내렸다. 그는 냐짱에 자신의 전초 기지를 세우고, 그곳에서 양을 기르거나 농사를 짓고 싶었다. 다시 말해서 진정한 삶, 확실하게 매달려야 할 현실을 거머쥐고자 했다. 그에게는 단조로운 선원의 삶을 다시금 시작할 마음이 없었으며, 험한 원정이나 툭과의 전투를 계속할 수 있는 나이도 아니었다. 그는 또한 시험관과 현미경, 연을 가까이 하는 연구 생활의 취미를 되찾았다. 그러기 위해서는 약간의 자금이 필요했다. 명성 덕분에 그는 관계 당국으로부터 얼마간의 기금을 얻었다. 그는 행정가들을 겁주기 위해서였는지 몰리에르Molière의 『수전노*L'Avare*』 중에 나오는 라플레슈의 대사를 인용하는 재치를 발휘하기도 했다.

페스트는 인색한 자들과 그들의 탐욕에서 비롯된다.

냐짱에서

홍콩에서 돌아오자마자 예르생은 소박한 동물 전염병 연구소를 짓기 시작했다. 그는 스스로 건물을 짓고 동물들을 기를 계획을 세웠다. 정부 측에서 5천 피아스터를 지원해주었다. 그 돈으로 그는 소규모 수의과용 실험실을 꾸몄다. 혼자서, 자신의 리듬대로 연구를 진행할 작정이었다. 그는 썸꼰, 곧 어부들의 곶에 매어놓은 소형 목재선 근처, 바닷가 모래밭, 부둣가 방파제 가까이에서 야자나무가 바스락거리는 소리가 들려오는 근처에서 시작했다. 그곳에서는 아침이면 어부들이 큰 칼로 커다란 파란 빛깔 물고기의 배를 갈라 내장을 비우곤 했다.

그는 더 이상 옮겨 다니지 않아도 되기를, 더럽고 비좁은 대나무 우리에서 실험용 동물, 그러니까 생쥐, 모르모트, 원숭이, 토끼 등을 기르지 않아도 되기를 소망했다. 그러나 물소를 비롯하여 소과(科)

동물들을 기를 자리가 부족했다. 게다가 바다가 너무 가까웠다. 열대 계절풍이 몰려와 종려나무들이 미친 듯이 몸을 흔들어댈 무렵이면, 이따금씩 바닷가 곶이 범람했다. 예르생은 축사와 마구간을 지을 수 있는 보다 안전한 장소를 물색했다. 하지만 내륙 쪽으로는 길이 없었다. 그는 카누를 타고서 바다로 흘러 들어가는 까이 강을 거슬러 올라갔다. 10여 킬로미터쯤을 거슬러 올라가 고대 칸호아 왕국의 성채를 발견한 그는 그곳에서 스무 마리의 말과 황소, 물소 각각 스무 마리 정도를 길렀다. 이제 그에겐 수의사가 필요했다.

예르생은 냐짱에서 동네 어부들의 아들들을 데려다 실험실 조교로 고용했다. 칼메트를 통해서 구입한 실험 도구와 유리 장비, 각종 학술 잡지들도 사이공호에서 조심스럽게 내려져 작은 배편으로 예르생에게 배달되었다. 그가 프랑스에 주문한 푸조 상표의 신형 자전거도 도착했다. 테라스에서 아침을 맞으며 예르생은 설계도를 그리고, 오후가 되면 실험실 건축 상황을 점검했으며, 저녁엔 초라한 집안에서 저서 『모이 족*Chez les Moïs*』을 집필했다. 그는 자비로 이 책을 열다섯 권 인쇄했다. 예르생은 애써서 명예를 차지하려 한 적은 없었지만, 그렇다고 일부러 명예를 멀리하지도 않았다. 칼메트의 추천을 받아 그가 고용한 군수의사 프자Eugène Pesas(1866~1897, 프랑스에서 출생한 수의사. 말 페스트 백신 발명에 성공—옮긴이)는 사이공에서 도착한 지 얼마 지나지 않아 미생물학 각축장에서 목숨을 잃는다.

예르생은 어부들의 곶, 햇빛을 받아 반짝이는 물과 흐드러지게 피어난 빈랑나무 꽃들이 있는 곳, 몸을 꿈틀거리며 뻗어나가는 구장 넝쿨이 소담스러운 곳에서, 야자수와 아이들, 해변에서 그물을 손질하는 여인들과 더불어 언제까지고 머물 수 있기를 소망했다. 저녁이면 도시의 신경질적인 광란으로부터 멀리 떨어져 박쥐들이 날아다니는 곳, 요컨대 진정한 삶이 있는 공간. 밤이 되면 그는 가끔 플로트 선장을 회상했다. 냐짱과 원정, 세계적 명성 등 그가 누리는 이 모든 것은 어떻게 보면 모두 플로트 선장 덕분이었다. "난 대체로 몇 가닥의 리본 따위엔 전혀 관심이 없는 사람이긴 하지만, 그래도 내가 레지옹도뇌르를 받았다는 데 대해서는 대단히 만족합니다. 그 덕분에 모든 일이 수월하게 풀렸으니까요." 그런데 이 대목에서도, 인구학이나 기대 수명 문제에 있어서처럼, 시대착오의 오류를 경계해야 한다. 당시엔 적어도 축구선수들한테까지 리본을 수여하지는 않았다.

그 해, 젊은 위베르 리요테Hubert Lyautey라고 하는 기병장교 한 사람이 석학 예르생을 찾아왔다. 그는 알제리에서 2년간 복무하던 중 식민지 체제를 강하게 비판했으며, 스스로 사하라 부대 패거리와 랭보 대위를 이어받은 계승자라고 자처하는 인물이었다. 작고 누추한 나무집에서 이루어진 두 사람의 만남은 최초로 예르생의 전기를 쓴 노엘 베르나르Noël Bernard의 글에 잘 묘사되어 있다. 요컨대 두 사람은 같은 부류였다.

마다가스카르에서의 임무를 마치고 돌아오는 길이었던 리요테는 파스퇴르 사단의 일원이자 페스트균의 발견자로서 얼마든지 파리의 살롱에서 각광을 받으며 살 수 있었을 예르생의 기업가 정신에 감복했다. 그는 축사, 마구간, 물가의 실험실 등을 두루 방문했다. "그는 물론 돈도 없이 시작했지만, 그래도 백신제조용으로 한 마리에 15피아스터짜리 말 스무 필을 사들였고, 프자라고 하는 수의사를 한 명 고용하여 열심히 조련하면서 열정을 불어넣었다. 그런데 그 수의사는 일찍 그를 떠났다. 그가 마련한 시설은 아직 보잘 것없이 누추한 상태였음에도, 그곳에서는 사리사욕과는 무관하고 오로지 자신의 일에만 몰두하는 젊고 패기만만한 석학을 보면서 힘을 얻을 수 있었다."

파리는 몇 달째 드레퓌스 사건으로 시끄러웠다. 과거에 유대인들이 페스트를 퍼뜨린 장본인으로 배척당했던 것과 마찬가지로, 이번엔 유대인들을 향해 전쟁을 패배로 이끌었으며 프랑스를 배신했다는 이유를 들어 비난의 화살을 퍼붓는 중이었다. 예르생은 정보 부재를 한탄했다. "자네는 드레퓌스 사건에 대한 내 의견을 묻네만 난 의견을 가질 수 없는 입장이네. 소송의 상세한 진행 과정을 제대로 아는 사람이 주변에 단 한 명도 없기 때문이지. 군 장성들이 정보를 퍼뜨리기를 원치 않는 건, 그걸 퍼뜨릴 경우 대단히 곤란한 일이 발생하기 때문일 테지." 리요테는 처음부터 드레퓌스의 무죄를 확신하는 부류에 속했다. 그는 군사 재판에 관해 그가 품은 의혹을 서면으로 작성하는 위험천만한 행동을 감행했다. "우리의 의혹을 키우는 것이 있다면, 그것은 바로 소위 여론이라고 하는 것, 아니 길거리 민심, 천박한 무리의 의견이라고 하는 것에 의한 압력이 두드러져 보인다는 점이다." 이렇듯, 이 두 사람은 여론이나 천박한 것, 군중심리에 대해 공통적으로 혐오감을 보였다. "여론은 단지 이 사람이 유대인이며, 현재 시점에서는 반유대주의가 대세라는 이유만으로 그를 죽이라고 고함을 친다." 돌팔매질당하는 유대인을 옹호하고 나선 남색가라니. 앞 못 보는 장님이 다리 저는 소아마비 환자를 안내하는 격이라고나 할까. 덕분에 리요테는 자신의 의도와 상관없이 동성애자임을 밝히게 되었고, 이 때문에 클레망소Georges Clemenceau(1841~1929, 프랑스의 정치가. 급진적 사회주의자로 두 차례나 대통령직을 역임—옮긴이)의 조롱 섞인 말을 들어야 했다. 드레퓌스 옹호자였던 클레망소는 리요테의 용기를 치켜세우는 듯하면서 동시에 그의 동성애를 비난하는 다음과 같은 신랄한 문장을 남겼다. "그는 정말 칭찬받아 마땅한 사내다운 사람이다. 비록 엉덩이에 다른 사람의 불알을 차고 다닌다고 해도 그의 용기만큼은 가상하다." 당시 프랑스의 정치판엔 더할 나위 없이 '수컷적'인 분위기가 팽배한 상태였다. 의회에서의 연설이 다음 날 새벽 들판에서의 결투로 끝나는 일도 심심치 않게 일어났으니까. 예르생은 그가 무엇을 하건 정치라고 하는 더러운 진흙탕에서 벗어나기란 결코 쉬운 일이 아니라는 걸 잘 알고 있었다.

마다가스카르에서

움직이지 않는 건 사는 게 아니다.

파리에서 랭보적인 문장, 다시 말해서 12음절 시구로 어머니에게 보내는 편지의 끄트머리를 장식하곤 하던 무렵, 예르생은 스물여섯 살의 혈기왕성한 청년이었다. 그는 벌써 적잖게 세상을 돌아다니며 살았다. 이제 그의 나이 서른두 살. 냐짱에 기항한 사이공호는 그에게 전보 한 통을 전했다. 오두막집에서 파란 전보 용지를 열어본 예르생은, 모르긴 해도, 전보라는 발명품을 저주했을 것 같다. 거기엔 "최대한 빨리 디에고수아레스로 떠나 말라리아균을 연구하라"는 내용이 적혀 있었다. 프랑스 공화국의 명을 받아 증기선에 몸을 실은 그는 또다시 냐짱을 떠나 사이공으로 향했다.

한편 예르생의 금전적인 상황은 조금 나아졌다. 잘 재단된 우윳

빛 정장을 차려 입은 그는 청년 한 명을 데려갔는데, 이 청년의 직책을 무어라고 해야 할지 적당한 말이 떠오르지 않는다. 실험실 조교? 비서? 어쨌거나 그때부터 예르생은 어느 곳을 여행하건 그가 '내 안남 출신 하인'이라고 부르는 자들 가운데 몇몇을 번갈아가며 데려갔다. 이들은 말하자면 어부 아들들 중에서 그가 데려다가 가르친, 실험실 조교이면서 동시에 각종 기계들도 만지고 머지않아 자동차까지 몰게 될 예르생 사단의 일원들이었다. 병기창 앞에서 두 남자는 아덴으로 출발하는 화륜선공사 소속 선박의 일등실에 몸을 실었다.

이번 여행에서 예르생은 처음으로 예멘에 발을 디뎠다. 프랑스 영사는 배에서 내리는 그에게 장관의 지시서를 내밀었다. 그는 이제부터 거대한 사구에 면한 지옥불처럼 절절 끓어오르는 열기, 룹알할리와 중앙 아라비아의 작렬하는 태양을 발견하게 될 참이었다. "주변은 온통 완전히 황량한 모래사막뿐이었습니다. 하지만 분화구 벽들로 가로막힌 이곳으로는 바람이 전혀 들어오지 못했습니다. 따라서 우리는 석회가마 내부 같은 찜통더위 속에서 익어가는 수밖에 없었죠." 흰색 정장을 차려 입은 예르생은 영화배우라도 되는 듯 백인들의 접대를 받았다. 그는 말하자면 근대화의 상징이었다. 사람들은 스티머 포인트에 있는 그랑토텔 드 뤼니베르의 테라스 바로 그를 초대했다. 4년 전에 죽은 시인 랭보가 엄청난 부를 거머쥐는 데 공헌한 도매상인 바디의 집에서 멀지 않은 곳이었다. 시인은 죽었어도 그가 남긴 전설은 여전히 사람들의 입에 오르내렸다. 황금 8킬로그램을 허리에 차고 다니는 바람에 걸음걸이마저 이상하게 변한 시인 랭보. 예르생은 랭보만큼 부자가 되지는 못할 것이 확실해 보였다.

아라비아 다음 여정은 아프리카였고, 두 사람은 서두르지 않았다. 하인은, 충분히 이해하고도 남음이 있지만, 주인을 따라 나선 여행에 실망하지 않았다. 픽스와 필리어스 포그(쥘 베른의 소설 『80일간의 세계 일주』에 나오는 등장인물들—옮긴이). 제법 '포시'스러운 여행. 예르생은 이집트로 가서 피라미드와 신전들을 구경하고, 펠러카선을 타고 나일 강의 초록빛 물살을 거슬러 올라갔다. 그는 리빙스턴이 탕가니카 호수 근처에서 나일 강의 수원을 찾다가 사망한 사실을 잘 알고 있었다. 예르생은 배편으로 잔지바르에 갔다가 레위니옹으로 건너가 여러 날을 머물면서 농사와 그곳의 자생식물, 계피 등에 대해 배웠다. 그곳은 예르생보다 앞서서 보들레르가 보이지 않는 수호천사의 가호를 받으며 다녀간 곳이었다. 재산을 모두 탕진한 가난뱅이 소년은 그곳의 관대한 태양에 흠뻑 취했다. 예르생을 태운 배는 적도를 따라 천천히 인도양을 내려갔다. 황금빛 태양 속으로, 그 빛 속에서 비단처럼 넘실거리는 수면 위를 미끄러지듯 나아갔다. 모잠비크 운하, 코모로, 마다가스카르. 석 달 동안 떠돈 끝에 예르생과 그의 동반자는 노시베에 여정을 풀었다. 두 사람은 "마하장가로 가는 대신 섬에 머물렀습니다. 어차피 마하장가에도 노시베에도 말라리아는 없는 데 비해 노시베가 훨씬 살기 좋은 곳이었기 때문이었습니다." 예르생은 바닷가를 좋아했다.

그는 베란다 흔들의자에 앉아 샹베를랑 여과기로 거른 시원한 한

잔의 물 또는 레몬즙을 섞은 물로 목을 축였다. 겨울도 여름도 없고, 일 년 내내 봄과 녹음이 계속되는 곳, 자유로운 무상의 생활을 영위할 수 있는 곳. 그는 공연한 짓임을 알면서도 주변을 돌아다니며 표본을 채집하고 현미경과 주사기를 준비하였으며, 식물군과 수목재배 상황을 조사하고, 그 고장에서만 자라는 나무들과 맛있는 과일들을 발견했다. 그는 태어나서 처음으로 고무나무를 접했다.

예르생은 끈끈한 고무 덩어리를 손바닥에서 굴리다가 손가락으로 그 덩어리를 꾹 찌르는가 하면 잡아 늘이기도 하면서 왕관 모양을 만든다. 그의 푸조 자전거 타이어 모양이다. 그는 타이어를 발명해낸 사람의 직관과 천재성에 아낌없이 찬사를 보낸다. 던롭Dunlop이라는 이름은 페스트균 발견자의 이름보다 많은 사람들의 기억 속에 살아남을 것이 분명했다. 왜냐하면 페스트는 곧 사라지겠지만 타이어는 앞으로 점점 더 번창할 테니까. 하지만 천하의 예르생도 한 세기 만에 타이어를 장착한 모터들, 곧 자전거와 자동차, 오토바이, 트럭, 비행기 같은 운송 수단이 페스트만큼이나 많은 사망자를 양산하리라는 사실만큼은 꿈에도 생각하지 못했을 것이다.

그의 마다가스카르 임무는 과학적이라기보다는 다분히 정치적이었고, 예르생은 이 점을 눈치 채지 못할 사람이 아니었다. 바야흐로 식민지 각축전이 한창인 시절이었다. 리요테를 모로코에 보낸 것도 그렇지만, 그를 그곳에 파견한 건 프랑스의 이미지 제고를 위한 전략이었다. 경찰의 감치 조치에서도 늘 당근과 채찍을 번갈아가며 주게 마련이 아니던가. 마다가스카르인들을 달래기 위해 예르생이라는 인물로 충분하지 않다면, 그땐 갈리에니Joseph Gallieni(1849~1916, 프랑스의 군인으로, 주로 식민지에서 활약했으며, 군사령관, 식민지 총독 등을 역임, 사후에 프랑스 원수로 추대되었음—옮긴이) 장군을 보내는 수밖에.

마다가스카르인들이 고분고분 말을 듣지 않으니 프랑스는 결국 갈리에니 장군을 파견했다.

백신

한편, 예르생은 여름에 접어들 무렵 국가로부터 부름을 받았다. 그가 파리를 떠난 지 5년, 홍콩에 체류하면서 페스트균을 발견한 지 1년 만이었다. 프랑스 공화국 정부는 그에게 파스퇴르 연구소로 돌아와 그 놈의 균을 연구할 것을 요청했다. 정부 관계자들은 유리용기에 담겨 파리 시내 한가운데에 보관되고 있는 그 페스트균들 때문에 밤마다 악몽을 꿀 지경이었다. 벌써 1년째 그 놈의 균을 배양하여 애지중지 보관하고 있지만 백신을 만드는 일은 마음만큼 빨리 진전을 보이지 않았다. 좀 더 정확하게 말하자면 지지부진, 그저 제자리에서 맴돌고 있는 형편이었다. 무엇하러 위험스러운 용기 안에다 까딱 잘못하면—실험실 직원의 사소한 실수, 정신이상자의 충동적 행동, 실연을 당했거나 아내의 부정을 목격한 연구원의 순간적 판단 착오 등—전염병을 퍼뜨려 파리 15구 전체에 페스트의 검은 공포를 부활시키거나, 운 나쁘면 파리 주민 전체를 죽음으로 몰아갈 수도 있을 만큼 위력적인 차세대 세균폭탄을 길러야 한단 말인가?

예르생은 연구소로 들어가서 생활했다. 부시코 일가의 애타는 기다림에도 불구하고 그때까지는 뤼테시아 호텔 건축이 마무리되지 않은 시절이었기 때문이다. "나는 다시 연구소에 묵습니다. 나한테는 그게 아주 마음에 듭니다. 내가 원하는 작업을 훨씬 손쉽게 할 수 있기 때문이죠. 게다가 연구소는 나한테 아주 익숙한 곳이니까요!" 그는 루, 칼메트와 함께 연구 작업에 돌입했으며, 어머니에게는 조만간 무화과나무 집으로 뵈러가겠다고 약속한다.

조련사가 필요하다는 사람들의 요구에 따라 이제 그 조련사가 뒤토 가에 도착했고, 조련사는 그가 길들여야 할 야수가 하루 종일 면도도 하지 않은 채 잠옷 바람으로 줄담배만 피워대는 우울증 환자와 다르지 않은 처지임을 간파한다. "나는 내가 없는 사이에 소홀한 대접을 받았던 내 세균들에게 기운을 북돋아주어야 합니다. 그런 다음 독소를 만들기 위해 세균 배양액이 담긴 구형 플라스크를 대량으로 준비할 예정이죠. 건조실에서 독소가 형성되는 동안 모르주에 잠깐 다녀올 시간이 나기를 기대하고 있습니다." 꽃으로 장식된 어머니 집의 거실은 전 세계 언론을 수용하기엔 너무 작았다. 예르생은 이제 가히 세계적인 명성을 누리는 저명 인사였다.

모두 잘 알다시피 닭은 체온이 몹시 높다. 42도나 되니까. 42도라면 소담스러운 털을 지닌 양의 체온보다도 훨씬 높은 셈이다.

파스퇴르는 언제나 몸에 지니고 다니던 체온계를 배설강이나 항문 등에 꽂아 일부 새들의 높은 체온이 바이러스의 번식을 억제한다는 사실을 처음으로 밝혀냈다. 이를테면 탄저균을 접종받은 닭은 아무렇지도 않은 듯 정상적으로 행동했다. 그저 아주 가벼운 증상만 보이는 것이었다. 그런데 그 닭을 찬물이 가득 담긴 욕조 속에 넣으면 비실거리면서 결국 탄저병으로 죽었다. 물에 젖은 닭을 적절한 시기에 꺼내면 그 닭은 병에 걸리긴 하지만 저절로 완치되어, 제 몸을 덥히기 위해 날갯짓을 해대며 애꿎은 실험실 조교에게 요란스러운 물벼락을 안기는 것이 아닌가. 예르생은 비둘기를 가지고도 실험을 했다.

비둘기는 말하자면 하늘의 쥐에 비길 만하다. 회색 날개를 가진 쥐. 날 수는 있지만 대부분의 시간을 땅바닥에 내려앉아 보내며, 마치 지팡이 없는 나환자처럼, 퇴화한 날개에 의지해 뒤뚱거리며 걸어 다니는 비둘기. 쥐와 비둘기. 하지만 이 두 동물 사이에는 무시할 수 없는 결정적인 차이가 분명 존재한다. 조류는 설치류와 달리 태생적으로 페스트에 대해서 면역성을 지닌다.

예르생은 뒤토 가 연구소로 큰 놈부터 작은 놈까지, 모든 종류의 동물들을 끌어들였다. 그는 어떤 의미에서 몰리에르에서 라퐁텐La Fontaine으로 옮겨간 셈이다. 페스트에 걸린 짐승에서 그림 형제의 동화로, 브레멘의 악대에 등장하는 동물들, 다시 말해서 당나귀에서 닭으로 옮겨갔다. 그는 한편으로는 예방 백신을 얻기 위해, 다른 한편으로는 페스트 치료용 혈청을 제조하기 위해 균의 강도를 약화시키려는 각종 실험을 주도했다. 두 달 동안 그는 아무 일도 없다는 듯이—사실 이는 그의 작업대 앞에서 그의 일상을 저속 촬영하기만 하면 확인할 수 있다—실험 도구를 조작하고, 표본을 채취하며, 이를 데우고, 오줌 누러 갔다가 손을 씻고 돌아와 용액을 주사하고, 수첩에 뭔가를 긁적거리는 일만 반복했다. 하얀 가운 차림의 예르생이 분주해질수록 실험실 동물들의 덩치는 점점 커졌고, 별로 떨지도 않는 녀석들에게는 점점 더 큰 주삿바늘이 꽂혔다. 조련사의 채찍 소리가 무대 한가운데에서 울려 퍼지면 동물들은 각자 자기 의자에 기어 올라가 주사를 맞기 위해 엉덩이를 내밀었다.

각 단계마다 작은 북과 찰스턴 심벌즈가 요란스럽게 쟁쟁거린다. 예르생이 쥐에게 예방접종을 실시한다! 예르생이 모르모트에게 예방접종을 실시한다! 예르생이 토끼에게 예방접종을 실시한다! 예르생이 말에게 예방접종을 실시한다! 예르생에겐 유감스럽게도 코끼리는 없었다. 말 궁둥이를 철썩 때리는 소리에 이어지는 말. "이 녀석을 마구간으로 데려가게." 그러고 나면 그는 만년필을 집어 뚜껑을 돌려 연 다음 칼메트와 함께 《파스퇴르 연구소 아날》에 기고할 글을 작성했다. 서혜선종성(性) 페스트, 두 번째 관찰기 : "혈청요법을 위한 이번 실험은 지속해보아야 할 필요가 있다. 동물 접종 결과가 계속 만족스럽게 나온다면 같은 방법을 인간 페스트에 대한 예방과 치료법으로 시도해볼 여지가 생기게 될 것이다." 그는 다시 만년필 뚜껑을 닫고 흰 가운을 벗은 다음, 방금 작성한 글을 루에게 내민다. 자, 이제 나는 떠날 테니 설거지는 당신이 하시오. 최종적으로 만들어진 페스트 백신을 파스퇴르에게 소개한 사람은 루였다. 이미 몸놀림이 자유롭지 못한 검은 프록코트와 나비 넥타이 차림의 노인은 현미경에서 눈을 떼었다. 파스퇴르와 루는 그들이 옳았다는 걸, 예르생이 달나라로 가기 위해 로켓을 제작하려면 추천서가 필요하다고 요구하면, 그 즉시 그에게서 만년필을 빌려 뚜껑을 열기만 하면 된다는 걸 알고 있었다.

예르생은 벌써 바닷가로 돌아가고 싶어 안달이 났지만, 그러려면 외무부와 식민지부, 지리학회 등 거쳐야 할 단계가 많았다. 그는 치료제를 대량으로 생산할 수 있는 연구소를 설립하고, 인간을 치료하기에 앞서 같은 연구를 원숭이를 대상으로 실시하고 싶어 했다. "보아하니 사람들이 나를 약간 시샘하는 것 같지만, 난 그런 것엔 전혀 신경 쓰지 않습니다."

8월 초 그는 16노트의 속도로 아시아를 향해 항해하는 멜버른호에 올랐다. 예르생은 역시나 이 신기록을 그의 수첩에 적어두었다. 마르세유에서 사이공으로 오는 동안 그는 화륜선공사 소속 의사의 약통에 보관해둔 세균들을 살폈다. 파리에서 장관들은 그제야 비로소 아기들처럼 쌕쌕 잠들 수 있었다. 말 치료제를 찾아낸 덕분이었다. 파스퇴르는 9월에 세상을 떠났다. 그의 장례는 국장으로 거행되었다. 자신의 이름을 내건 연구소를 그를 따르는 젊은이들에게 물려주게 된 건 파스퇴르에게 크나큰 기쁨이었다. 파스퇴르의 뒤를 이어받은 이들은 벌써 여러 해 전부터 소규모 사단을 이루어 그의 눈과 팔, 다리 역할을 충실하게 해주었으며 그가 죽은 후에도 자신이 시작한 일을 계속 이어나갈 이들이었다. 루와 칼메트는 거의 40년 동안 이 연구소를 책임지고 이끌었다.

예르생은 새로운 사진 장비도 멜버른호에 실었다. 이 장비는 접이식으로 된 여러 개의 작은 틀을 통해서 시차(視差)를 이용하도록 고안된 일종의 쌍안경 사진기라고 할 수 있었는데 이 장비로 찍은 사진은 현상했을 때 입체적인 효과를 냈다. 그는 기항지마다 사진을 찍었다. 돌아와서 그는 이 사진들을 모아 하노이에서 발행되는 《인도차이나 삽화지*Revue indochinoise illustrée*》에 기고했다.

콜롬보에서는 인도산 족제비도 한 쌍 구입했다.

광저우에서

무엇이든 마음대로 할 권리가 있다고 믿는 중국인들이 수도를 포함하여 자기들 도시에 중국식 이름을 붙이기 전까지는 지도책 한 번 열어보지 않은 아무라도 그곳에 갈 수 있었다. 그러니 예르생도 광저우에 내렸다.

광저우는 당시에도 벌써 인구 2백만 명이 넘는 대도시였다. 페스트라는 전염병으로 2백만 명 중에서 15만 명이 목숨을 잃었다. 예르생은 파리에서 만든 백신과 수의사 프자가 냐짱 말들에서 뽑아낸 백신을 가져갔다. 말에서 추출한 백신을 중국인에게 접종해보기 위해서, 다시 말해 그의 '조제프 메스테르'를 찾기 위해서 광저우 주재 프랑스 영사를 만났다. 그는 영사에게 자신이 가져온 백신이 말에게는 효과가 있으나, 그 외에는 아직 효과가 입증되지 않았다는 사실을 감추지 않았다.

영사는 입장이 곤란한지 연신 머리를 긁적였다. "아시는지 모르겠지만 중국 사람들은 말이죠, 양은냄비 같지 않단 말입니다." 영사가 설명했다. "프랑스와 영국이 자행한 여름궁전 약탈이 있고 나서 35년이란 세월이 지났다고 해도, 이 두 나라가 제2의 아편전쟁에서 승리를 거두어 중국으로 하여금 마약 무역을 위해 항구를 열도록 강요한 지 35년이라는 긴 시간이 지났다고 해도, 프랑스인과 영국인을 바라보는 눈은 여전히 곱지 않아요. 아직도 이 두 나라 사람들은 정해진 구역에서만 살아야 하죠. 웬 코쟁이가 주삿바늘 들고 와서 환자 몇 명 안락사시켜주겠다고 달려들면 좋게 볼 리가 없다, 이런 말씀입니다." 영사는 또 머리를 긁적였다. 그는 예르생에게 페스트균 발견자로 등극하게 된 점, 그로 인해 세계적인 명성을 얻게 된 점 등을 치하하면서도 광저우에서 쓰라린 고배를 마시게 될지도 모른다는 경고를 게을리 하지 않았다. 그는 '타르페이아의 바위는 카피톨리움에서 아주 가깝다'는 식상한 외교적 언어(명예나 영광 후에 쉽사리 추락할 수 있다는 뜻. 일곱 개의 언덕 위에 세워진 고대 로마는 일곱 개 중에서 가장 작은 카피톨리움 언덕에 유피테르 신을 위한 신전을 세우고 영광스러운 일들을 축하한 반면, 같은 언덕의 다른 경사면, 곧 아주 가까운 거리에 위치한 타르페이아의 바위에서는 사형수들을 아래로 밀어 떨어뜨리는 전통을 유지해왔다—옮긴이)로 그와 같은 현실을 예르생에게 상기시켰다.

예르생이 가톨릭 신자였다면 그는 성자가 되었을 인물이었다. 페스트균에게 승리를 거둔 그를 당장이라도 성인에 추대하는 것이 전혀 이상하지 않을 정도로 역사는 초자연적인 이야기들로 점철되어 있다.

문제의 그 역사는 세 개의 증언에 토대를 두고 있다. 첫째, 파스퇴르 연구소에 보관되어 있는 예르생 자신의 증언, 둘째, 아마도 교황청 문헌보관소에 보관되어 있을 것이 확실한 주교의 증언, 그리고 마지막으로 프랑스 외무부 자료실에 보관되어 있을 영사의 증언, 이렇게 세 가지이다. 출처는 각기 달랐지만 하는 이야기는 일치했다. 영사는 며칠 후 보고서를 보냈다. "6월 26일 금요일 11시경 나는 예르생 박사를 접견했다. 박사는 부여받은 임무를 나에게 설명한 다음 페스트 환자들을 수용하고 있는 중국병원 출입 허가를 받아줄 수 있는지, 그곳에서 그가 발견한 치료제 투여를 시도해볼 수 있는지 물었다. 나는 박사에게 그가 시도해보려는 실험에 대한 허가를 내주기란 불가능하다는 사실을 감추지 않았다. 유럽에서 온 모든 것에 대한 광저우 주민들의 거부감 때문에 그가 이곳 거주민을 대상으로 시도해보려는 실험이 매우 위험할 수도 있기 때문이었다. 그래서 나는 박사에게 광저우를 떠나기 전에 나와 함께 외방 선교회를 방문해보자고 권유했다."

외방선교회에서는 쇼스Chausse 몬시뇰이 영사와 예르생을 맞았다. 신부는 마침 의사를 부르려던 참이었다. 며칠 전부터 두통과 심한 서혜부 통증을 호소한 열여덟 살 신학생 티제의 상태가 염려되었기 때문이다. 그날 아침엔 열까지 나기 시작해서 젊은 신학생은 침대에서 일어나지도 못했다. 가뜩이나 중국인들 가운데 개종한 자들이 극소수에 불과한 형편인데, 신께서 티제마저 데려간다면……. 신부의 안타까움은 충분히 이해할 만했다. 어쨌거나 티제는 종부성사까지 받은 상태였다. 신부들은 이 젊은 중국 청년에게 예수회가 이곳에서 선교활동을 시작한 지난 몇 세기 이래, 중국인 거주지는 에덴동산으로 편입되었고, 그곳의 찻집들은 중국어 · 라틴어 이렇게 2개 언어로 작성된 포스터를 버젓하게 걸고 있음을 누누이 강조했다. 신부들은 그의 침대 머리맡에서 쉬지 않고 기도하면서 말하자면 그에게 하얀 날개가 솟아나기를 기다리는 중이었다.

예르생의 증언은 이렇다. "쇼스 몬시뇰은 오후 3시쯤 나를 환자에게로 데려갔다. 젊은 중국 청년은 반수상태에 빠져 있었다. 그는 현기증 때문에 몸을 일으키지도 못했으며 극도의 무기력함을 보였고, 고온에 시달렸으며, 혀엔 백태가 잔뜩 끼어 있었다. 오른쪽 서혜부는 딱딱했으며, 만질 때마다 극심한 통증을 호소했다. 우리 앞에 있는 이 청년은 페스트 환자가 확실했으며, 초기 증상이 그토록 강력하게 나타나는 것으로 보아 매우 중증 환자에 속한다고 보아야 했다."

이번엔 영사의 증언을 들어보자. "나는 페스트 치료약을 접종하는 데 반대하지 않았다. 하지만 중국인들이 없는 곳에서 접종이 실시되어야 한다는 조건을 달았다. 그리고 접종과 관련한 세부 사항들은 환자가 완전히 나을 때까지 철저하게 비밀에 부쳐져야 한다는 것이 내 입장이었다. 그렇게 해야 우리는 만일 접종이 실패로 끝날 경우 맞닥뜨릴 수도 있는 곤란한 상황을 피할 수 있기 때문이었다."

다시 예르생의 기록을 보자. "5시, 그러니까 발병한 지 6시간이

경과한 후 나는 치료제 10cc를 주사했다. 그 순간 환자는 구토를 일으켰고 헛소리를 했는데, 이는 감염이 심해지고 있음을 보여주는 중요한 단서였다. 저녁 6시와 9시에 또다시 10cc를 투여했다. 저녁 9시부터 자정까지는 환자의 상태에 아무런 변화가 없었다. 환자는 내내 반수상태에서 몸을 뒤척이며 자주 통증을 호소했다. 그는 여전히 고열 증세를 보였으며, 약간의 설사 기운도 보였다. 자정이 지나면서 환자는 조금씩 진정되었고, 새벽 6시, 원장 신부가 환자의 근황을 살피기 위해 병실에 오자, 잠에서 깨어난 환자는 이제 나은 것 같다고 말했다. 아닌 게 아니라 그 사이 열이 완전히 내렸다. 무기력증을 비롯하여 다른 심각한 증세들도 사라졌다. 서혜부를 만져도 통증을 호소하지 않았으며, 딱딱한 뭉치도 거의 없어졌다. 치료되는 속도가 너무 빨라, 전날 몇몇 사람들과 함께 그 환자를 보지 않았더라면 나조차도 정말 그가 페스트에 걸린 환자가 맞는지 의심할 정도였다. 예상하겠지만 나에게 맡겨진 최초의 페스트 환자 곁에서 보낸 이 밤 내내 나는 극도의 불안감에 시달렸다. 그런데 아침이 되어 새벽 동과 더불어 성공이 확실해지자 그 모든 불안감, 심지어 피로감까지도 싹 사라졌다." 이렇게 해서 예르생은 페스트 환자를 살린 최초의 의사가 되었다.

영사와 주교는 각자 이 놀라운 치유를 증언하는 데 앞장섰다. 이건 거의 기적이라고 주교는 읊조렸다. 주교의 입에서 나온 말씀이니 신뢰할 만하지 않겠는가. 신이 제시하는 길은 때로 너무 어두워서 스위스 출신 캘빈주의자가 중국인 가톨릭 사제 지망생을 부활시키는 일도 일어난다. 하지만 발가락이나 슬개골 하나, 요컨대 유해를 보기 위해 무릎걸음으로 모르주를 찾는 행렬이 끊이지 않게 할 성자 예르생의 탄생 같은 건 끝내 없었다. 솔직히 그 중국인 청년, 페스트로부터 최초로 목숨을 건진 그 환자가 어떻게 되었는지, 그의 근황을 수집해서 가령 "티제의 일생" 같은 책이라도 한 권 쓰고 싶은 마음이 간절하다. 그는 결국 가톨릭 사제가 되었을까? 일본의 침략의 순간 조제프 메스테르처럼 자살해버렸을까? 우리로서는 알 수 없다. 영사는 예르생에게 광저우를 떠나 아모이(오늘날의 샤먼)로 가라고 충고했다. 아모이는 포르모즈(오늘날의 타이완)와 마주하고 있는 작은 항구로, 그곳에는 선원들을 위한 격리시설이 마련되어 있었다. 선원들은 사실 페스트 따위엔 관심이 없었다. 그들은 이미 어느 정도 유령 같은 존재들이 아닌가. 플라톤의 유명한 말처럼.

인간의 노화와 마찬가지로 배들도 시간이 흐르면 서서히 바닥을 향해 내려간다. 백신의 성공으로 흥분 상태에 있던 예르생은 우리 같이 평범한 사람들과는 달리 낭만과 우연으로 가득 찬 항해 관련 문헌들을 들춰보는 여유라고는 부리지 않았다. 그는 샤먼 항구의 방파제를 따라 걸으며 그를 시계추만큼이나 정확하게 사이공에서 마닐라로 데려다주었던 바로 그 볼가호의 낡은 선체, 완전 무장해제되어 그 해 고철 값으로 차이나 머천트 회사에 팔려 이 항구에서 생의 마지막 시간을 보내고 있는 그 볼가호에도 눈길 한 번 주지 않았다.

한편, 삶에 지친 플로트 선장이 선교에서 지휘하던 사이공호는 같은 해 태풍을 만나 풀로 콩도르 섬의 모래 해안에 좌초했다. 예르생은 이 같은 뱃사람들의 향수 따위에 대해서는 아는 바가 전혀 없었다. 그는 불과 며칠 동안 최신 페스트 치료제를 스물세 명의 환자들에게 투여했다. 이들 중에서 너무 늦게 치료를 받은 두 명만 목숨을 잃었다. 그 후 그는 포르투갈인들의 본거지인 마카오로 건너가 영국인들의 심기를 불편하게 만들었다. 그는 자신의 백신 성공 소식이 해안을 가로지르게 되리란 걸 잘 알고 있었다.

영국인들은 그들의 친구 기타사토에게나 구걸해보라지. 그런다고 해서 뾰족한 수도 없겠지만.

봄베이에서

예르생은 냐짱에 돌아오자마자 프자에게 백신 생산에 박차를 가해 줄 것을 부탁했고, 프자는 군화 신은 수의사답게 속도를 내겠노라고 약속했다. 곧이어 예르생은 마르세유로 건너가 월계관을 쓸 준비를 했다. 11월에 조수 한 명을 대동하고 파리에 도착한 예르생은 루, 칼메트와 재회했다. 네 사람은 국장을 치른 후 노트르담 성당 지하 납골당에 안장된 루이 파스퇴르의 유해 앞에서 묵념했다. 파스퇴르 연구소 안에 묘지가 마련되면 파스퇴르의 유해는 그리로 이장될 예정이었다. 예르생은《의학 아카데미 학회지*Bulletin de l'Académie de médecine*》에 기고한 몇 쪽짜리 논문을 통해서 페스트의 대역사에 마침표를 찍었다. 그 당시 노벨상이 존재했더라면 그 상은 당연히 예르생에게 돌아가야 마땅했을 것이다. 최초의 노벨상은 그로부터 5년 후에 수여되었으니 당시로서는 그런 상은 듣도 보도 못한 것이었다. 노벨상은 알프레드 노벨이 그 해 12월에 사망하면서 그의 유서를 통해 그 제정이 확정되었다.

한 달 간의 항해, 3주간의 육지 체류를 마친 예르생과 그의 조수는 다시 마르세유 항구로 돌아왔다. 시속 1백 킬로미터로 질주하는 삶. 돌풍 같은 삶. 필리어스 포그와 픽스, 이 두 사람은 기차와 배에 걸린 벽시계에 두 눈을 고정한 채 현문 사다리와 기차의 계단을 숨가쁘게 오르락내리락 뛰었다. 리빙스턴의 일생을 글로 쓴 노작가 쥘 베른이 동에 번쩍 서에 번쩍 모습을 드러내며 극적인 모험을 이어가는 예르생의 삶을 소설로 쓰지 않았다는 사실이 놀라울 따름이다. 그만큼 예르생은 어린 독자들의 도덕심을 한껏 고취시킬 만큼 긍정적인 영웅의 삶을 살았다. 배가 콜롬보 항에 들어서자, 지역 마하라자[大王]를 대동한 영국 대표단(어쩌면 코끼리를 타고 오지 않았을까?)이 그를 맞았다. 군의관이 멜버른호에 올라와 예르생을 만나고 싶다고 요청했다. 봄베이에 페스트가 몰아닥친 것이었다.

예르생의 선실엔 치료제도, 치료제를 만들 수 있는 동물도 없었다. 조금 기다리십시오, 곧 돌아오겠습니다. 그가 냐짱에 도착했을 땐 암말 스물네 마리가 탄저병으로 죽은 직후였다. 예르생은 프자에게 살아남은 녀석들에게서라도 백신을 만들어달라고 재촉했다. "내가 도착한 직후부터 우리는 제일 면역이 잘된 두 마리를 골라 피를 뽑았습니다. 녀석들의 혈청으로 만든 치료제가 효과가 있다면 나는 뽑는 피의 양을 늘려 곧장 인도로 출발할 것입니다."

곧장이라고 그가 말했지만, 그래봐야 그건 몇 주 후가 될 것이고,

그나마 배는 한 달에 한 번밖에 뜨지 않았다. 예르생은 2월까지 혈청을 생산했다. 그는 수만 번 투여할 양이 필요한 상황에 겨우 수백 번 정도 투입할 양만을 가지고 출발했다. 그러는 사이 프자는 계속해서 혈청 생산에 박차를 가했다. 어쩌면 지나치게 서둘렀을 수도 있다. 정확을 요하는 모든 일에서 으레 그렇듯이, 위험은 일상이었다. 그는 늘 여러 가지 일을 동시에 하면서 실험실과 축사 사이를 미친 듯이 뛰어다녔다. 원숭이들은 거드름을 피웠고, 변덕 심한 암말들은 툭하면 발굽으로 물동이들을 걷어차고, 까불이 몽구스들은 사료 통을 엎어버리기 일쑤였다. 예르생이 항해 중일 때 프자는 실험실 사고의 희생양이 되었다.

프자가 감염되어 사망했음을 알리는 전보가 화륜선공사의 콜롬보 지사에 전달되었다. 벌써 타밀나두를 향해 출발한 예르생은 마드라스를 지나 기차로 인도 대륙을 가로질러 봄베이로 가는 중이었다. 3월에 그는 인도 주재 프랑스 영사관에 본부를 차리고 그곳에서 프랑스인들에게 백신을 접종한다. 덕분에 이미 병에 걸린 상태였던 할인은행 지점장의 어린 딸을 살린다. 그때부터 영국인들과의 갈등이 시작된다.

봄베이는 주민이 80만 명이나 되며 런던과의 교역이 매우 왕성한 거대 항구였다. 지구상의 거의 모든 곳에서 식민지를 일군 제국들 사이에는 국경 분쟁이 끊이지 않았으며 각국의 군대는 늘 출전 대기 중이었다. 요컨대 코널리Arthur Conolly(1807~1842, 영국의 정보 전문가이며 탐험가, 문필가로 영국과 러시아가 중앙 아시아를 놓고 벌이는 각축전을 그레이트 게임으로 표현했음—옮긴이)가 묘사하는 그레이트 게임Great Game의 연속이었다. 그보다 1년 전 무앙씽에서 프랑스는 라오스 북쪽에 주둔하던 영국을 메콩 강 서쪽으로 몰아낸 바 있다. 그러고 1년 후 영국은 파초다에서 설욕한다. 프랑스가 나일 강변에서 물러나게 된 것이다. 로티가 아직 『영국인 없는 인도*L'Inde sans les Anglais*』를 쓰기 전 일이다. 하지만 그 아이디어가 예르생의 마음에 들었을 것이 분명하다.

도처에서 인도 페스트 환자들을 위한 의료팀이 결성되었다. 러시아, 오스트리아, 독일, 이집트, 영국, 이탈리아 등 상당수 나라의 의사들이 예르생보다 먼저 인도에 도착했다. 그들은 무능과 음모의 분위기가 팽배한 가운데 죽어가는 환자들과 의료 비밀을 빼돌렸다. 보건 당국이 소신에 따라 조치를 취하는 것은 중국인들에 의해 좌지우지되던 홍콩에서보다 더 어려웠고, 저항도 심했다. 지역 주민들은 환자들을 격리시키는 병원 또는 격리시설에 오는 것을 거부했는데, 이는 이들 시설들이 인도 고유의 카스트 제도를 존중하지 않는다는 이유 때문이었다. 게다가 설치류 동물들이 득시글거리는데도 불구하고 쥐잡기 정책은 생명을 존중하는 불교 사상과 갈등을 빚었다. 파스퇴르 사단도 내부적으로 이른바 '하프킨 림프'의 역설로 시끄러웠다.

예르생으로부터 미생물학 강의를 물려받은 하프킨은 파스퇴르 연구소를 나와 캘커타에 자신의 이름을 딴 실험실을 열고 그곳에서 같은 이름의 림프를 생산했는데, 이 림프는 부작용이 극심하다는 비판을 받았다. 이렇게 되자 파리에서는 보노Bonneau 박사를 파견했다. 식민지 의료 감시관과 그의 보좌관들이 심층조사를 벌였다. 요컨대 보노 사단과 파스퇴르 사단 간에 세력 다툼이 벌어진 것이었다. 조사를 마친 감시관은 보고서를 작성했다. "우리는 높은 온도로 데운 배양액을 통해 인간에게 페스트 예방접종을 실시할 수 있는 가능성이 분명 존재함을 확신하면서도, 실질적인 면역력을 생성시키기엔 지나치게 피상적이고 지나치게 신속한 하프킨의 방식에 대해서는 거부감을 느낀다. 이 방법으로 인한 위험은, 그로 인한 이득과 비교할 때, 충분히 그 사용을 중지시킬 만큼 중대하다."

한편 예르생에 관해서는 평가가 극도로 엇갈렸다. 그의 치료 행위가 영국인들의 교활한 간계 때문에 방해를 받고 있는 형편이었기 때문이다. "예르생 박사는 이 문제와 관련해 여러 가지 어려움에 처해 있다. 영국인 의사들이 이끄는 병원에서 환자들을 공급받다 보니 그는 의사로서 누려야 할 모든 자유를 누리지 못하고 있다. 그의 환자들은 이미 서혜선종에 요드를 주입받은 상태였다. 게다가 그들은 스트리크린과 벨라돈나, 스트로판틴 등을 처방받았는데, 이런 것들은 전부 아무 소용없는, 아니 소용없을 뿐 아니라 오히려 환자에게 해가 되는 약들일 뿐이었다. 그러므로 그런 환자들을 대상으로 통계 자료를 마련할 경우, 처음부터 아예 예르생 박사의 방식대로 환자들을 치료했을 때에 비해서 제대로 된 효과를 입증하기 어려울 수도 있다." 예르생은 이처럼 소모적인 논쟁으로 기진맥진했다. 그는 그 같은 논쟁에서 빠져나와 얼른 그가 좋아하는 '해 뜨는 곳' 또는 하라르(에티오피아 동부에 위치한 도시로 '성자들의 도시'라는 별명을 지니고 있으며, 랭보가 커피 도매상으로 활동했던 곳이기도 함—옮긴이)로 가야 한다는 걸 뼈저리게 느끼고 있었다.

그는 봄베이와 영국 사람이라면 지긋지긋했다. 사정은 상대편도 마찬가지였다. 영국인들은 따지고 보면 프랑스 사람이라고 할 수도 없는 이 프랑스 청년들, 즉 스위스 출신 예르생과 우크라이나 출신 하프킨을 못 견뎌했다. 이 두 사람은 게다가 곧 파리로 가서 영국인을 포함한 모든 사람들에게 감히 한 수 가르치겠다는 건방진 태도를 보였다. 이 같은 제국주의자적 또는 성직자적인 태도야말로 영국인들이 프랑스인들에게서 가장 꼴 보기 싫어하는 점이 아니었던가. 예르생은 의사 공동체에서 멀어지기 위해 봄베이를 떠났다. 그는 쿠치 반도를 차지하는 구자라트 주의 최북단에 위치한 만드비에서 혼자 지냈다. 그곳에서는 하루에 1백 명 정도가 페스트로 죽어갔다. 예르생은 가져온 혈청이 바닥나자 그쯤에서 일을 접기로 결심한 다음 칼메트에게 떠나겠다고 편지를 썼다. 예르생에게는 벌써 오래전부터 야생 곰, 골치 아픈 놈이라는 평판이 따라다녔다. 그가 역에서 방금 출판된 『정글북*Jungle Book*』 상하권을 구입했다는 사실을 덧붙여둔다. 키플링은 머지않아 이 책으로 노벨상을 타게 된다. 예르생은 타지 못한 그 노벨상 말이다. 이제 페스트는 수에즈에 상륙했다.

파스퇴르 연구소는 예르생의 후임으로 폴루이 시몽Paul-Louis Simond을 봄베이에 파견한다. 칼메트는 서면을 통해 그에게 경각심을 심어주었다. "예르생 그자는 정말이지 너무 비사교적이었다네. 봄베이에서 그가 보여준 태도 때문에 불쾌하게 생각하는 사람이 적지 않아서 나는 자네마저도 그가 남긴 부정적인 이미지 때문에 고생을 할까봐 두렵네." 아닌 게 아니라 시몽을 대하는 그곳 사람들의 태도는 무척 냉랭했다. 예르생과 하프킨은 파스퇴르 사단에 대해 젊고 야심만만하며, 거만하고 자기 확신에 가득 찬 젊은이들, 사람들이 조언을 구할 때면 대답도 하지 않고 어깨만 으쓱거리는 시건방진 청년들이라는 이미지를 남겼다. 파리 측에 이런 하소연을 늘어놓는 시몽에게 칼메트는 "예르생에 관해서라면 자네가 하는 말이 전혀 놀랍지 않네. 그의 야성적인 기질을 감안해볼 때, 영국 의사 동료들에게 적잖은 외교적 실수를 범했을 테지." 시몽은 부임 첫해 동안 말하자면 잔뜩 각이 진 모서리를 둥글게 다듬는 일에 전념해야 했다. 그는 결국 벼룩이 전염병을 옮기는 데 결정적인 역할을 한다는 사실을 밝혀냄으로써 의사 사회에서 인정을 받는다.

예르생은 냐짱에서 보고서를 읽었다. 그는 고개를 저었다. 그 자신은 쥐만 생각했지 벼룩은 잊고 있었던 것이다. 벼룩은 예르생의 아버지도 잘 알고 있었던 것처럼 유시류에 속하는 곤충이다. 시몽의 실험은 아주 간단했다. 철책이 쳐진 우리 안에 페스트에 걸린 쥐를 넣어둔 다음 그 주변에 실험실용으로 기르는 쥐들을 새로 넣은 우리들을 배치한다. 정정당당하게 싸우는 법을 알았던 예르생은 곧 시몽에게 종래의 설을 바꾸는 이 같은 발견을 통해 페스트의 병인론을 깔끔하게 마무리 지은 점을 축하한다.

시몽 또한 이곳저곳을 떠돌아다녔다. 예르생은 이따금 이 친구가 지금쯤은 어디에 있을지 궁금해했다. 1941년 초엽이었다. 그 해 예르생의 나이 일흔이었다. 유럽과 인도차이나와의 통신은 거의 불가능했다, 아니 한쪽은 일본 측의, 다른 한쪽은 독일 측의 검열에 막혀 종잡을 수가 없었다. 작은 흰 고래에서 내려, 원치도 않는 여가 생활을 강요당한 지 거의 1년 동안 예르생은 전쟁의 톱니바퀴 속에서 신음하고 있을 오랜 벗들을 생각하곤 했다. 냐짱의 네모반듯한 대저택에 틀어박혀 그는 프랑스의 라디오 방송을 들으며 끈질기게 저항하고 있는 영국인들에게 존경을 표했다. 독일 라디오 방송은 몰로토프-리벤트로프Molotov-Ribbentrop 사이에 체결된 협약, 그러니까 나치주의와 스탈린주의가 겉치레용으로 서명한 조약을 연일 홍보하더니 급기야 6월이 되자 독일군은 팬저Panzer 전차로 무장하고 소련 침공을 감행했다. 아무런 환상도 품지 않았던 예르생은 전쟁과 정치의 관계란 간통과 사랑의 관계와 다르지 않아 이따금씩 그런 일도 일어나게 마련이라고 생각할 뿐이었다. 이 세상은 도대체 이처럼 오래 살 만한 가치가 있는 걸까?

예르생 자신이 이제껏 앞장서서 전도한 모든 진보가 다 무슨 소용일까? 로스앨러모스에 감금된 물리학자들은 이미 핵무기를 발명했다. 파스퇴르 사단이 일구어낸 발견은 도처에서 세균 무기를 생산하는 데 이용되고 있었다. 스위스 라디오 방송을 통해 그는 지난 1월 아일랜드 출신 작가 제임스 조이스가 취리히에서 사망했다는 소식을 접했다. 뤼테시아 호텔에서 예르생의 옆방 이웃이었던 조이스는 세계 대전이 그가 그 무렵 막 완성한 『피네간의 경야*Finnegans Wake*』의 출판을 방해하기 위한 거대한 음모라고 확신했었다. 이 모든 추억이 예르생의 머릿속에 마구 뒤죽박죽되어 떠올랐다. 일본군과 연합한 태국군은 캄보디아와 라오스 침략에 나섰으며, 에어 프랑스사의 작은 흰 고래가 이착륙하던 앙코르의 프랑스 공항을 파괴했다. 하노이 주재 총독 드쿠 제독이 보낸 우편물을 통해 파스퇴르의 조카 루아르가 죽었다는 소식을 들은 예르생은 루아르가 오스트레일리아로 떠나기에 앞서 파스퇴르 사단 몇몇이 보클랭 가에 모였던 일을 추억했다. 그가 르아브르에 있다는 소식이 가장 최근에 들은 소식이었다. 전시에는 항구에 사는 게 좋을 것이 없다. 한밤중에 라디오를 앞에 두고 혼자 앉아 있는 예르생이 굴라그나 트레블링카 수용소의 존재에 대해서는 알기나 했을까?

예르생은 파리에서 유대인들이 노란 별을 달고 다닌다는 소식은 알고 있었다. 그의 옛날 동기생 스턴버그Sternberg와 연락이 끊긴 지 벌써 오래되었다. 그는 마르부르크에서 은퇴한 의사로 살고 있을까? 더 이상 진료를 하지 않으니 유대인 의사 진료 금지령은 피해갈 수 있지 않았을까? 혹시 길에서 아리안 족을 만나면 그는 인도에서 내려서야 할까? 예르생은 두 사람이 페스트에 관해, 그 병을 정복하겠다는 희망에 관해 나눈 대화를 떠올렸다. 자신이 기르던 개를 익사시키고 싶은 사람은 광견병을 들먹거리기는 법이다. 예르생은 뤼테시아 호텔 인근 부시코 스퀘어 입구에 "놀이공원. 어린이들에게만 개방. 유대인 출입금지"라고 쓴 팻말이 세워져 있었음을 또렷하게 기억했다. 12월에 발발한 진주만 사건으로 태평양 전쟁의 막이 오르자, 미국인들은 필리핀으로 함대를 이동시켰다. 그로부터 여러 달이 지났지만, 항상 나쁜 소식만 들려왔다. 1942년. 브라질에 망명하여 예르생과 마찬가지로 라디오 앞에서 밤을 새우던 작가

슈테판 츠바이크는 싱가포르가 항복했다는 소식을 듣자, 모든 것이 끝났다는 판단 하에 페트로폴리스에서 자살했다. 예르생은 일흔아홉 살이었다.

달랏에서 피신 중이던 드쿠 제독은 홍콩에서의 페스트 역사, 요컨대 중국 최초의 백신 접종에 대해 책을 쓰라고 예르생을 계속 졸랐다. 예르생은 사람들이 그를 선전용으로 활용하려 한다는 점, 그를 이념 전쟁의 기수로 포장하려 한다는 사실을 모르지 않았다. 일본 점령 치하의 인도차이나에서 파스퇴르 연구소가 코흐 연구소와 싸워 승리를 거두었다, 예르생이 기타사토와의 경쟁에서 이겼다, 검은 공포를 물리친 건 주축국이 아닌 연합국 소속 학자였다, 라고 쓰라니…….

자신의 수첩을 다시 읽은 예르생은 원정 회고록을 집필했다. 그건 쉽게 해치울 수 있는 일이었다. 그의 회고담은 일간신문에 게재되었다. 다시 한 번 그는 사람들이 그의 엄청난 세계적 명성을 이용하고 있다고 느꼈다. 파스퇴르 사단의 마지막 생존자라는, 완전히 유전자적인 우연이 그에게 부여해준 명성. 몇몇 베트남인들은 점령자와 힘을 합해 패전을 거듭하는 프랑스를 몰아낼 음모를 꾸몄다. 베트남 사람들의 이러한 배은망덕 앞에서 비시 정권은 고작 베트남 내에 닦아놓은 모든 도로와 철도, 저수탑, 병원들을 내세울 뿐이었다. 어디 대답해보시오, 이 모든 걸 일본 쪽발이들이 해주었단 말이오?

진정한 삶

우리 모두가 그렇듯이 예르생도 행복을 추구했다.

그런데 우리 모두와 달리 그는 행복을 발견했다.

봄베이를 마지막으로 모든 건 끝났다. 페스트는 이제 의료진의 손으로 넘어갔다. 예르생은 불과 서른다섯 살의 나이에 정치와 역사의 무대에서 동시에 발을 빼는 엄청난 특권을 누리고자 했다. 그는 시적이고 과학적인 연구에 적합한 고독한 삶을 택했다. 그는 한창 왕성하게 일할 나이였다. 검은 수염과 푸른 눈. 따지고 보면, 늘 옮겨 다니면서 사는 건 진정한 삶이 아니다. 그는 이제 끊임없이 옮겨 다니는 일을 못마땅하게 여기게 되었다. 돌아다닐 만큼 돌아다닌 데다 옮겨 다니는 일이 이젠 슬슬 귀찮아지기 시작했다. 그는 냐짱이라고 하는 낙원을 알고 있었다. 그러니 왜 낙원을 떠나야 한단 말인가, 오히려 그 낙원을 좀 더 아름답게 만들고, 그곳에 번듯한 파스퇴르 연구소를 세워 프자의 목숨을 앗아간 구차스러운 수작업 따위와는 작별을 해야 마땅하다고 그는 생각했다.

과학 잡지들이 마주 보이는 책상 앞, 의자에 앉아 예르생은 건축을 공부하면서 스스로 집을 짓는 건축가가 되어간다. 그는 이부들의 곳에 있던 오두막을 버리고 세 개 층으로 이루어진 벽돌집을 설계한다. 집 주변을 빙 둘러가며 넓이 2미터짜리 궁륭을 세우고 그 아래로는 빛이 스며드는 산책로를 만든다. 제일 아래층엔 주방, 그 위층엔 침실, 그리고 제일 꼭대기 층엔 사무실과 과학 잡지들을 빽빽하게 보관할 수 있는 서재가 들어선다. 높은 곳에 올라서서 내려다보면 사방으로 황홀하게 아름다운 풍경이 빙 둘러가며 펼쳐진다. 저녁이면 강 하류로 내려와 장대 끝에 달린 작은 등불을 켜는 고기잡이배들이 먼 바다로 나간다. 새벽바람이 이들을 다시 데려온다. 고기잡이배들은 목수들이 새 나룻배를 만들고 있는 작업장 근처 해변에 잡아온 생선과 새우를 흐드러지게 풀어놓는다. 소나기가 뿌리고 지나간 뒤엔 꽃향기와 흙냄새가 예르생이 수의사들과 실험실 조교들을 위한 건물을 설계하고 있는 서재까지 올라온다. 석회를 바른 벽과 밝은 빛깔로 칠한 목재, 갈색 기와지붕과 베란다. 예르생은 카부르에서 보았던 노르망디 바닷가 별장 스타일을 머릿속에 그리며 설계를 계속한다.

연구소 건물은 해안에서 떨어진 곳에 자리 잡을 것이다. 가로 세로 각각 50미터와 10미터씩 되는 이 건물엔 여러 개의 실험실과 동물들의 자락을 위한 방이 들어서게 될 것이고, 그 바로 옆에는 다양한 감염에 대한 면역 과정에 있는 소와 말들이 사는 축사를 지을 것이다. 이 건축 계획은 여전히 총독직을 맡고 있는 친구, 오리야크 출신 고아이자 달랏의 설립자인 폴 두메르의 전폭적인 지원 하에 진행된다. 예르생은 농부와 마부들을 고용하고, 동물들을 먹여 살리기 위해 목축과 농업에 본격적으로 시동을 건다. "나는 물을 끌어올릴 물레방아를 만들고 있는 중입니다."

책상 앞, 과학 잡지들이 마주 보이게 놓인 등나무 의자에 앉아 예르생은 물리학과 기계공학, 전기를 공부한다. 그는 화륜선공사 소속 배편을 통해 파리에서 옷장 형태의 건조기와 그을림용 가마, 픽테라는 상표의 가스 사용 얼음 제조기를 사들였다. 양수기와 터번이 연구소는 물론 어부들의 마을에 전기를 공급하게 될 것이었다. 그는 직접 작업을 챙겨가면서 비용을 절감하고자 노력한다. 그리고 언제나처럼 연에도 관심을 기울인다. "나는 항상 물리학의 이 분야에 관심이 많았다. 전문 전기 기술자에 의존하지 않고 나 혼자 힘으로 설치를 할 수 있을 만큼 지식도 충분했다." 그는 생애 처음으로 세르폴레[Serpollet]사에 증기 자동차(세르폴레 5-CV 모델)를 주문했으며, 이 차는 최고 시속이 25킬로미터까지 나왔다.

예르생은 이를테면 깨어 있는 상태에서 꾸는 꿈을 실현시키는 조물주였다. 그는 곧 오늘날엔 수오이저우[Suối Dầu]라고 불리는 수오이자오[Suối Giao]에서 5백 헥타르의 토지를 사들였다. 당시 해안에서 약 20킬로미터 정도 떨어진 잡목숲 지대의 땅이었다. 그 땅엔 마침 그의 집 바로 앞에서 중국해로 흘러드는 강의 지류가 흐르고 있어서 작은 배로 왕래가 가능했다. 그는 사람들을 사서 초지와 곡물 재배가 가능하도록 그 땅을 개간했다. 예르생은 말하자면 자급자족이 가능한 그만의 작은 왕국, 이 세계의 환유, 구원의 방주, 지옥에나 떨어질 바이러스들에게는 출입이 금지된 에덴동산을 건설해나갔다. 그는 낫으로 물풀을 베어 늪지대를 정화했다. 그 자리는 수백마리의 황소, 물소, 암소, 말을 비롯하여 양 3백 마리, 염소 3백 마리가 풀을 뜯는 초지가 되었다. 짐승들은 50마리 정도씩 나뉘어 각기 다른 곳에서 살았으며, 각각의 우리엔 몸집 큰 맹수들이나 육안으로는 잘 보이지 않는 미생물들로부터 동물들을 보호할 수 있도록 이중 울타리를 세웠다.

예르생은 스스로에게 최고 석학, 진보의 증속기로서의 임무를 새롭게 부과했다. 그는 파스퇴르 사단의 일원으로 성장한 어부들의 아들들과 파리, 사이공에서 온 파스퇴르 연구원들에 둘러싸여 생활했다. 실험실에서는 농포성 습진, 파상풍, 탄저병, 수라증, 아프타열, 파스퇴렐라증, 피로플라스마병 등의 연구에 돌입했다. 예르생은 마르세유를 통해서 스위스로부터 종을 가득 실은 상자 여러 개를 전달받았다. "우리 암소들에게는 종을 달아준 덕분에 다른 암소들에 비해 호랑이에게 물려가는 빈도가 훨씬 낮다. 대신 호랑이들은 우리 말에 눈독을 들인다." 이런 식으로 서서히 지난 세기는 저물어가고 새로운 세기가 열리기 시작했다.

20세기에 들어서면서 사람들은 새로운 세기가 이제까지의 그 어느 세기보다 지독한 최악이 되리라고는 짐작하지 못했다. 무한한 진보를 꿈꾸던 세기가 무한한 야만의 세기가 되리라고 그 누가 미리 내다볼 수 있었겠는가. 어쨌거나 시작은 화려했다. 이른바 벨 에포크Belle Époque였다. 과학과 기술의 진보가 가져다주는 낙관주의. 질병은 모두 정복되고, 모든 예방접종과 치료가 가능한 시대.

과학 잡지들을 마주하고 등나무 의자에 앉은 예르생은 농학과 화학을 공부한다. 그는 말에게 주는 사료 중에서 벼를 귀리로 대체하려고 시도하는가 하면 고지대에 계단식 경작지를 조성함으로써 기후 요소에 변화를 주기도 했다. 아라비카 원두 경작이 실패로 끝난 후 라이베리아 커피나무 2천 그루와 약초들을 심었다. 약초들 가운데에는 당시 제약 분야에서 사용되던 코카인을 제조하는 데 들어가는 코카나무*Erythroxylum coca*도 1천 그루가 포함되어 있었다.

그가 인도에서 보였던 심한 감정 기복으로 냉기가 감돌았던 파리와의 관계는 다시금 훈훈해졌다. “친애하는 칼메트, 이제부터 내가 하는 말이 믿기지 않겠지만 사실입니다. 나는 루로부터 세제리 외 소인이 찍힌 편지를 받았습니다! 더할 나위 없이 부자가 된 기분입니다. 루가 편지를 쓰려고 펜을 들 땐 항상 흥미진진한 일을 적어보내기 위해서니까요.” 그는 파리로의 여행을 감행했다. “나는 시베리아 횡단철도를 이용하고 싶었지만, 계절적으로 아직 너무 추울 것 같아 걱정이 되더군요.” 농업 경작과 목축은 파스퇴르 연구소가 우선적으로 꼽는 임무와는 거리가 멀었다. 그들은 의기투합하여 ‘예르생, 루 & 칼메트’라는 이름의 회사를 설립했다.

파리 여행을 마치고 돌아온 후 이어진 교신 내용은, 세월이 지나

적당한 거리를 두고 다시 읽어볼 때, 마치 마약 카르텔의 전화 내용을 도청해서 옮겨적은 듯하다. "자네가 출발하고 난 뒤 베르트랑이 제일 먼저 한 일은 텅스텐산을 구하는 것이었네. 그는 영국까지 가서야 그걸 구했지. 우리는 6천 5백 프랑스 프랑이라는 환상적인 금액으로 1톤을 구입했네. 그보다 적은 양을 사기란 불가능하더군. 물건은 함부르크를 통해 사이공으로 갈 걸세. 황산은 마르세유항에서 출발할 것이고, 규산염도 마찬가지야. 보다시피 우리는 커다란 희생을 감수했네. 이런 조건이라면 코카인이 크게 득이 되리라고는 장담할 수 없을 것 같군. 화학 합성을 통해 만들어진 새로운 물질인 스토바인이라는 만만치 않은 경쟁자가 시장에 출현했다니 더욱 그렇겠지. 스토바인은 코카인보다 유독성이 덜한 마취제로 분량을 두 배로 쓰면 코카인과 같은 효력을 낸다네." 수상한 편지가 아닌가. 이 문제의 편지에는 편지가 쓰여지기 몇 달 전에 스토바인을 발명한 사람이 파스퇴르 연구소의 연구원인 에르네스트 푸르노 Ernest Fourneau라는 사실이 담겨 있지 않다. 에르네스트 푸르노는 파스퇴르와 마찬가지로 화학자였다.

예르생은 생산을 계속하여 농축액을 만들었다. 그 농축액은 예르생이 특허만 신청했더라면 검고 톡 쏘는 음료의 발명자로 그를 수십억 돈방석 위에 올려놓았을 것이다. 그는 이 음료를 콜라-카넬 Kola-Cannelle이라고 명명하고, Ko-Ca라고 줄여서 불렀다. 그는 냐짱에서 루에게 편지를 보냈다. "우체국 소포 편으로 콜라-카넬 한 병을 보냈습니다. 피곤할 때 설탕물 한 컵에 이 음료 150cc만 타서 마셔보시죠. 저는 효과를 많이 봤습니다만, 이 '장수 묘약'이 당신에게도 원기 회복에 도움이 되기를 바랍니다."

예르시니아 코카*Yersinia coca*.

그는 서서히 금지 작물이 되어가는 담배와 그럴 만한 걱정은 전혀 없는 마니옥도 재배했다. 하지만 재배에 실패한 작물들도 더러 있었으며, 예르생은 수첩에 그 목록을 적어놓았다. 바닐라, 육두구, 구타페르카, 옥수수 등은 냐짱의 기후에 순화되지 못했다. 그의 농지 구역 안엔 농업 과학 공동체, 마을 주민들을 위한 보건 진료소가 들어섰다. 저녁이 되면 예르생은 수첩과 학술 잡지 등을 닫고 그가 세운 평화와 번영의 작은 왕국의 미래를 생각하고, 비를 걱정했다. 그는 세차게 쏟아지는 소나기 아래에서 초원이 얼마나 그악스러워질 수 있는지 잘 알고 있었다.

블레즈 상드라르가 쓴 소설 『황금*L'Or*』의 주인공이 생각난다. 예르생처럼 스위스에서 태어난 수테르 장군과 그의 캘리포니아 왕국 말이다. 밤이 되어 따분하다고 느껴질 때면 예르생은 저수탑 설계에 열중했다. 그리고 다음 날엔 벌써 저수탑 건축에 돌입했다. 40년 동안 그는 발길 닿는 곳마다 자연에서 가장 아름다운 것을 냐짱으로 가져왔다. 각종 식물들이며 동물들, 나무와 꽃들이 이렇게 해서 그곳에 둥지를 틀었다. 그가 세운 왕국은 아직은 농업으로 얻은 수입을 바탕으로 돌아가지 않았다. 오히려 그 농장들은 돈을 잡아먹는 괴물들이었다. 파스퇴르가 광견병 특허를 내지 않았던 것처럼 예르생도 그가 만든 백신에 대해 특허를 신청하지 않았다. 수도승들이 샤르트뢰즈나 겐티아나 같은 몇몇 술을 제조하여 자신들의 물질적인 생활을 영위해나간 것과 마찬가지로, 예르생은 소 페스트 치료용 혈청으로 근근이 살림을 꾸렸다. 그 무렵 예르생은 목축업자들에게 매달 1천 회 접종 분량 정도를 팔았다.

가끔 예르생은《파스퇴르 연구소 아날》지에 논문을 기고했다. 그가 쓰는 논문들엔 언제나 "인도차이나 동물 유행병에 관한 몇 가지 연구" 같은 지극히 간명한 제목이 달렸다. 은둔 중인 파르나스 파 시인이 이따금씩 시 전문 잡지에 서너 편의 시를 보내듯이. 프랑스에서는 이제 자유로운 형식의 현대시가 12음절 정형시를 대체했다. 예르생은 아폴리네르도 상드라르도 알지 못했으며, 그가 경악스러운 에펠탑에 바친 시에 대해서라면 더더욱 문외한이었다. 그는 파스퇴르 연구소에서 멀지 않은 몽파르나스에 이윽고 리베라, 수틴, 모딜리아니, 피카소 같은 작가들이 이웃해서 살게 되리라는 사실도 알지 못했다. 그림이니 문학이니 하는 쓰잘 데 없는 것들이라면 완전히 무시하는 데 익숙한 예르생이었으니까. 그는 현미경만 들여다보거나, 막대기를 손에 들고 성큼성큼 초지를 돌아다니며 냐짱에 틀어박혀 지냈다.

우리 모두가 그렇듯이 예르생도 자신의 삶을 아름답고 조화롭게 가꾸어나가고자 노력했다.

다만 그는 그렇게 하는 데 성공했을 뿐이다.

하노이에서

그러던 중 뜻밖의 재난이 찾아왔다. 오리야크 출신 고아로 여전히 총독직을 맡고 있는 폴 두메르가 보낸 편지가 그에게 날아들었다. 예르생이 페스트균을 발견한 지 8년, 냐짱에서 평온한 삶을 시작한 지 4년째 되는 해였다. 새 세기는 이제 두 돌을 맞았다. 그러니 아직 젖먹이 갓난아이에 불과했다. 젖살이 올라 볼이 통통해서 귀여운 아기.

두메르가 떠난다는 소식이었다. 두 사람은 함께 랑비안 고원에 올랐고, 두메르는 그곳에 달랏 요양원을 세웠다. 두 사람은 하류 삼각주에서 프놈펜에 이르기까지 메콩 강을 함께 거슬러 올라갔다. 그런 두메르가 이제 아시아를 떠난다니. 그는 프랑스로 가서 정치 경력을 이어갈 예정이었다. 자진해서 맹수들의 우리로 기어 들어

가려는 것이었다. 고르굴로프라고 하는 정신 나간 러시아인은 그 무렵 어디에 있었을까? 정확하게 30년 뒤에 두메르와 고르굴로프, 이 두 사람을 마주 보게 할 운명의 장난, 한 사람의 손에 쥐어진 브라우닝 권총이 다른 한 사람의 가슴을 관통하는 식의 얄궂은 만남을 주선하는 그 운명은 어디쯤에서 서성거리고 있었을까?

지리학자들은 물론 쥘 페리까지도 '갠지스 강 너머의 인도'라고 부르다가 이내 '인도-차이나' 두 단어로, 다시 '인도차이나' 한 단어로 부르게 된 지역의 총독직을 수행하기 위해 하노이로 오기 전 두메르는 파리에서 급진 좌파 출신 젊은 재무장관으로 승승장구했으며, 부자들로 하여금 재산을 토해내게 하는 재산세라는 것을 최초로 제의해 의회에서 이를 통과시키는 개가를 올렸다. 그는 식민지 역사에 자신의 족적을 남기고 싶어 했으며, 따라서 출발에 앞서 거대한 요양 시설 설립 계획의 첫 삽을 뜨고, 모든 진행 책임을 예르생에게 맡기고 싶어 했다. 의사를 길러내는 학교, 파스퇴르 연구소 부설 실험실, 병원, 위생센터 등으로 이루어진 대규모 설비였다. 두메르의 부탁인지라 예르생은 냐짱을 떠나 하노이로 간다.

그는 오랜만에 이 안개 속에 잠긴 초록 도시를 다시 찾았다. 게를라크 신부와 세당 족 마을에서 돌아온 이후, 그리고 홍콩으로 떠나기 전 르페브르와 잠깐 만난 이후 처음이었다. 하노이 신도시는 사이공 신도시보다 20년이 젊었다. 통킹의 프랑스인들은 급하게 서둘렀다. 지난 20년 동안 그들은 마치 영원히 이곳의 주인 노릇을 하기라도 할 것처럼, 과거 갈리아 족의 터전에 들어온 로마인들과 같은 맹목적인 확신과 당당함을 가지고 건설에 박차를 가했다. 그들은 메트로폴 호텔과 퓌지니에 궁을 지었으며, 경마장과 시장을 개설하고, 두 호수를 정화하고 물을 뺐다. 하노이 인구는 벌써 7만 명으로 늘어났다. 예르생은 어부들의 곶에서 그의 세르폴레 5-CV 자동차를 배에 실었다. 하이퐁에서부터 작은 나룻배가 그 자동차를 홍 강까지 운반했다. 수도 하노이 시에 최초로 등장한 자동차였다. 운전대 앞에 앉은 예르생은 플라타너스 그늘 아래로 뻗은 널찍한 대로를 따라 느릿느릿 차를 몰았다.

부자 동네는 아시아에서는 처음으로 전기와 수도, 공공 조명 설비 혜택을 누렸다. 그는 마음이 하자는 대로 평온한 거리들을 따라 이리저리 돌아다녔다. 말끔하게 청소된 길을 따라가며 늘어선 공원 한가운데 지어진 회랑식 열주와 아치형 지붕의 백색 또는 모래색 대저택들이 눈에 들어왔다. 목재 골조가 겉으로 드러나게 지은 집들도 더러 눈에 띄었다. 어두워 보일 정도로 짙은 녹색으로 무리 지어 자라나는 식물들을 둘러싼 철책 뒤로 그러한 집의 뾰족한 지붕들이 언뜻언뜻 보였다. 프루스트적인 도시. 프루스트적인 도시들이라면 언제나, 어느 한 구석에서라도 반드시 드러나게 마련인 카부르, 도빌 같은 곳에 대한 향수.

하노이 시내를 돌아다니는 인력거들은 부릉거리며 달리는 엔진에 기꺼이 길을 양보했다. 짐수레를 끄는 수레꾼들은 말에게 씌운 눈가리개를 바짝 조였다. 끝이 원추처럼 뾰족한 모자를 쓰고 어깨에 작대기를 얹은 여자 상인들은 소규모 공동 조합들이 들어선 좁은 골목엔 어울리지 않게 너무도 덩치 큰 이 요란한 기계를 넋 놓고 바라보았다. 예르생은 환검(還劍) 전설에 얽힌 붉은 탑이 있는 프티락 호수에서 멀지 않은 구시가지와 프랑스식 신시가지의 경계 지역, 메트로폴 호텔 입구에 차를 세웠다. 메트로폴 호텔은 예르생이 그 안에 자리 잡고 일을 시작한 지 한 세기가 지난 오늘날까지도 베트남의 수도에서 가장 쾌적한 호텔이다. 미래에서 온 전기 작가 유령, 두더지 가죽으로 겉장을 씌운 수첩을 든 작가, 모르주부터 예르생을 따라 마르부르크의 추어 조네 호텔, 프놈펜의 로열 호텔에 투숙했던 작가, 사이공의 마제스틱 호텔 살롱에서 예르생 곁에 앉아 칼메트를 만났으며, 달랏의 랑비안 팰리스에서는 바오다이 황제도 알현했고, 뤼테시아 호텔 식당에서는 루를 만났던 그 전기 작가는 예르생이 호텔 리셉션에서 서류에 서명을 하는 동안 바에 앉아 그를 지켜본다.

두메르는 먼저 와서 술잔과 앞으로의 계획서를 앞에 놓고 예르생을 기다리는 중이었다.

예르생은 평생 한 번도 마조히즘 성향을 보인 적이 없다. 스스로를 함정으로 밀어넣는 건 그의 기질과 맞지 않았다. 그는 필요하다면 별다른 군소리 없이 가령 산에서의 야영이나 춥게 지내는 밤 등의 불편함을 감수한다. 벌레들이 우글거리는 초가집 생활도 겪었다. 하지만 가능하다면 호화 여객선이나 특급 호텔이 주는 지극히 포시적인 안락함을 선호했다.

메트로폴 호텔에서 그는 벼룩 전문가 시몽에게 편지를 썼다. 시몽은 인도를 떠나 브라질에 체류 중이었다. 시몽에게 이곳으로 와서 자신을 도와달라고 설득하는 내용의 편지였다. 예르생은 아예 시몽에게 그의 자리를 내주고 싶어 했다. 새로 짓게 될 의사양성학교와 관련하여 건축가는 "교사를 짓는 데 비용이 15만 프랑 정도 든다! 그래도 사이공 극장에 비하면 비용은 훨씬 덜 들면서 그보다 훨씬 유용한 건축물이 될 것"이라는 견적을 제시했다. 예르생은 시몽에게 충분히 생각할 시간, 아메리카 대륙에서 황열병을 연구할 시간을 주었다. "나는 당신이 편지에서 들려준 페트로폴리스 정착 과정, 연구를 시작하기까지의 과정 등에 관한 세부사항에 무척 흥미가 많습니다."

하노이의 건축물이 준공되자 예르생은 요양 시설 경영에 들어갔다. 일할 사람을 뽑고 의사와 간호사 지망생들을 선발했다. 그는 아침엔 병원 환자들을 진료하고 오후엔 이론을 가르치는 프랑스식 교육을 모델로 교과 과정을 구상했다. 예르생 자신도 물리학, 화학, 해부학 강의를 맡았다. 그러니 젊은 예르생에게 미생물학 강의를 물려주기 위해 자신이 치러야 했던 곤욕을 회상하며 루가 깜짝 놀라는 것도 무리는 아니었다. 이번엔 상대가 두메르였으므로 예르생은 두 말 않고 덜커덕 약속을 해버린 것이었다.

첫해가 끝날 무렵 열한 명의 1학년 학생이 진급시험을 통과했다. "우리 학생들은 열심히 공부했으며, 이들 중에는 프랑스 본토에서 가장 우수한 학생만큼 뛰어난 학생들도 더러 있습니다. 흥미로운 건 머리가 우수한 학생들까지도 엄청나게 열심히 공부를 한다는 사실입니다. 게으른 학생은 한 명도 없다고 장담할 수 있을 정도입니다." 예르생은 이따금씩 냐짱에 들려 영지를 넓히고 고무나무의 성장 상황을 점검하고 백신 생산 과정을 살폈다. 여름이 되자 예르생은 메트로폴 호텔 객실을 떠나 마르세유로 향했다. 그는 이 여행에 기계 기술자로 성장한 어부의 아들 꾸에를 데려갔다. 두 사람은 세계 최초의 자동차 공장을 설립한 레옹 세르폴레를 만났다. 파리에서 보베로 가는 도로에서 세 남자는 신형 모델 세르폴레 6-CV를 타고 머리카락을 바람에 흩날리며 시속 1백 킬로미터로 신나게 달렸다. 완전히 현대적인 새 모델에 열광한 예르생은 즉석에서 한 대를 주문, 하노이로 배달해줄 것을 요청했다.

두 해 동안 열심히 일한 결과 요양 시설의 경영과 행정 업무 등 모든 것이 본궤도에 자리 잡게 되자 예르생은 이제 그만두어도 좋겠다고 판단했다.

그는 파리의 파스퇴르 연구소에서 2년 동안 연구원으로 일했고, 화륜선공사 소속 승선 의사로 2년 동안 근무했으며, 2년 동안 하노이 병원 원장으로 일했다. 그는 냐짱을 제외하고는 모든 일에 금세 싫증을 냈다. 두메르는 벌써 떠났다. 훗날 사람들은 홍 강을 가로지르는 대교에 두메르라는 이름을 선사했다. 폴두메르 대교는 오늘날 롱비엔 대교로 이름을 바꾸었다.

예르생은 이제 마흔 살이었다. 남자 나이 마흔이면 험한 곳을 골라 행군하면서 기운을 자랑할 나이는 지났다고 보아야 마땅하다. 중년의 평온함 속에서 그는 이제까지와는 다른 재능을 개발하는데 힘썼다. 하노이에서의 생활에 대해 다른 사람들은 그것이 병원 경력의 출발, 백색 가운을 입은 병원장 의사로서의 찬란한 미래가 시작되려 한다고 생각했을지 모르겠으나, 예르생에게 그것은 어디까지 하나의 여담에 불과했다. 여러 달이 지난 후에야 그의 후임 문제가 해결되었다. 거의 3년 동안의 하노이 생활을 끝낸 후, 파리에서의 짧은 체류, 마지막이 될 모르주 방문을 마치고 그는 마침내 냐짱으로 돌아왔다. 마지막으로 그는 호숫가 무화과나무 집의 꽃이 만발한 거실에서 노모를 포옹했다. 그의 어머니는 이듬해 돌아가신다.

새로운 세기가 시작된 지도 어언 5년이 지났다. 별 볼일 없는 세기. 그래도 지금까지는 모든 것이 순조로웠다. 그래서 그도 그 덕을 보았다. 고문 기술자들이나 가해자들도 한때는 천진하게 미소 짓는 어린이였음을 상상하기란 쉬운 일이 아니다. 미래의 괴물은 이제 다섯 살. 파니가 사망한 해에 쥘 베른과 브라자도 세상을 떠났다. 브라자의 유해는 다카르에서 마르세유로 이송되었다. 그해에 벌써 새로운 세기는 비장한 기질을 드러내 보였다. 예르생의 기록을 보자. "혹시 영국과 독일 사이에 전쟁이 임박한 건 아닌지 의심이 든다. 제발 프랑스는 그 일에 말려들지 않았으면!" 러시아에서 최초의 혁명이 일어났고, 트로츠키는 상트페테르부르크에서 소비에트의 선봉에 섰다. 코흐에게 노벨상이 수여되었다. 파스퇴르가 죽은 지 10년 만의 일이었다. 파리에서 예르생은 폴 두메르와 다시 만났다. 그의 정치 경력은 비극적인 최후를 향해 한 걸음씩 나아가는 중이었다. 당시 그는 국회의장직을 맡고 있었다.

예르생은 누이 에밀리에게 편지를 쓴다. 편지를 쓰는 첫 번째 이유는 그의 몫의 유산, 어린 여자 아이들의 주머니에서 나온 돈을 포기한다고 알리기 위해서였다. 때로는 누이들이 어머니만큼이나 자상해서 우리에게 형제자매들과 주고받은 편지뭉치를 온전하게 전해주기도 한다. 하지만 그 편지들은 양이 많지도 않고, 길이가 길지도 않으며, 내용이 상세하지도 않았다. 닭에 관해서라면 예외였지만.

독신으로 사는 누이, 여자 예르생은 무화과나무 집에서 피아노와 예절 교육을 받은 후, 괜찮은 남자와 결혼을 하기보다, 자기 몫으로 주어진 약간의 재산을 가지고 호수 상류 쪽 벨뷔에 샬레를 짓고서 그곳에서 마르모트나 꿀벌을 키울까 망설이다 마침내 양봉 쪽으로 방향을 잡는다. 그때 누이의 나이는 마흔다섯 살. 역시 독신인 예르생은 하노이에서 몇 년간 의사 생활을 한 후 냐짱으로 돌아와 그가 하고 싶은 일들을 하며 지내는 상태였다. 개가 어느 날 갑자기 고양이가 되지는 않는다. 남매의 취향은 두 사람을 낳아준 아버지, 검은 프록코트와 중절모를 즐겨 쓰던 교수이자 화약 제조업과 들 귀뚜라미의 뇌신경 체계 연구에 종사하던 선배 연구자들의 취향이기도 했다.

닭 소동

흔히들 인류가 마치 곧게 뻗은 대로를 질주하듯 무지에서 곧장 진리로 나아가게 되었다는 식으로 과학의 역사를 기술하지만, 이건 사실과 다르다. 과학의 역사란 오히려 출구도 없이 복잡하게 얽힌 골목길에 가깝다. 그 안에서 여러 가지 서로 다른 생각들이 길을 잃고 헤매는 일이 빈번하게 일어난다. 애석하면서 때로는 우스꽝스러운 실패들이 차곡차곡 쌓여가는 것이다. 이런 관점에서 보자면 과학의 역사는 초기 항공의 역사와도 매우 흡사하다. 초기 항공의 역사는 영화가 시작되던 무렵과 시대적으로 거의 일치한다. 뚝뚝 끊어지면서도 나무가 쓰러지고 천이 찢어지는 광경을 보여주던 무성 흑백 영화. 이카로스를 꿈꾸면서 날개 달린 멜빵을 착용하고 발레복 같은 옷을 입은 채 발레리나처럼 두 팔을 넓게 벌리고 절벽을 향해 달려나가 허공으로 몸을 날리더니 이내 조약돌처럼 자갈밭으로 떨어지던 초기 몽상가들.

에밀리는 닭들을 위해 어린 소녀들의 쌈짓돈을 탕진했다. 그녀는 유산으로 받은 얼마 되지도 않는 돈을 몽땅 털어 로네에 모범이 될 만한 설비를 갖춘 대형 닭장을 지었다. 예르생은 누이를 말리려고 했지만 소용없는 짓이었다. 쌍둥이같이 닮은 두 남매는 한번 고집을 부리기 시작하면 누구도 말릴 수 없었다. 에밀리는 닭 모이용으로는 최첨단이라고 할 수 있는 알갱이 형태의 미국산 사료 풀오펩Full-o-Pep을 유럽 최초로 수입하는 업자가 되었다. 그녀는 각종 실험을 진행했으며 매일 달걀의 개수, 식용으로 키우는 닭의 체중 증가분 등의 결과를 꼼꼼하게 수첩에 기록했다. 나아가서 《시골 생활*La Vie à la campagne*》과 《보 주의 대지*La Terre vaudoise*》 지에 정기적으로 칼럼도 썼다.

달걀을 유난히 좋아해서 채소와 더불어 달걀을 노상 식탁에 올리는 예르생이었지만, 그때까지만 해도 가금 사육장엔 거의 관심을 기울이지 않았다. 몸집이 작고 회색빛이 도는 평범한 안남종 닭들은 제멋대로 집 앞 뜰을 돌아다녔다. 하지만 녀석들은 그의 텃밭만큼은 드나들 수 없었다. 누이 덕분에 예르생은 녀석들을 새로운 눈으로 보게 되었고, 그건 녀석들도 마찬가지였다. 녀석들은 약간 기울어진 머리를 끊임없이 까딱거리는 동시에 눈도 껌벅여가며 예르생을 관찰하는 눈치였다. 예르생이 무언가를 계획하고 있으며 머지않아 자기들이 과학 발전에 기여하는 닭들이 되리라는 걸 직감하는 눈치였다. 잘 알려졌다시피 파스퇴르 사단은 닭들의 덕을 톡톡히 보았다. 예르생은 교배를 통해 그 지역 닭의 품질을 향상시키기로 마음먹었다. 누이가 안남종 암탉들을 위해 덩치 큰 보 주종 수탉 한 마리를 보내주었다. 이 근친상간 대행(代行)에 대해서는 프로이트 사단의 의견을 들어보아야 할 것이다. 어쨌거나 암탉들은 자신들에게 닥칠 일을 미리 알지는 못했지만, 과학 연구에 취미를 붙였다.

하지만 그것만으로는 충분하지 않았다. 또다시 현미경, 과학 잡지들과 씨름해야 할 필요가 있었다. 책상 앞 등나무 의자에 앉은 예르생은 발생학을 공부하기 시작했고, 하나의 개체발생은, 가령 병아리의 발생학은 모든 종의 발생, 즉 계통발생을 집약하며, 하나의 달걀 내부에서 태아는 엄청나게 빠른 속도로 파충류로부터 가금류가 밟아온 진화 과정을 섭렵한다는 사실을 배웠다. 예르생은 달걀을 좋아하고, 누이도 좋아했으므로 달걀의 흰자와 노른자에서 어떻게 부리와 깃털, 발이 얻어지는지, 접시에 오르는 날개 부위와 다리 부위는 어떻게 결정되는지 알고 싶었다. 뭔가 하기로 하면 절대 적당히 하는 법이 없는 예르생은 본격적으로 백색 가운 소매를 걷어붙였다. 예르생, 그는 언제나 모든 걸 알아야 직성이 풀리는 사람이었다. 이건 그로서도 어쩔 수 없었다. 페스트의 승자가 닭들 앞에서 단념을 할 수는 없지 않은가.

서신 왕래가 잦아졌다. 누이와 남동생은 각각 지구 반대편에서 자기만의 실험을 계속했다. 에밀리는 레핀 경합에 등장한 조그라프 기계에 푹 빠졌다. 그 기계의 발명자는 가금 사육계의 노스트라다무스라 할 만했는데, 그 기계만 있으면 산란 즉시 앞으로 태어날 병아리의 성별을 감별할 수 있다고 주장했다. 예르생은 고개만 끄덕거렸다. "내가 보기에 그 기계는 회전 식탁이나 그와 비슷한 발명품의 부류에 들어가는 것 같아. 어떤 원리에 근거해서 만들어졌는지 확인해봐야겠어." 기계 두 대를 주문한 그는 동물학 전문가 조수 아르망 크렘프Armand Krempf와 함께 통계 방식을 이용해 본격적인 연구에 들어갔다.

그러다보니 그는 부화에도 관심을 가졌다. 무엇이든 적당히 하는 법이 없는 사람답게 예르생은 넓이 2백 제곱미터에 높이 10미터짜리 닭장을 설계했다. 레그혼종 파란 암탉들과 인도산 수탉, 스프래트 상표의 전기 인공부화기 한 대를 수입하고, 산란장과 횃대를 마련했다. 예르생과 아르망, 이 두 사람은 매일 달걀의 수와 무게를 기록하고, 측미계로 이를 세밀하게 측정하였으며, 알을 까고 나온 일부 병아리들에게서 보이는 선천성 기형 등을 상세하게 묘사했다. 루와 파스퇴르 같은 거물 석학들도 그들 곁에 붙잡아두지 못한 천재 과학자, 마음만 먹으면 숟가락질 몇 번으로 세균학의 여러 수수께끼들을 해결했던 그 예르생은 이제 고무장화를 신고 지푸라기와 오물 투성이인 닭장 안을 돌아다니게 되었다. 예르생과 크렘프는 번갈아가며 번호 매긴 달걀을 시계 아래 놓아두고서 가금 사육계 노스트라다무스의 예언을 기록했다. 기록이 끝나면 그 알은 조심스럽게 스프래트 인공부화기 속에 놓였다. 성탄절 무렵이면 기독교인들이 열심히 꾸미는 마구간 말구유에 아기 예수 누이듯이 말이다.

3주마다 부리로 달걀 껍질을 깨고 고개를 내미는 병아리들로 귀여운 아수라장이 재현되었다. 파스퇴르 사단 출신 두 명의 동방박사는 병아리들이 완전히 알 밖으로 나와 고유 번호를 구별하지 못하는 일이 벌어지기 전에 녀석들을 잡기 위해 긴장을 늦출 수 없었다. 백색 가운을 입고 돋보기를 손에 쥔 이들 저명 학자들은 무엇을 찾아내려고 그토록 애를 썼을까? 병아리에 고추가 달렸는지, 아니면 젖꼭지가 달렸는지는 도저히 알 수가 없었다. 어쨌거나 기계로 성별을 알아맞히기란 불가능했다. 조그라프 기계는 사기극이 분명했다. 그 기계는 황금알을 낳는 닭조차도 알아보지 못했다. 결국 기계는 벽장 속에 처박혔다. 아니, 어쩌면 장난감이나 하라고 동네 꼬마들에게 던져주었을지도 모른다. 아이들은 분명 병아리 성별 감별보다 훨씬 유용한 곳에 그 고철 덩어리를 활용했을 것이다.

예르생이 냐짱의 가금 사육장 닭똥 속에서 고전하는 동안 파리의 파스퇴르 사단 일원들에게는 노벨상 홍수가 쏟아졌다. 라브랑Laveran은 말라리아 연구로, 메치니코프는 면역 체계 연구로 각각 노벨상을 거머쥐었다. 가금류 실험에 마침표를 찍은 예르생은 결론을 기록한 후, 한 부를 누이 에밀리에게 보냈다. 그는 인도차이나에서 달걀 생산성을 높이자면 안남종과 와이언도트종을 교배하는 것이 좋겠다고 조언했다. 그는 가금류를 위해 미국산 풀오펩보다 훨씬 영양적으로 우수하며 경제적이고 스위스 토양에도 적합한 사료도 제조했다. 콩가루와 말린 피, 미모사 잎을 혼합해서 만든 이 사료에 그는 자세한 설명서도 부착했지만, 노벨상을 받을 만한 대단한 업적은 아니었다.

방주

예르생의 남다른 광기는 어쩌면 가히 성서적이라고도 할 수 있다. 모르주의 자유 복음 교회 시절에 읽은 성경책에 대한 아득한 향수에 그 뿌리를 두고 있을지도 모르기 때문이다. 유목민 기질을 타고난 그는 어느 시점에선가 정착민으로 변신했다. 바꿔 말하면 수렵·채집가가 목축업자 또는 농부가 되어버린 것이다. 아벨이냐, 카인이냐. 아버지가 마지막 귀뚜라미와 정면 승부를 벌였던 나이가 되자 예르생도 그 일을 회상했는지 이제 자신의 차례가 되었다고 생각했다. 달리 말하면, 그가 새로운 헤켈Ernst Haeckel(1834~1919, 독일의 생물학자, 철학자, 자유사상가로 다윈의 진화론을 독일에 소개했으며, 인류의 기원에 관한 이론을 가다듬었음—옮긴이)의 법칙을 일반화하였다고 할 수 있다. 그 새로운 법칙에 따르면, 인간 각자는 평생 사는 동안 빠른 속도로 인류의 역사를 처음부터 재현한다는 것이다. 다행히 아버지의 동맥류는 유전되지 않는다. 그는 사망 당시 아버지의 나이보다 더 나이를 많이 먹었다. 그에게 남은 여러 해의 살 날을 위해 냐짱 방주의 닻을 적셔두고 있었지만 그 자신은 그 같은 사실을 알지 못했다.

책상 앞 등나무 의자에 앉은 그는 기계학 또는 수의학 관련 잡지들을 훑어보았다. 그는 또 파리나 스위스로 편지를 보냈다. 어느 날은 노르망디나 네덜란드산 토끼들을 수입하는가 하면 다음 날은 자오환이나 세르폴레 회사에서 만드는 증기 카누, 전축, 수십 개의 두루마리 피아노 롤 또는 디티셰임 크로노미터 같은 기계를 사들였다. 배는 매번 항구에 들어올 때마다 알리바바의 동굴을 비우듯 짐칸을 비웠다. 선원들은 붉게 번져가는 저녁노을을 등지고 어부들의 곶으로 들어왔고, 상자나 궤짝들을 머리에 인 짐꾼들은 줄지어 방파제를 걸어 베란다에서 그들을 기다리고 있는 남 박사의 집으로 향했다. 그가 집에 들여놓은 물품들의 목록은, 한 가지 결정적인 차이점을 제외하면, "랭보, 아덴, 아라비아"라고 서명된 편지 말미에 붙어 있는 목록과 같다고 보면 된다. "나는 프랑스(또는 외국)에서 제조되는 제일 좋은 수학, 광학, 천문학, 전기, 기후학, 기체학, 기계학, 수력학, 광물학 관련 장비들을 전부 구입하고 싶어요. 하지만 외과 수술용 장비는 필요 없어요."

베란다에 놓인 테이블 앞에 앉아 넉넉한 햇빛 속에 잠겨 있는 만을 내려다보며 예르생은 천천히 달걀과 채소, 약간의 고기를 먹고, 물도 조금 들이켠 다음 냅킨을 테이블 위에 내려놓았다. 그가 먹은 음식에선 분명 황홀한 고수의 향이 풍겼을 것이다. 그는 하루 중 식사를 제외한 나머지 시간을 목축과 농업 상황을 살피는 데 할애했다. 그런 만큼 그에겐 농부라는 직책이 어울렸고, 또한 농부답게 시끄럽고 번잡스러우며 불순한 도시와 군중들로부터 멀리 떨어져 평온한 풍경 속에서 살았다. 예르생은 곤충학자였던 아버지의 세심함과 제국을 건설하는 자들의 과대망상을 동시에 발휘하여 계속 영지를 확장해나갔다. 지금도 상투메 프린시페에서 그 흔적을 찾아볼 수 있는 포르투갈식 '로사roça'가 그의 모델이었다. 안남산맥의 지맥들에서부터 냐짱에 이르는 경사면을 차지하는 기다란 형태의 토지는 각기 다른 기후를 보여주는 표본으로 이를테면 수직 농장이었다. 그는 언젠가 산맥의 가장 높은 정상에서 바다에 이르는 전 지역에 초록색 카펫을 펼쳐놓겠다는 꿈을 키웠다. 따라서 늘 좀 더 높은 곳으로, 산악지대 쪽으로 땅을 넓혀가면서 새로운 시설들을 지어나갔다. 숲 지대에 마련한 자그마한 땅뙈기에도 가축들을 먹일 수 있도록 곧 풀을 심었다.

농업 전담팀의 수는 점점 늘어났다. 파스퇴르 연구소와 새로 일군 농장의 중간 지점인 수오이자오, 그때까지 아무도 정착하려는 사람이 없었던 그곳에 세울 마을의 설계도 진척을 보였다. 처녀지에는 말뚝 위에 세운 집들과 창고, 담배건조실, 연구원들을 위한 숙소를 갖춘 화학 실험실들이 들어섰다. 예르생은 그곳에 방갈로를 짓게 하고 시범 마을, 이를테면 고대국가를 표방한 듯한 마을을 설계하고 수렵 · 채집자들에게 농부 또는 목축업자로 변신할 것을 제안했다. 아벨이냐 카인이냐. 예르생은 그들이 사용할 수 있도록 산악지대에서의 벼농사를 위한 땅 1백 헥타르를 개간했다. 그는 또한 옷감을 짤 수 있도록 아마 재배도 시작했다.

원시인들에게 무구한 정직성의 옷을 입히기로 한 것이다.

진보의
전초 기지

사람들은 너무 문어발식으로 산만하게 사업을 벌인다고 그를 비난하기 시작했다. 완전히 틀린 말은 아니었다. 예르생은 페스트균의 발견자이자 페스트 백신 발명가이다. 그러니 파리나 제네바 같은 곳 어느 실험실이나 병원, 한림원, 하여간 높은 자리에서 다른 사람들을 이끄는 큰 스승이 되어야 했다. 그런데 그런 그가 지구 반대편 한가한 어부들의 마을에 정착하다니. 만나기를 한사코 거부당한 기자들은 어쩔 수 없이 페스트와 관련하여 나름대로 신화를 지어낼 수밖에 없었다. 사정이 이렇다 보니 때로는 그가 오두막집에서 혼자 생활하며 은둔자의 긴 수염을 나부끼며 걷는다는 소문이 나도는가 하면, 원시 부족들을 상대로 상상도 할 수 없을 정도로 잔인한 갖가지 생체 실험을 진행하는 미친 왕처럼 그려지기도 했다. 그런가 하면, 스스로 하늘이 보낸 우두머리라고 칭하면서 순진한 전사

부족들을 부하로 삼아 과학의 힘과 그가 지닌 마술사적인 재능을 이용해서 막대한 이익을 챙기는 부자라거나, 가스와 전기라는 마법을 구실 삼아 피에 굶주린 몇몇 부족을 복종시켜 그들로 하여금 처녀들을 제물로 바치게 하는 무자비한 독재자라는 소문까지도 나돌았다. 어쨌거나, 커츠Kurtz(콘래드의 소설 『어둠의 심연』에 나오는 등장인물. 아프리카와의 상아 무역을 담당하면서 세력을 키워 그곳 주민들 사이에서 신처럼 군림하는 자—옮긴이)가 되었건 마이레나가 되었건, 자신만의 왕국에서 제정신이 아닌 채 살아가는 고독한 은둔자라는 식의 묘사가 공통적으로 등장했다. 냐짱에서 망치를 가지고 깬 최초의 '얼음 빵'이 어느 정도 마술과 같은 효과를 낸 건 사실이었다. 픽테 상표의 가스 제조기에서 나온 이제까지 한 번도 보지 못한 희고 반짝이는 덩어리, 만지면 손에 화상을 입게 되며, 생선을 그 위에 얹어놓으면 다음 날까지도 신선함을 유지하게 해주는 그 드라이아이스 조각들이 솔직히 요단 강가에서 사람 수만큼 떡을 만들어내던 기적만큼이나 강력한 효과를 낸 것은 사실이다.

예르생은 현대적인 것이 만들어내는 기적과 기계를 별나게 좋아하는 자신의 취향을 결합하는 일을 즐겼다. 기름때와 몽키스패너, 주사기와 현미경, 흰색 가운과 파란색 멜빵 작업복 등. 최초의 자동차 운전자이니만큼 최초로 주유소 · 정비소를 여는 건 어찌 보면 당연한 일이었다. "나는 내 세르폴레 6-CV의 정비를 마쳤다. 어제 시운전을 해보았더니 완벽하게 잘 달린다. 오늘은 카누 점검을 시작할 예정인데, 아마 열흘 넘게 걸릴 것 같다. 그런 다음엔 실험실용 양수기를 작동시키는 데 필요한 고정 모터를 조립하려 한다. 또 전에 타던 세르폴레 5-CV과 오토바이, 물레방아도 수리해야 한다. 이제 나는 완전히 엔지니어가 되어버렸다."

정글에서 미친 사람처럼 살아가는 왕년의 석학이라는 세간의 소문과는 반대로 예르생은 제1차 세계 대전 발발을 앞둔 몇 해 동안 내내 평온한 활동에 전념했다. 문외한의 눈엔 따분해 보일 정도로 평온한 나날이었다. 그는 타고난 관찰력과 극도의 정확성, 남다른 숫자 감각, 병적인 시간 엄수 기질 등을 냐짱과 판랑을 잇게 될 철도 건설 작업장에 쏟아부었다. 도살장이라는 악명이 붙은 작업장이었다. 침목을 깔다가 사망하는 사람들에 대한 해묵은 이미지 때문이었다.

콩고에서 『진보의 전초 기지*An Outpost of progress*』와 『어둠의 심연』을 쓰게 될 콘래드는 스탠리 풀에서 대서양을 잇는 철도를 위해 마련된 기차 작업장에 대한 벨기에인들의 공포를 묘사했다. 한편 다게르슈Henry Daguerches(1876~1930, 프랑스의 군인, 소설가, 시인으로 주로 프랑스령 인도차이나에서 활동. 본명은 샤를 발라Charles Valat—옮긴이)는 그의 소설 『킬로미터 83*Le Kilomètre 83*』에서 시암-캄보디아 철도를 건설하는 프랑스 작업장에서 발생한 무수한 죽음을 묘사했다. 예르생은 작업장 위생을 담당한 의사 노엘 베르나르를 만난다. 노엘 베르나르는 후에 사이공의 파스퇴르 연구소를 이끌고, 그보다 더 나중에는 최초의 파스퇴르 전기 작가가 되는 인물이다. 그는 칼메트의 전기도 집필했다. 예르생은 타고난 광장공포증과 형제애를 적절하게 양립시켰다. 새로 뽑은 조교이자 제자로 레위니옹에서 발생한 페스트 환자들에게 백신을 접종한 바살Vassal 박사와 함께 그는 작업장 환자들을 냐짱에 받아들였다. 두 사람은 환자들에게서 채취한 표본으로 티푸스와 말라리아를 연구했다. "우리는 또다시 콜레라가 극성을 부리는 시기에 접어들었습니다. 우리 기술자는 이 고약한 병으로 죽어가고 있죠. 우리는 이 병에 대항할 태세를 제대로 갖추지 못한 상태입니다."

농작물이 무럭무럭 성장하는 동안, 그가 꾸린 팀의 젊은 연구원들이 각자 화학이며 동물학, 세균학, 농학 등의 분야에서 열심히 연구에 매진하는 동안, 예르생은 1년에 한 번 화륜선공사가 새로 구입하여 인기몰이 중인 폴르카Paul-Lecat호, 뤼테시아 호텔만큼이나 안락한 시설을 자랑하는 호화 여객선의 트랩에 올랐다. 파리로 가는 것이었다. 신비주의를 고수하는 석학, 정글 속에서 은둔 생활을 즐기는 탐험가 예르생은 보통 사람이 되어 파리의 거리를 누볐다. 파스퇴르 사단의 동료들과 자동차업자이자 절친한 친구인 세르폴레 정도만 그의 얼굴을 알고 있었다. 기계 조립의 천재, 프랑스 아니 어쩌면 세계 최초의 운전면허증 소지자, 최초로 자동차를 산업적으로 생산(주문이 있어야만 조립하는 식)한 사람 예르생은 그의 자동차 세르폴레 11-CV를 타고 외출했다. 운전자로서의 그의 경력에서 최고 정점을 장식해준 자동차였다. 아르망 푸조는 세르폴레 엔진을 사들여 공장 생산을 시도했으며, 젊은 루이 르노가 뒤미처 자동차를 생산하기 시작하면서 세르폴레라는 상표는 레옹 세르폴레와 더불어 자취를 감추게 된다. 파리 17구 생페르디낭 광장엔 장 부셰Jean Boucher가 만든 그의 동상이 세워졌다. 파리-보베 도로를 시속 1백 킬로미터로 질주하던 예르생과 세르폴레는 아주 잘 어울리는 친구였다. 세르폴레가 세상을 떠난 후 예르생은 클레망 바야르Clément-Bayard 15-CV를 구입함으로써 증기 자동차 시대에 종지부를 찍고 기름 자동차 시대로 넘어갔다. 그 후 그는 토르페도 제브르Torpédo Zèbre를 구입했으나, 그보다 더 세월이 흐른 후엔 더 이상 차를 사지 않았다. 자동차는 탈 만큼 타본 그는 이제 다른 데 마음이 있었다. 비행기 구입에 마음이 있었던 것이다.

당시만 해도 아직 아무도 모르고 있었지만, 이미 새로운 세기의 처음 몇 해는 1914년의 대재앙까지 남은 시간에 비추어 거꾸로 계산되고 있었다. 1910년, 아니 '1914년 빼기 4년'에 뤼테시아 호텔이 완공되었다. 예르생은 7층 모퉁이 방을 골랐다. 지평선 상에 에펠탑이 보이는 기막힌 전망을 누릴 수 있는 곳이었다. 그 해 여름 샤르트르 공항에서 비행기 시운전 약속을 잡아놓은 예르생은 조종사복을 입고 장갑과 고글을 착용했다. 자신감이 부족했던 첫 번째 비행에서 그는 두 다리를 후들거리며 비행기에서 내려와 누이 에밀리에게 편지를 썼다. "이 기계들이란 아직 위험한 장난감에 불과하다니까." 그는 한 해 전 연과 비슷하게 생긴 엔진을 타고 혼자서 도버 해협을 건넌 루이 블레리오Louis Blériot의 용기에 찬사를 보냈다. 그는 가격 협상까지 끝냈지만, 인도차이나에 아직 활주로가 마련되지 않았다는 구실을 대며 구입 계획을 뒤로 미루었다. 물론 냐짱에 그만을 위한 활주로를 건설할 수도 있었겠지만, 활주로가 단 하나라는 말은 그저 공중에 붕 떴다가 내려와야 한다는 말과 다르지 않았고, 따라서 그런 상황에서의 비행이란 따분하기 이를 데 없는 노릇이었을 것이다.

그로부터 2년 후, 그러니까 1914년 빼기 2년에 중국에 페스트가 다시 출현했다. 예르생은 봄베이에서의 경험을 되풀이하게 될까봐 우려했다. "현장엔 이미 의사들이 너무 많아. 나는 그래도 루에게 내가 만주에 가는 것이 파스퇴르 연구소에 조금이라도 도움이 된다면 나한테 전보만 쳐라, 그러면 당장 출발하겠다는 내용의 편지를 보냈지." 이듬해, 즉 1914년 빼기 1년에 알베르트 슈바이처는 아프리카 랑바레네에 병원을 열었고, 그 덕분에 노벨상을 탔다. 그는 오르간 연주회를 열어서 얻은 수입으로 병원 건축비용을 댔으며, 나중엔 바흐 곡을 연주한 음반을 판 수익금까지 보탰다. 그 무렵 예르생은 고무에 열중하고 있었다.

그는 고무 농장을 차렸다. 수익이 제법 짭짤했다. 연구소 운영에 필요한 경비 정도는 벌 수 있었다. 시간이 지나면서 수입은 엄청나게 불어났다. 거금이었다. 자동차와 자전거 보급이 확산될 것이라고 본 그의 예상이 적중한 것이었다. 그는 이익금을 홍콩 상하이 은행에 예치해두고 주식을 사 모았다. 그러던 차에 1914년이 되었다. 가스통 칼메트는 《피가로》 지 집무실에서 총탄에 맞아 세상을 떠났다. 장 조레스도 단골 술집에서 암살당했다. 사라예보의 7월. 4년간의 대학살과 전쟁의 화염. 예르생은 이따금씩 클레르몽페랑까지 고무를 보냈다. 하지만 그 자신은 그가 만든 낙원을 떠나지 않았다. 그 낙원을 한층 더 확장하고 아름답게 꾸미는 데 전력을 다했다.

고무의 제왕

안남 최초의 자전거 주자, 최초의 오토바이 주자, 최초의 자동차 운전자였던 그가 최초의 고무 생산자가 된다는 건 사실 어떻게 보면 지극히 논리적인 귀결이었다. 마다가스카르 체류 이후 그는 줄곧 과학 잡지들을 읽고 산업과 기계의 발전에 관심을 가졌으며, 현대적인 모든 것에 매료당했다. 타이어의 경우도 예외가 아니었다.

라콩다민Charles Marie de La Condamine(1701~1774, 프랑스의 탐험가, 지리학자, 수학자. 현재 에콰도르에 해당되는 지역을 탐사했으며 아마존 강 유역 지도를 제작했음—옮긴이)과 계몽주의 학자들로 구성되어 18세기에 에콰도르 탐사에 나선 소규모 원정대 이후 인디언들에 의해서 수확되는 고무의 존재가 세상에 알려지게 되었다. 인디언들은 배의 널빤지 틈을 메우거나 방수를 위해 고무를 사용했다. 그들은 아마존 정글이라는 녹색의 지옥에서 우연히 야생고무나무를 찾아냈다. 그 후 브라질에서 고무나무 씨앗을 빼돌린 영국인들은 이 씨앗을 실론 섬에 양파처럼 뱅 돌아가며 뿌렸다. 네덜란드인들도 자바 섬에서 같은 짓을 했다. 이번에도 얼마 지나지 않아 정치적 · 지정학적 갈등이 불거졌다. 예르생은 자바 섬으로 갔다.

그는 바타비아에서 보이텐조르히로 갔다. "나무랄 데 없이 훌륭하게 경작이 이루어지고 있었습니다. 주민들은 온순하고요. 게다가 무수히 많은 화산들은 자연의 신비로움을 오롯이 간직하고 있더군요. 이 한 가지 사실만으로도 섬은 충분히 흥미로운 곳이라 할 수 있을 겁니다." 말레이시아, 말라카 등지의 농장을 방문한 그는 파라고무나무*Hevea brasiliensis*라는 종자를 선택한다. 그가 처음으로 고무나무를 심을 무렵은 굿이어Goodyear가 가황을 발명한 지 50년, 던롭이 타이어를 발명한 지 10년 되던 해였다. 처음엔 1백 헥타르쯤 되는 면적에서 시작했다. 전쟁 초기엔 매달 2톤가량의 고무를 수확했다. 그는 영리한 미슐랭과 접촉했다. 재배면적은 3백 헥타르로 늘어났다. 고무 사업은 말하자면 황금알을 낳는 거위였다. 예르생은 효율적인 사람이었으며 단호하게 생각했다.

빌모랭Vilmorin사(1743년에 설립된 프랑스의 유서 깊은 종자회사—옮긴이)가 그곳 식물을 수집해오라는 임무를 주어 아시아에 파견한 농학자 베르네Vernet와의 만남도 성공에 일조했다. 예르생은 그를 고용했다. 그에게는 최고의 전문가들을 자기편으로 끌어들이고, 그들의 말을 경청하는 남다른 재능이 있었다. 안남 지역 최초의 고무 농장

주인이 되는 것으로 만족할 수 없었던 예르생은 본격적인 농학 연구를 하고 싶어 했다. 예르생과 베르네는 실험 기록서 양식을 마련하고, 토양의 화학적 성분, 비료, 종자 수집, 유액 응고 기술, 유관에 칼자국 내기 등을 상세하게 기록한 논문을 발표했다. 실험을 위해 일부 나무들은 전부 혹은 부분적으로 잎을 잘라내기도 했다. 그 결과 "유액에 포함된 고무의 비율은 대체로 엽록소의 기능에 의존한다. 그러므로 고무를 제조하는 데 있어서 잎사귀가 가장 중요한 역할을 한다"는 결론에 도달하게 되었다.

두 사람은 유액의 밀도와 고무 함량을 측정하기 위해 조그라프보다 훨씬 성능이 좋은 새로운 기계를 발명했다. 계산표도 만들었다. 그러다가 둘의 사이가 틀어졌다. 예르생은 칼메트에게 불평을 늘어놓았다. "베르네는 성격이 아주 나쁩니다. 대단한 허영심에 황소고집인 데다 역설로 가득 찬 정신의 소유자입니다." 예르생은 클레르몽페랑의 전문가 미슐랭과 직접 협업하는 편을 택했으며, 그에게 냐짱으로 기술자 한 명을 파견해달라고 요청한다. "미슐랭은 고무 문제에 관한 한 최고의 역량을 지녔습니다." 그는 파스퇴르 사단에게 도움을 요청한다. "나는 미슐랭에게 편지를 썼습니다. 그리고 그 편지가 루를 통해 그에게 전달되도록 손을 썼습니다."

유럽은 전시 체제에 돌입했으며 루에겐 다른 걱정거리가 많았다. 그는 위생 상태 점검을 위해 전선으로 파견되었다. 전쟁 때문에 징용된 파스퇴르 연구소와 참호 반대편의 코흐 연구소는 각각 자국의 사령부를 위해 일하는 처지가 되었다. 예르생은 고립되었다.

프랑스는 더 이상 그에게 응답하지 않았다. 그는 다시금 순례자의 지팡이를 손에 쥐고 아르망 크렘프와 함께 산악지대 원정에 나섰다. 수오이자오에서 배로 이틀 항해한 후 다시 이틀 동안 산을 오른 두 사람은 고지대에 텐트를 쳤다. 비 내리는 서늘한 산 공기 속에서 혼바[Hòn Bà] 산 전경이 한 눈에 들어오는 곳이었다.

몇 달에 걸친 작업 끝에 그곳엔 기상관측대가 세워졌고, 각종 식물군과 동물군의 순화 실험이 행해졌으며, 파종도 이루어졌다. 그곳의 기온은 섭씨 6도까지 내려갔으며, 겨울이면 산은 옅은 안개로 덮였다. 모기라고는 없었다. 부글부글 끓는 온천물이 솟아올라 강이 되어 흘렀다. 예르생은 추운 정글 속에 스위스식 샬레를 지었다. "나는 전쟁 동안 내가 혹시 프랑스에 도움이 될 수 있는지 물어보려고 루에게 전보를 쳤습니다. 그의 답신을 기다리고 있는 중입니다." 그에게는 꼼짝 말고 아시아에 그대로 머물라는 엄명이 떨어졌다.

그는 이제 마음대로 여행을 할 수 없음을, 뤼테시아 호텔도, 폴르카호도 당분간 잊어야 한다는 사실을 새삼 뼈저리게 깨달았다. 전쟁이나 베르네와의 불화는 그의 인간혐오증을 부추겼다. 그는 산꼭대기 샬레에서 몇 주일이고 계속 틀어박혀 사는 생활, 강에서 물을 긷고, 사색에 잠기며, 아무도 만나지 않고, 말이라고는 한마디도 하지 않으며 장작만 패는 날들에 익숙해졌다. 예르생은 5천 헥타르에 달하는 자기 영지를 벗어나지 않는 곳에 카데 루셀[cadet Rousselle]('카데 루셀은 세 채의 집을 가졌다'는 프랑스 동요 가사를 상기시키는 표현—옮긴이)처럼 각기 다른 세 가지 기후대에 속하는 세 채의 집을 마련했다. 그의 영지는 그 후 세 배나 더 커졌다. 전쟁이 발발한 지도 어언 2년이 되어갈 무렵 베르됭 전투가 시작되었다. 예르생은 샬레에 앉아 있었다. 그는 조류학과 원예학을 공부하며 수첩을 빼곡하게 채워나가는 중이었다. "요즘 일본 국화 몇 가지가 꽃을 피웠습니다. 꽃송이가 아주 큼직하며 꽃잎이 계통 없이 산발적인데 굉장히 멋집니다. 그 꽃들을 바라보는 것이 나에겐 큰 기쁨입니다."

아마도 심심풀이 정도로 생각한 것일 텐데, 그는 난초에 대해서도 새롭게 매력을 느껴 본격적인 수집에 나섰고, 전쟁의 참화에서 비껴 서 있는 나라들로부터 다양한 견본을 얻었다. 참전 국가들도 비참전국 소속 선박들은 공격하지 않는 예의를 지켰다. 중앙아메리카로부터 태평양을 건너온 코스타리카산 희귀한 종들까지도 손에 넣은 예르생은 거대한 온실을 짓고, 온실 한가운데에 사진 장비를 들여놓았다. 베라스코프 리샤르Vérascope Richard 카메라 모델이었다. 그는 실험실에서 처음으로 컬러 사진을 찍었다. 수십 년 동안 촬영을 계속한 끝에 수백 장의 이미지를 남겼으나, 이를 본 사람은 거의 없었다. 사진들은 파리의 파스퇴르 연구소 문헌자료실 서랍 속에서 세상에 알려지기를 기다리고 있다.

예르생은 집 앞에 무화과나무 한 그루를 심었다. 누이 에밀리가 모르주의 무화과나무 집에서 꺾어 보낸 가지가 뿌리를 내린 것이었다. 그는 수목 재배를 공부하고 전지하는 법, 휘묻이 하는 법 등을 두루 익히고 과실수 가지들을 준비했다. 사과나무와 자두나무를 기후에 맞게 순화시키기도 했다. "살구나무는 복숭아나무에 비해 습한 기후에 적응하는 데 훨씬 애를 먹더군요." 그는 밭에 불을 놓아 화전을 일구는 곳엔 마을 사람들의 출입을 차단했다. 화전은 환경적으로는 재앙이지만, 숲의 잿더미 속에서 자라나는 벼엔 연기 냄새가 더해져 독특한 풍취를 줄 수 있다. 예르생은 숲에 나무를 심는 식목 사업도 진행했다. 냐짱에 포진한 '예르생 사단'의 도움을 받아 그는 림스, 깜쌔, 지옹흐엉 등 지역 고유의 품종들을 조사하고 이를 상세하게 묘사하여 자료화하는 작업도 계속해나갔다. 이곳에서 티크나무는 가축을 가두는 울타리를 치는 데 필요한 말뚝용으로나 쓰였다. 묘판을 만들기 위해 길이 1킬로미터쯤 되는 긴 구덩이를 파고, 썩은 나뭇잎들과 거름흙으로 그 안을 채웠다.

예르생은 이 모든 내용을 편지에 꼼꼼하게 기록하여 파리 파스퇴르 연구소로 보냈다. 어머니 파니가 살아계셨을 때처럼 파스퇴르 연구원들을 상대로 일종의 일기 쓰기를 계속한 것이다. 루에게 보낸 편지를 보자. "꽃을 기르는 일이 점점 더 흥미롭습니다. 산 정상을 꽃으로 뒤덮고 싶은 마음이 간절한데, 시간이 지나면 실제로 그 꿈을 실현할 수 있었으면 좋겠습니다. 알프스 지역 식물들도 시도해보고 있습니다. 벌써 월귤나무와 용담속을 파종했는데, 결과가 어떨지 조바심 내며 지켜보고 있습니다." 예르생의 고백을 듣고 루가 어떻게 어깨를 으쓱했을지는 상상을 하고도 남음이 있다. 아니, 어쩌면 루는 폭탄이 터지면서 제멋대로 떨어져나가 가시철조망에 걸려 썩어가고 있을 파편 맞은 팔 다리들을 생각하며 신경질적으로 웃었을지도 모른다. 며칠 휴가를 받아 진흙과 피가 범벅이 된 군복에 적십자 완장을 두른 차림으로 전선에서 돌아온 루. 편지를 뜯어 파란 용담속의 새싹을 걱정하는 예르생의 근황을 읽는 루.

바다와 산을 헤집고 다니더니 이제는 꽃이라니.

그렇다면 어린 새라고 해서 안 될 것도 없지.

예르생은 커다란 새장을 만들고 사람 말을 흉내 내는 앵무새들과 흉내 내지 못하는 앵무새들을 길렀다. 그는 도처에서 이국적인 새들을 불러 모아 난초용 온실 속에 풀어주었다.

파스퇴르 연구원들은 이제 그의 이야기에 귀 기울이지 않았고, 그는 스위스 이베르동 순화원에서 일하는 앙리 코레본Henry Correvon과 서신 왕래를 시작했다. 예르생은 그에게 종자를 주문하면서 조언을 구했다. 최초로 예르생의 전기를 쓴 작가들은 냐짱에 고산 난초, 하비스커스, 아마릴리스, 놀래기 등이 있다고 기록했다. 냐짱보다 지대가 높은 수오이자오엔 맨드라미, 카네이션, 마편초, 아룸, 시클라멘, 푸크시아가 자랐다. 한편, 혼바에선 장미와 난초를 재배했다. 예르생의 편지들 가운데에는 잎만 나오고 꽃이 피지 않는 식물들의 목록도 들어 있다. 꽃무우와 수선화, 튤립 등이다. 그는 식물학도 공부하기 시작했다. 알다시피 꽃은 식물의 생식기관이다.

아마도 꽃을 피우지 않는 이 식물들은 예르생처럼 번식 따위는 하지 않겠다고 작정했는지도 모를 노릇이다.

예르생은 신문들이 지어내는 이야기들이라면 환히 잘 알고 있었다. 멍청하기 짝이 없는 기사도 읽었다. 그에게 자식이 있으며, 산악지대 원주민 여인이 남 박사 아들의 생모라는 내용이었다. 프랑스 공화국에도, 안남 황제의 백성으로도 등록되지 않은 종족 출신의 여인이라니. 그 후로도 계속 다른 헛소리들이 이어질 것이었다. 그런데 이상하게도 그런 소문들은 꼭 부자들에게만 따라다닌다. 어쩌면 예르생은 벌써 자손 번식이라는 비장한 몸짓 같은 건 초월했는지도 모른다. 그는 실험실에서 발정 난 수컷들과 몸이 달아오른 암컷들을 짝짓기하는 데 충분히 오랜 시간을 보냈다. 수컷 쥐의 주둥이를 암컷 쥐의 성기에 문질러댐으로써 실험을 가속화하는 일을 밥 먹듯이 했음에도 사랑의 바이러스 같은 건 구경도 하지 못했다. 분명 그는 이유 없이 실존을 증폭시키는 거울과 육체관계에 대해서는 콧대 높기로 유명한 부에노스아이레스 사람 식의 경멸감을 품고 있었음이 틀림없다.

예르생은 이제 더 이상 여행을 하지 않았다. 벌써 세계 일주를 마친 뒤였고 세계를 보는 관점도 확고했다. 그는 지구가 점점 축소되고 있으며, 어디를 가든 다 똑같아진다는 점을 꿰뚫어보고 있었던 것이다. 머지않아 "우리가 짐 가방을 내려놓는 곳마다 동일한 부르주아적 주술이 통하게 될 것을 염려해야 할 것"이라고 내다보았다. 이제 그는 한 그루 나무였다. 나무로 산다는 건, 생명체이면서 움직이지 않는다는 것을 의미한다. 그는 아름다우면서 절대적인 고독에 이르렀다. 그건 경탄할 만한 권태에 이르렀다는 말과 다르지 않다. 저녁이 되어 피곤이 모든 잡념들을 몰아낼 때면, 술조차 마시지 않은 말짱한 정신으로 그저 한 자리를 빙빙 맴돌게 될 때면, 아버지와 더불어 이 모든 것에 대해 이야기 나누고, 아버지의 의견을 듣고 싶어지는 법이다. 그는 다른 어느 때보다도 오늘 유난히 늙어 보인다. 죽음을 기다리는 시기가 된 것일까. 분해에 대해서라면 그는 환하게 잘 안다. 그는 이 땅에서 분해되기를, 먼지로 해체되기를 소망한다.

산꼭대기 샬레에서 혼자 시암 고양이들을 벗 삼아 저녁 시간을 보낼 때면 그는 파스퇴르의 글을 다시 읽곤 했다. "미생물들이 지구에서 사라진다면 지표면은 죽은 유기체, 곧 동식물 구분을 떠나 모든 생명체의 사체들로 뒤덮일 것이다. 산소의 연소 작용을 가능케 하는 것은 주로 미생물들이다. 미생물이 없다면 생명 현상은 불가능하다. 죽음이라는 현상이 불완전해지기 때문이다." 생명은 지속되고자 한다. 그러려면 최대한 신속하게 노화된 몸을 벗어버리고 새로운 몸속으로 들어가야 한다. 생명은 이 몸들을 통과하면서 이들에게 이들의 의지와 상관없이 생명을 영속적으로 만들어주는 데 대해서 오르가슴이라는 작은 보상으로 보답한다. 무에서 태어나는 건 없다. 태어나는 모든 것은 죽는다. 태어나는 것과 죽는 것 사이에서 말안장에 올라앉은 기사처럼 편안하며 올바른 생활을 영위하고 아니고는 각자의 자유다. 스피노자가 이어받은 이 해묵은 스토아 철학과 유일하게 영속하는 생명의 힘. 이 순수한 근원. 모든 것은 자연을 자연답게 만들어주는 이 근원으로 돌아간다. 생명은 모두가 출연하는 코미디이다.

예르생은 씁쓸한 마음에 비관적이 된다. 전쟁은 여전히 현재진행형이다. 벌써 4년째 형제였던 두 종족이 각자의 아들들을 수천 명씩 참호라는 쓰레기통 속에 던지며 서로를 파괴시키고 있다. 예르생은 확실히 다시는 평화를 보지 못할 것이다. 파리도, 베를린도 다시 볼 수 없을 것이다. 승리는 불확실하다. 클레망소와 루, 두 사람 모두 의사 자격으로 참혹한 전선을 누빈다.

후대에게

침대 머리맡에 두고 읽는 책을 손에서 내려놓자 레지옹도뇌르 훈장을 받은 스승의 대형 석상이 밤을 가르듯 섬광처럼 눈앞에 나타난다. 검은 프록코트와 나비넥타이, 파란 눈, 찌푸린 미간. 그림자의 양 입술 사이에서 예르생이 이미 줄줄 외고 있는 문장들이 흘러나왔다. "페스트는 원인을 모르는 병이므로, 그 또한 특별한 미생물에 의해 발생한다고 추측을 한다 해도 전혀 비논리적이라 할 수 없다. 경험에 토대를 둔 모든 연구란 어차피 몇몇 선입견에 의해 인도되기 마련이므로, 기생충에 의한 병일 것이라는 확신을 가지고 이 병에 관한 연구에 들어간다고 해도 전혀 불리하지 않으며, 오히려 그 같은 자세가 유용하게 작용할 수도 있을 것이다." 파스퇴르의 이 문장이 문자화되었을 때, 다시 말해서 그가 미생물 이론을 연구의 가설로 제시했을 때 예르생은 열일곱 살이었다. 그는 아직 모르주에서 고등학교에 다니는 지나치게 진지한 학생이었고, 최초의 광견병 예방접종이 시작되려면 아직 5년을 기다려야 했다. 또 그가 홍콩에서 페스트균을 발견한 건 그로부터 14년 후의 일이다.

마치 파스퇴르가 예르생이라는 인물을 처음부터 끝까지 완전히 발명하기라도 한 것처럼, 그를 조종하여 실험실 벌레로서 살게 하기라도 한 것처럼, 반신불수의 노구로 여행을 할 수 없게 된 파스퇴르가 자신을 대신해 싱싱하고 활기찬 사지와 또랑또랑한 파란 눈, 특히 파스퇴르의 조련을 통해 뛰어난 관찰력까지 지니게 된 젊은 정신의 소유자 예르생을 홍콩에 보내기라도 한 것처럼 말이다. 심지어 홍콩에 건조실이 없었던 덕분에 기타사토(그는 사람의 체온만을 대상으로 연구하느라 도중에 길을 잃고 말았다)보다 앞서서 상온에서 페스트균을 발견하게 된 우연에 이르기까지 예르생의 인생 전체가 파스퇴르의 예언에 딱 들어맞기라도 한 것처럼. 페스트균 발견 자체가 파스퇴르가 오래전에 기록해둔 예언("관찰의 영역에서 보자면, 우연이란 준비된 사람만 편애한다.")이 옳았음을 확인해주는 증거이기라도 한 것처럼.

예르생은 제2제정 시대에 유럽을 주유하며, "나는 트리에스테까지, 이 세상 끝까지 갈 것이다. 나는 라세미산의 근원을 찾아내고 말 것"이라는 열정적인 기록을 남긴 젊은 결정학자의 복제품, 그의 분신이다. 청년 시절 파스퇴르는 역마차와 기차를 번갈아가며 빈에서 라이프치히, 드레스덴, 뮌헨, 프라하 등지로 정신없이 돌아다니며 헛간이나 다락방 등지에서 연구하는가 하면, 이내 시험관과 피펫, 주사기, 그의 '눈의 눈'이라고 할 수 있는 현미경을 가방 속에 챙겨 샤모니에서부터 메르드글라스 탐험길에 올라 그곳의 청정 공기를 채취하기도 했다.

예르생은 단 한 번도 의사였던 적이 없으면서 의학의 역사를 뒤집어놓은 이 인물이 훌륭한 탐험가가 되었을 거라고 꿰뚫어보았다. 파스퇴르가 탐험가적 기질을 지니고 있음은 연구 과정을 묘사하는 비유에서도 역력히 드러난다. "미지의 것을 발견하기 위해 전진하는 학자는 점점 더 높은 정상을 향해 도전하는 여행자와 비슷하다. 높은 곳으로 올라갈수록 새롭게 탐험해야 할 신천지가 눈에 들어온다." 죽기 10여 년 전 파스퇴르는 페르디낭 드 레셉스Ferdinand de Lesseps(1805~1894, 프랑스의 외교관, 엔지니어. 수에즈 운하 건설에 주도적인 역할을 했음—옮긴이)와 에딘버러에 간 적이 있다. 최고의 명성을 누리고 있던 두 사람은 그곳에서 의사이자 모험가, 목사였던 리빙스턴의 딸을 만났다. 그로부터 몇 년 후, 파스퇴르는 지리학회에서 강연을 마친 예르생을 저녁식사에 초대했다. 그는 예르생에게 원정에 대해 상세하게 묻고 모이 족이 사는 곳을 찾은 예르생의 여행 보고서를 꼼꼼하게 읽은 후 즉석에서 열정을 담아 여러 통의 추천서를 써주었다. 나이 든 석학은 과학 연구는 더 이상 싫다며 파스퇴르 사단을 박차고 떠나간 청년을 위해 자신이 누리는 엄청난 명성을 기꺼이 이용했던 것이다. 예르생은 그에 대한 감사의 표시로 아름답게 조각된 상아를 하나 보냈는데, 그 상아는 이제는 박물관이 된 파스퇴르의 아파트 벽에 오늘날에도 여전히 걸려 있다.

폭격 소리라고는 들리지 않는 혼바의 샬레에 누워 홀로 밤을 보내는 쉰 살의 예르생은 자신의 명성에 대해 아무런 환상도 갖지 않았다. 죽고 나면 *Yersinia pestis*라는 라틴어 두 마디, 의사들만 이따금씩 사용하게 될 그 두 마디만 남게 될 것임을 누구보다 잘 알고 있었다.

젊은 파스퇴르가 발표한 두 편의 논문인 화학 논문 "비소산의 포화용량에 관한 연구Recherches sur la capacité de saturation de l'aide arsénieux"와 물리학 논문 "액체의 회전편광과 관련한 현상 연구Étude des phénomènes relatifs à la polarisation rotatoire des liquides"에서도 당장에 대중적인 성공을 쟁취하겠다는 의지 같은 건 보이지 않는다.

파스퇴르의 스승은 비오Biot였다. 학생 시절 그는 스승이 프랑스 한림원의 일원이 되는 예식에 참석, 스승의 연설, 다시 말해 젊은 과학도들에게 전하는 나이 든 석학의 조언을 들은 적이 있다. 스승은 젊은이들에게 순수 연구에 매진하라고 조언했다. "아마도 대중은 그대들의 이름을 알지 못하고, 그대들이 존재한다는 사실조차 모를 수도 있을 것입니다. 하지만 그대들은 지구상 곳곳에 흩어져 있는 뛰어난 소수, 그대들의 경쟁자, 지성이라는 보편적인 전당에서 함께 활약하는 그대들의 동료들에게 인정받고, 높이 평가받을 것이며, 그 사람들이 그대들을 찾게 될 것입니다. 그들만이 그대들의 진가를 알아보고, 그대들에게 합당한 자리를 마련해줄 자격이 있습니다. 장관의 영향력도, 제후의 의지도, 대중들의 변덕도 그대들을 끌어올리지 못하는 것과 같은 이치로 그대들을 끌어내릴 수 없을 것입니다. 그대들이 그대들에게 그 자리를 제공해준 과학에 충성을 다하는 한 그대들은 언제까지고 그 자리에 있게 될 것입니다."

그로부터 여러 해가 지난 후, 이번에는 파스퇴르 차례였다. 파스퇴르는 프랑스 한림원 회원들이 입는 초록색 예복을 걸치고, 칼을 칼집에 넣은 채 실증주의자이자 오귀스트 콩트의 전기 작가, 미생물과 미생물학과 관련된 신조어들을 선택해 사전에 수록한 위대한 리트레에게 경의를 표하는 연설문을 읽어 내려갔다. 연설문은 지극히 겸손하게 시작한다. "저는 제가 여러모로 부족한 사람임을 새삼 깨닫습니다. 여러분들께서 저에게 안겨준 그 영광을 과학에 돌리는 것이 나의 의무라고 생각하지 않았다면 저는 지금 이 자리에 있는 것이 몹시 불편했을 것입니다." 그런데 언제나 모든 일은 겉보기보다 복잡하기 마련인지라, 이와 같은 겸손은 순전히 수사에 지나지 않음이 뒤로 갈수록 분명해진다.

초반부의 겸손은 사실 엄청난 자만심을 감추고 있었다. 파스퇴르는 스스로 자신의 지위를 만드는 데 몇 년이라는 시간을 할애했다. 각종 예식과 기념비, 영광과 정치 싸움이라면 절제를 모르는 프랑스인의 기질답지 않은가. 보편주의와 맹목적인 조국애가 난마처럼 얽혀 있는 독특한 감정에 사로잡힌 젊은 학생 루이 파스퇴르, 나폴레옹 근위병의 아들로 태어나 열렬한 공화주의자가 된 그는 "자유와 우애라는 마술 같은 단어들, 20세기를 맞아 찬란한 태양 아래에서 다시 꽃피는 공화국이 무엇인지 알 수는 없으나 진정으로 감미로운 감각으로 우리의 가슴을 뒤덮고 있지 않은가!"라고 외쳤다.

예르생에게는 생소하기 짝이 없는 정치에 관한 이 같은 호기심은 명성의 정점에 있던 파스퇴르로 하여금 상원의원 선거에 출마하게 만든다. 물론 그는 낙선했다. 예르생은 파스퇴르가 자연발생설을 주장하는 푸셰Félix Archimède Pouchet(1800~1872, 프랑스 생물학자로 파스퇴르의 이론과는 반대되는 입장인 자연발생설을 주장했음—옮긴이), 리비히Justus von Liebig(1803~1873, 독일의 화학자로 농화학, 생화학 분야에서 뛰어난 업적을 세움—옮긴이), 코흐 같은 이들에 대항해서 싸우느라 얼마나 많은 시간을 허비했는지 잘 알고 있었다. 살아생전에 그의 동상이 세워진 것도 따지고 보면 독설과 논문을 끌과 정처럼 사용한 덕분이다. 과학 한림원과 의학 한림원에서 끝도 없이 벌이던 논쟁. 자신의 발견이 빨랐음을 증명하기 위해 사용하던 봉인 봉투 시스템. 최후의 봉인 봉투는 20세기 말이 되어서야 열렸다. 세당 사건과 파리 폭격, 베르사유 조약만큼이나 굴욕적인 프랑크푸르트 조약(보불 전쟁의 종전을 위해 1871년 5월 18일에 체결한 조약으로 프로이센에게 막대한 배상금을 지급하며, 프로이센군이 프랑스에 주둔하며, 알자스-로렌 지방을 프로이센에게 양보한다는 내용이 골자—옮긴이)이 체결되자, 명예박사 학위를 찢어서 본으로 돌려보낸 일도 기억할 만하다. 영국의 정치적 지원, 외과 의사 리스터Joseph Lister(1827~1912, 영국 출신 외과 의사로 수술에 있어서 소독의 중요성을 누구보다 먼저 간파하고 이를 적극적으로 홍보했음—옮긴이)의 지원, 런던 왕립학회에서 생리학자 헉슬리Thomas Henry Huxley(1825~1895, 영국의 생물학자로 '다윈의 불독'이라는 별명을 얻을 정도로 진화론의 열렬한 신봉자였음—옮긴이)의 입에서 나온 "파스퇴르의 발견만으로도 프랑스가 독일에게 지급해야 할 배상금 50억 정도는 뒤집어쓰고도 남을 것"이라는 말. 그런데 사실인즉 공화국은 파산한 인류의 구원자에게 연금을 지급했다. 어쨌거나 파스퇴르는 역사에 이름을 남긴 반면 예르생은 그러지 못할 운명이었다.

예르생은 그가 난쟁이에 불과하다는 걸 잘 알고 있었다.

하지만 난쟁이치고는 제법 큰 난쟁이였다.

후대에까지 살아남기 위해서는 대중들이 늘 사용하는 소비재를 발명해야 한다. 20세기는 야만과 상표가 지배하는 세기이므로. 유스투스 폰 리비히, 찰스 굿이어, 존 보이드 던롭, 앙드레 미슐랭과 에두아르 미슐랭, 아르망 푸조, 루이 르노. 대중들은 적어도 이름까지는 몰라도 이들의 성만큼은 기억한다.

그가 코카[Ko-Ca]를 예르시니아라고 명명했더라면, 그리고 그 제품을 상품화했더라면, 예르생의 이름 또한 여전히 눈부신 빛을 발하고 있을 것이다.

밤이면 그는 홀로 혼바의 샬레에서 몸을 눕혔다. 그 나이에 파스퇴르와 예르생의 아버지는 벌써 오래전에 뇌출혈을 일으켰다. 파스퇴르 연구소 소유 영지인 빌뇌브레탕에서 은퇴 생활 중인 늙은 파스퇴르는 장의자에 누워 죽음을 기다리는 중이었다. 연구원들이 마른라코케트의 가르슈 별관이라고 불렀고, 현재도 같은 이름으로 불리는 이곳은 자연 속에 아름드리나무들이 우거진 공원이다. 계절은 여름이다. 햇빛은 울창한 나뭇잎 사이사이로 얼굴을 내민다. 바닥엔 햇빛의 그림자가 어지럽게 춤을 춘다. 그는 마음이 평온한 가운데 국장으로 치러질 자신의 장례식과 노트르담 성당에서의 미사를 기다린다. 이미 루와 모든 문제를 해결해두었다. 그는 좁디 좁은 팡테온에 묻히기를 거부할 것이다. 그의 유해는 파라오의 묘지만큼이나 널찍한 연구소 지하 납골당에 안치될 것이다. 대리석 기둥들과 황금색 장식, 비잔틴식 모자이크. 그는 머릿속으로 그의 영결식장에서 울려 퍼질 조사(弔詞)에 들어가게 될 귀에 익은 단어들을 떠올린다. 기쁨, 용기, 정직.

이 단어들은 어떤 늙은 철학자가 설파하던, 아주 소박하지만 나쁘지 않은 도덕에 합치한다. 너의 행동을 결정하는 원칙이 행동의 보편적인 원칙으로 여겨질 수 있도록 행동하라.

과일과 채소

다음 날 아침 예르생은 고요하고 평화스러운 가운데 눈을 뜬다. 그는 샬레 부근 땅에서 감자와 딸기, 산딸기 등을 수확하는 데 성공했다. 완두콩과 상추. 사탕무와 당근. "나는 며칠 전에 혼바에서 자란 최초의 복숭아를 맛보았습니다." 기름진 토양은 녹색 채소들 아래에서 유난히 붉게 보인다. 그로부터 한 세기가 지난 지금까지도 달랏 지방은 화훼와 예르생이 수입한 각종 채소 재배로 유명하다. 달랏 지방은 아티초크와 글라디올러스를 베트남 전국으로 보낸다. 그러니 예르생의 초상화가 호수를 굽어보고 있다고 해도 놀라운 일은 아니다. 그의 이름은 파리에서보다 이곳에서 천 배나 더 잘 알려져 있다.

나짱에 올 때면 그는 단파 라디오 앞에 앉아 슈맹데담 전투가 빚어낸 대량 살상의 규모, 화학 무기 사용 등의 우울한 소식을 듣는다. 전쟁터에서의 삶은 흑백 사진, 냐짱에서의 삶은 천연색 사진인 것 같은 나날의 연속이다. 그는 하바스와 로이터의 전보 서비스에 가입했다. 전쟁이 끝나면 러시아인들과 미국인들이 만신창이 된 유럽을 나눠 갖고 전쟁의 폐허, 베르됭처럼 전쟁의 참화로 진흙탕과 화염, 죽은 나무들만 뒹구는 쑥대밭이 되어버린 대지 위에서 지배력을 행사할 것이었다. 유럽이 바로 묵시록의 세계로 변해버리기라도 한 듯, 그래서 아시아라는 방주에 올라타고서 유럽의 아름다움을 구하는 것이 그의 임무이기라도 한 듯. 편지를 보내는 일조차 점점 불확실해진다. 그는 점점 더 고립되어간다. "사랑하는 누나, 누나에게서 소식을 듣지 못한 지 아주 오래되었어. 편지 한두 통쯤이 사라진 것이 분명해. 지중해 어디쯤엔가 떨어져 물속에 잠겨버렸으려나." 예르생은 마르세유와 사이공을 오가는 선박들 중에서 독일군의 폭격을 맞은 배들의 실종 날짜와 이름을 일일이 기록했다. 빌드라시오타Ville-de-la Ciotat호, 마젤란Magellan호, 그리고 배 바닥에 수오이자오에서 생산한 고무를 실은 아토스Athos호, 오스트랄리앙Australien호…….

젊은 남자들은 모두 전선으로 떠났다. 인도차이나엔 좌초당한 선원들마냥 열 손가락으로 꼽을 정도의 늙은 파스퇴르 연구소 연구원들만 남았다. 페스트와 벼룩의 관계를 찾아낸 시몽은 브라질을 떠나 사이공 파스퇴르 연구소에 부임했다. 예르생은 그에게 난초와 사진을 향한 그의 열정을 전염시켰으며, 두 사람의 편지 왕래도 다시 시작되었다. “나는 뤼미에르에게 새 사진 건판을 주문했습니다. 한 달 정도면 그의 답신을 받을 수 있을 테니, 전쟁 중에도 사진 건판 제작을 계속하는지 아니면 생산이 중단되었는지 당신에게도 알려드릴 수 있을 겁니다.”

예르생은 또 시몽에게 크렘프와 여행을 떠난다고 알렸다. “누이쭈어쭈언 지역에 자생하는 흥미로운 난초들을 현지에서 직접 촬영하기 위해서” 그곳으로 간다는 것이었다. 같은 편지에서 예르생은 또다시 자신과 관련한 흑색 전설, 그러니까 기자들이 그의 연애나 성 생활에 관해 날조해서 퍼뜨린 헛소문들에 대해 불만을 터뜨린다. 그의 연애 또는 성 생활은, 크렘프의 경우도 마찬가지였지만, 완전히 청결 그 자체였다. “게다가 우리는 독신자를 위한 양로원에 들어갈 작정입니다. 난 그런 곳에 갈 자격이 충분하거든요. 내가 웬 영국 여자와 결혼한다는 이야기는 말도 안 되는 헛소리입니다!

나는 칼메트의 소식이 궁금합니다. 전쟁이 발발한 이후 통 그의 소식을 듣지 못했는데, 그의 근황을 알려면 어디로 편지를 보내야 하는지조차 알 수가 없군요. 릴은 여전히 독일에게 점령당한 상태가 아닙니까.

당신에게 안부 전하며 이만 줄입니다.”

예르생은 그의 끈질긴 집착에도 아랑곳하지 않고 여전히 저항하는 식물들, 유럽을 떠나 아시아에 뿌리내리기를 한사코 거부하는 고집 센 식물들의 이름을 수첩에 낱낱이 적어놓았다. 까치밥나무, 호두나무, 아몬드나무. 그리고 특히 포도. 그는 이 명단을 코레

본 앞으로 보내는 편지에도 똑같이 적었다. 하지만 그 편지가 과연 스위스에 도착할 수 있을지는 미지수였다. 그는 농업 관련 수첩을 닫고 동물학 관련 수첩, 가금 사육 관련 수첩을 차례로 열었다가 닫고는 눈살을 찌푸린다. 갑자기 좋은 아이디어가 떠오른 것이었다. 5분마다 한 번씩 벌어지는 일이었다. 그는 총독 앞으로 편지를 쓴다. "이곳에서 주요 이국적 장식용 고사리들을 한데 모아 기르면 산악지대에 위치한 아름다운 우리 요양 시설을 진정한 국립공원으로 만들 수 있지 않을까요?"

예르생은 봉투를 봉한 다음 편지를 선박의 다음번 기항을 기다리는 우편물들 위에 얹는다. 그런데 그 순간 또 좋은 아이디어가 샘솟는다. 유럽에서 전쟁이 끝나지 않고 계속됨에 따라, 아니 끝나기는커녕 오히려 점점 더 확대되어감에 따라 전쟁이 일어나기 전 본국에서 식민지로 보내준 것들의 품귀 현상이 한층 더 확실하게 피부에 와 닿기 시작하던 상황이었다. 딸기와 산딸기를 먹을 수 있다는 건 물론 좋은 일이다. 하지만 이곳에서는 두 명 중 한 명이 말라리아로 고생했다. 예르생은 30년째 키니네를 복용하는 중이었다. 선박 한 척이 폭탄 세례를 받을 때마다 그 안에 선적되었던 물품들은 바다 속으로 가라앉아버린다. 인도차이나는 이미 얼굴 가득 식은땀을 흘리며 수전증 환자처럼 양손을 벌벌 떠는 중환자나 다름없었다. 그러던 중에 다르다넬스 해협 공격 작전이 시작되면서, 말라리아 전염병에 감염된 군인들은 병든 내장을 마르마라 해의 푸른 물에 쏟아내면서 죽어간다. 프랑스는 연구소에서 생산하는 백신의 사용을 동방 원정에 출정하는 부대원들에게만 제한했다.

예르생은 서재에 틀어박혀 라콩다민의 저서들을 탐독했다. 그는 자신이 라콩다민의 후계자라는 사실을 누구보다도 잘 알고 있었다. 라콩다민은 예르생처럼 과학자이자 탐험가로서, 아마존 탐험에서 돌아온 후 고무나무와 키니네가 추출되는 나무에 관해 상세하게 묘사한 바 있다. 프랑스 과학 한림원은 그가 작성한 보고서 "키니네 나무에 대하여Sur l'arbre du quinquina"와 "최근에 발견된 탄력성 있는 수지에 대한 소고Mémoire sur une résine élastique récemment découverte"를 출판했다. 예르생은 자바의 친구들에게 키나나무 묘목 몇 그루만 보내달라는 편지를 냈다. 그는 이 나무들을 그곳 기후에 적응시켜볼 작정이었다.

나무는 위로 무럭무럭 자라날 생각을 하지 않았다. 여러 달이 지난 다음에야 예르생은 혼바의 토양이 키나나무가 자라기에 적합하지 않다는 결론에 도달했다. 키나나무가 왕성하게 잘 자라나는 자바의 토양에 대한 화학적 성분, 연중 기온과 강수량 분포도 등을 손에 넣은 예르생은 안남에서 그와 가장 유사한 특성을 보이는 지방을 찾아 나섰다. 러시아에서는 막 10월 혁명이 시작된 참이었다.

인류는 이제까지 듣도 보도 못했던 전혀 새로운 상황과 맞닥뜨렸다. 20세기는 뚜렷한 족적을 남기고 있는 중이었다. 이제 겨우 열일곱 살이 된 20세기는 이미 심각한 수준의 불량배였다. 운동모자를 삐딱하게 이마에 얹은 채 입에는 담배꽁초를 물고 허리춤에 권총을 숨겨둔 깡패. 세계 대전으로 수백만 명이 목숨을 잃었는가 했더니 이번엔 모스크바에서 블라디보스토크에 이르는 광대한 지역에서 내란이 일어난 것이었다. 전쟁이 있는 곳에 기근과 각종 티푸스가 번지는 건 오히려 당연한 수순이라고 해야 하나. 예르생과 그가 이끄는 냐짱 사단은 여전히 저수조에 씨앗을 파종하여 기르고 토양의 성분을 다양하게 변화시키고 비료를 더하는 실험을 계속했다. 그들은 전국을 돌며 채굴 작업을 진행한 후 그 표본들을 연구소로 가져왔다. 그 결과 달랏 방향에 위치한 해발 1천 미터의 드란이 선택되었다. 이 모든 일을 추진하고 결과를 얻기까지는, 프롤레타리아의 낙원에 도달할 때까지만큼이나 길고 오랜 시간이 걸린다는 사실을 우리는 잘 안다. 그 후 냐짱에서 80킬로미터쯤 떨어진 드지링이 드란보다 한결 적합한 곳으로 판명된다. 어느 날 저녁 라디오에서는 11월 11일에 종전협정이 조인되었다는 소식이 흘러나온다. 그날은 머리를 관통한 총알 때문에 목숨을 잃은 시인 아폴리네르의 장례식 날이기도 했다. 나흘 후, 혼바의 샬레에서 예르생은 다시금 연구소 이름이 찍힌 편지지와 펜을 들었다. "나의 친애하는 칼메트, 4년이라는 긴 시간 동안 헤어져 있다가 이렇게 다시 연락을 할 수 있게 되어 얼마나 기쁘고 감격스러운지 모르겠습니다."

편지 왕래는 재개되었고, 전쟁에서 살아남은 생존자들은 민간인으로 되돌아왔다. 예르생은 식물 생물학 전문 연구원 앙드레 랑베르André Lambert를 채용했다. 랑베르는 킨키나협회에서 학자로서의 경력을 시작한 인물이었다. 15년 동안 변함없이 지속될 우정의 시작이었다. 두 사람은 마무리까지 완벽한 작업, 산악지대 탐험을 즐긴다는 공통점을 지니고 있었다. 두 사람은 연구를 재개했으며, 《응용 식물 학술지*Revue de botanique appliquée*》에 공동저자로 논문을 발표했다.

예르생은 인도차이나 파스퇴르 연구소의 운영을 훗날 처음으로 그의 전기를 쓰게 될 노엘 베르나르에게 맡겼다. 전쟁에서 돌아와 파스퇴르 연구소 운영이라는 중책을 맡게 된 그는 다음과 같은 말로 예르생에게 경의를 표했다. "아마 이 정도로 철저한 무사무욕을 보여주는 예는 거의 없을 것입니다. 그는 다른 사람들이 자유롭게 결정권을 행사할 수 있도록 스스로 뒷전으로 물러났습니다. 개인의 자유로운 결정권에 누구보다도 애착을 보였던 분이니까요." 예르생 본인은 키니네 연구에만 몰두하기로 했다. 높은 고원지대에 마련한 은둔처에서 예르생이 홀로 보내는 시간은 점점 늘어만 갔다. 그는 새장과 시암 고양이들에 둘러싸여 시간을 보냈다. 전쟁이 끝난 후, 루, 칼메트와 그의 편지 교환은 다시 시작되었다. 그 편지들은 우정 어린 안부와 동시에 학문적인 내용을 담고 있었으며, 때로는 일기장 구실도 했다. "죽은 실험실 조교는 '아무나'가 아니었습니다. 그는 안남 전(前)왕의 아들 중 한 명이었죠." 죽은 조교는 사고로 페스트에 감염되었다. 예르생은 모든 것이 자료실에 고스란히 보관되어야 한다고, 과학 발전을 위한 치열한 전쟁터에서 장렬하게 전사한 병정들이 사람들의 기억에서 잊혀서는 안 된다고 강조했다. "빈탐이라는 이름의 그 청년은 매우 개방적인 정신의 소유자였으며, 영리했습니다."

프랑스에서는 루와 칼메트에 뒤이어 새로운 세대의 파스퇴르 사단이 출현했다. 예르생은 모르는 자들이었다. 보르데Jules Bordet(1870~1961, 벨기에 출신 면역학자, 미생물학자. 1919년 노벨 생리학·의학상 수상—옮긴이)는 항체 관련 연구로 노벨상을 받았다. 훗날 셀린Céline이라는 필명으로 이름을 떨치게 될 루이페르디낭 데투슈

Louis-Ferdinand Destouches, 훗날 노벨상 수상자가 될 앙드레 루오프André Lwoff는 해초류를 연구하라는 임무를 안고 로스코프로 파견되었다. 예르생에게는 더 이상 여행을 감행할 용기가 없었다. 여객선은 여전히 느렸고, 시베리아 횡단철도는 붉은 군대의 손아귀에 들어간 상태였다. 게다가 옥수스호에 오른 첫 항해 이후 30년 넘는 세월이 흐른지라 그의 열정이 식은 것도 사실이었다. "바다를 가로지르는 기나긴 항해는 끔찍할 정도로 단조롭습니다. 단체 비행기 여행을 조직할 수만 있다면!" 예르생, 그는 10년 정도 앞서서 에어 프랑스사를 차렸어야 했을 사람이었다.

결국 파스퇴르 연구소 측의 요청에 따라 그는 배에 한 자리를 예약했다. "나한테 그래도 제일 어울리는 배 포르토스Porthos호는 사이공에서 11월 30일에 출발합니다. 그러면 신년 파티 무렵 파리에 도착하게 될 텐데, 그건 상당히 따분한 노릇이죠. 모든 것이 다 닫혀 있을 테고, 따라서 난 시간을 낭비하게 될 테니까요! 지난번처럼 뤼테시아 호텔에 묵겠습니다. 루 씨가 원한다면 기꺼이 그와 수다도 떨며 회포나 풀죠."

출발에 앞서 그는 냐짱에서 수의사 한 명을 맞이한다. 루의 강의를 들은 제자 중 하나인 앙리 자코토Henri Jacotot는 실험실 조교 및 위생 감독관 연수를 방금 끝낸 터였다. 농장과 목축지는 확장을 거듭하는 중이었다. 선박에 가해지던 폭격이 멈춘 이후, 예르생은 살균 처리된 우유 생산 증대를 위해 켈란탄 혹은 비제 종의 양들과 브르타뉴 지방 암소, 사부아 지방 수소 등을 수입했다. 허옇게 수염을 기르고 긴 막대기를 손에 쥔 늙은 목동 에르생은 양 3천 두를 이끄는 책임자였다. 고무와 키니네 덕분에 흑자로 돌아선 이후 '에르생, 루 & 칼메트'가 투자한 회사는 1프랑이라는 상징적인 금액으로 파스퇴르 연구소로 양도되어 연구 경비를 제공하게 되었다. 그래도 개간 사업은 계속 진행되었다. 동물들을 먹여야 하니까. 초지엔 독보리, 토끼풀, 개밀 등을 파종했다.

그러니 파스퇴르 사단의 동료 니콜Charles Nicolle(1866~1936, 프랑스의 의사, 미생물학자. 1928년 노벨 생리학 · 의학상 수상—옮긴이)이 티푸스의 전파에 관한 연구로 노벨상을 받을 때, 에르생은 농업진흥청 같은 곳에서 수여하는 훈장 여러 개는 너끈히 받아 마땅했다.

보지라르 가에서

진정한 겨울이었다. 그가 혼바에서 이 일 저 일 하며 로잔의 겨울이라고 애써 믿으려 했던 무늬뿐인 겨울이 아니라 진짜 겨울 말이다. 정말이지 추웠다. 사람들이 다니는 거리엔 소금이 뿌려졌다. 예순이 넘은 예르생은 검은색 외투를 단단히 여미고 모자를 내려쓴 다음 마스크로 얼굴도 가렸다. 유럽을 찾지 않았던 지난 7년 동안 그는 이렇게 차려입은 적도, 장갑을 낀 적도 없었다.

그는 하얀 입김이 만들어내는 작은 구름을 앞세운 채 파리 시내에서 천천히 발걸음을 옮겼다. 오랫동안 잊고 있었던 추위를 경험하니 호숫가에서 보낸 어린 시절이 떠올랐다. 슬며시 미소를 지으며 그는 빠른 속도로 그의 앞을 미끄러지듯 달려가는 택시들의 물결 앞에서 길을 건널 것인지 말 것인지 잠시 주저했다. 차가운 공기를 가르며 배기가스가 만들어내는 하얀 구름이 택시 뒤를 바쁘게 따라갔다. 예르생은 그의 친구 세르폴레가 쓸어 담을 수도 있었을 엄청나게 많은 돈을 생각했다. 그는 또한 타이어에도 눈길이 갔다. 몇몇 타이어는 수오이자오에서 생산된 고무로 제작된 것들이었다. 잎사귀를 떨군 나무들에서는 성탄 장식들이 반짝였다. 예르생은 라디오를 통해서 지난 전쟁이 낳은 대참극이 광적인 근대화의 물결로 이어지고 있다는 소식을 접했다. 흔히들 '미친 시대'라고 부르던 바로 그 1920년대. 대형 철제 탑은 조명으로 빛났다. 예르생은 문득 그 탑이 건축되어가는 과정을 관심 있게 지켜보았던 지난 날을 추억했다. 또 그가 파리에 도착한 지 4년 만에 맞게 된 그 탑의 준공식도 떠올렸다. 그가 루의 미생물학 강의를 물려받았던 바로 그 여름. 마침 프랑스 대혁명 1백 주년을 기념하던 해이기도 했다. 파리에서는 냐짱에 있을 때보다 그의 양 어깨에 걸린 역사의 무게, 아니 역사까지는 몰라도 적어도 그의 삶의 무게를 훨씬 잘 느낄 수 있었다. 그는 이제 마르부르크와 파리에서 각각 처음으로 만난 비간트 교수와 파스퇴르의 나이가 되었다. 예르생은 예전에 혁명과 불화의 광장으로 불렸던 콩코르드Concorde(프랑스어로 화합, 조화를 의미하는 말—옮긴이) 광장을 따라 걷다가 메지스리 강변으로 동물들을 보러 갔다. 너무 추웠다. 동물들의 우리는 실외에 있지 않고 따뜻한 실내에 있었다.

동물용 백신과 고무, 키니네 등으로 벌어들이는 수입이 하나로 합쳐진 이후 그와 파스퇴르 연구소 사이에 구별이 없어졌다고는 하지만, 그래도 예르생은 돈이 많은 부자였다. 그렇지만 돈 한 푼을 허투루 쓰지 않았다. 빌모랭에서 그는 종자와 구근들을 구입했다. 아룸, 베고니아, 수탉 벼슬 같은 맨드라미, 페튜니아, 시클라멘, 백일홍, 달리아, 스페인 금작화, 붉은 양귀비 등이었다. 그는 한 묶음은 선박회사의 마르세유항 연락 사무실로, 다른 한 묶음은 스위스로 각각 보내면서 누이에게 보내는 꽃다발도 잊지 않았다. 산책을 마친 예르생은 호텔로 돌아왔다. 뤼테시아 호텔의 새로운 단골 투숙객들은 그에겐 전혀 낯선 얼굴들이었다. 그중에는 한창 주가를 올리는 작가도 더러 포함되어 있었다. 콩고 여행 중이 아닐 때면 앙드레 지드가 그곳 단골이었고, 블레즈 상드라르도 브라질 여행 중이 아니라면 뤼테시아에서 만날 수 있었다. 호텔 승강기 담당 직원으로 있던 두 사람은 모두 총상 또는 폭격으로 얼굴이 무참하게 일그러지거나 팔다리가 잘려나간 상이용사들로 가슴에 훈장을 달고 근무했다. 지난 7년 동안 예르생은 파리를 찾지 않았다. 7년 동안 소중한 사람들의 얼굴을 보지 못했다. 프랑스의 칼메트와 루, 스위스의 에밀리 등. 그러기엔 7년은 너무 긴 시간이었다. 그래서인지 길을 잃은 사람 같은 기분이었다.

아침이면 그는 호텔 앞으로 난 길을 가로질러 세브르-바빌론 지하철역 계단을 내려가 1등석 표를 한 장 구입한 다음 사람들이 습관적으로 남북선이라고 부르는 12번 선에 올랐다. 파스퇴르 연구소까지 직통이었다. "나는 지하철을 자주 이용하는데 그 소란스러움이란 말로 표현하기 어렵습니다. 거리엔 다수의 군중들이 파도처럼 끊임없이 밀려듭니다. 파스퇴르 연구소가 자리한 동네엔 유동인구가 훨씬 적어 마치 시골에 온 것 같습니다." 그는 그 거리, 그러니까 좀 한가하고 평화로운 곳에서 산책하기를 즐겼다. 뒤토 가, 볼롱테르 가, 그리고 그 길들을 대각선으로 가로지르거나 그 길과 평행하게 달리는 마튀랭 레니에 가, 플뤼메 가 또는 블로메 가 등이 그가 애용하는 산책 코스였다. 보지라르 읍은 제2제정 시대, 그러니까 1860년에 파리 시로 편입되었다. 그 해는 무오가 앙코르의 사원들을 발견하고, 파스퇴르가 메르드글라스를 탐사한 해이기도 하다. 그로부터 25년 후, 국제적인 모금 활동 덕분에 원예용으로 사용되던 땅 몇 헥타르를 사들였으며, 그 결과 마침내 배추밭에 파스퇴르 연구소가 들어서게 된 것이었다.

1920년대 중반 무렵, 청결하게 소독된 하얀 실험대, 소독된 주사기, 현미경들로부터 불과 몇 발자국 떨어지지 않은 곳에, 질서와 청결을 최우선으로 삼는 실험실과 찬란한 황금빛으로 장식된 검은 대리석의 비잔틴 양식 지하 납골당 가까이에, 발 네그르 카바레를 중심으로 하는 지역에 예술가들의 작업실이 들어섰다. 인근 오두막들과 공장들이 그렇게 변신한 것이었다. 전쟁 동안 버려졌다가 전후 도심을 벗어난 외곽 지역 넓은 땅으로 이사 간 공장(전쟁으로 장정들 대부분이 목숨을 잃자 일손 부족에 시달리던 제조업자들은 북아프리카 출신 노동자들을 대거 받아들였다) 자리에 정착한 이들은 뤼테시아 같은 호사스러운 호텔엔 아직 발을 들여놓을 여유가 없던, 아니 앞으로도 절대 그럴 일이 없을 가난한 예술가들이었다. 미친 소를 잡아먹은 외지인 예술가들. 문학이니 그림이니 하는 쓰잘 데 없는 분야에 매달린 자들. 블로메 가의 패거리들. 마송, 레리, 데스노스, 미로 같은 이들, 짧은 재킷을 걸치고 2등석 열차에서 내리던 이들 젊은이들은 분명 볼롱테르 역에서 검은 외투를 입은 노인을 스쳤을 것이다. "볼롱테르 역과 유명한 그 역의 입구를 보면 나는 항상 나에게 그토록 지대한 영향을 준 위대한 가우디를 떠올렸다"고, 그 역시 훗날 세계가 주목하는 예술가가 된 카탈루냐 지방 출신 미로가 말했다.

미래의 전기 작가 유령, 두더지 가죽으로 된 수첩을 손에 쥐고서 그림자처럼 예르생을 따라다니는 그 작가도 냐짱에서 파리에 도착한 이후 두 발이 꽁꽁 언 채 산책길에 동행한다. 플뤼메 가에선 정말이지 너무나 추운 나머지 두 사람은 셀렉트 카페 문을 밀고 안으로 들어간다. 모르긴 해도 1920년대부터 지금까지 줄곧 실내장식을 그대로 유지해온 것이 분명한, 시간을 초월한 듯한 카페 셀렉트에서 두 사람은 커피를 주문한다.

미래의 전기 작가 유령은 로베르 데스노스Robert Desnos(1900~1945, 프랑스의 초현실주의 시인. 나치 점령 치하에서 레지스탕으로 활약하다 수용소로 끌려갔으며, 종전 직후 티푸스로 사망—옮긴이)의 몇몇 문장을 수첩에 옮겨 적어두었다가 예르생에게 내민다. "어느 날 오후 블로메 가에서 어슬렁거리는 산책자라면 발 네그르에서 멀지 않은 곳에 쓰러져가는 커다란 건물 한 채를 볼 수 있다. 그곳엔 풀이 무성하다. 이웃한 집의 소사나무들이 벽 너머로 가지를 뻗고, 마차가 드나드는 문 뒤로는 강건하게 생긴 나무 한 그루가 보인다. 바로 내가 오랫동안 살았던 블로메 가 45번지 집이다. 한때 내 친구였던 이들, 지금도 여전히 친구로 남아 있는 이들 가운데 적어도 한두 명은 그 집에 놀러왔던 기억을 간직하고 있을 것이다." 그가 말하는 친구들은 또 다른 무리로, 아르토, 바타유, 브르통 같은 이들이었다. 앞에서 잠깐 언급한, 그 역시 훗날 세계가 주목하는 예술가가 된 카탈루냐 지방 출신 화가가 말했듯이, 사람은 일단 유명해지고 나면 유명하지 않았던 자신의 지난 날을 회상하곤 한다. "그땐 참 많이도 마셨다. 고급 브랜드에 물을 타서 마시거나 밀감주 퀴라소를 마시던 시기였다. 친구들은 초현실주의자들의 본거지인 몽마르트르와 지진아들이 주름잡던 몽파르나스를 이어주는 그 유명한 지하철, 일명 남북선을 타고 속속 모여들었다."

예르생은 어깨를 한 번 으쓱한 다음 다시 외투를 걸치고 모자를 눌러쓴다. 오늘날엔 유치원과 파리 15구 공놀이협회가 예술가들의 작업실 자리를 물려받았다. 그곳엔 카탈루냐 출신 예술가 미로가 부헨발트 수용소로 끌려가 테레지엔슈타트에서 티푸스로 죽은 데스노스를 기리기 위해 만든 조각 작품 〈달의 새L'Oiseau lunaire〉가 놓여 있다. 미래의 전기 작가 유령은 검은 외투로 몸을 꽁꽁 싸맨 예르생의 실루엣이 저만치 멀어져가는 광경을 물끄러미 지켜본다. 예르생은 뒤토 가를 거슬러 올라가 경비실의 조제프 메스테르에게 인사를 건넨다. 루, 예르생이 발견한 균의 박테리오파지(이 고약한 미생물들은 자기들끼리 서로 잡아먹는다)를 연구하는 외젠 볼만Eugène Wollman 등과 학술적인 문제를 놓고 토론을 벌인 다음 예르생은 기분 좋을 정도로 난방이 된 칼메트의 집무실로 간다. "칼메트의 집무실에 놓인 테이블 한 구석에서 나는 편지를 썼습니다."

떠나기 전에 예르생은 그의 오랜 친구 두메르와 점심을 먹는다.

두메르는 여전히 정치에 배고픈 상태였다. 그의 아들들 가운데 넷이 전쟁터에서 목숨을 잃었다. 그는 얼마 전 좌파 연합에 합류했으며, 또다시 아리스티드 브리앙 정부에서 재정 장관 자리에 올랐다. 무엇이 그를 기다리고 있는지 알았더라면 그는 아마도 정원이나 가꾸면서, 이따금씩 빌모랭에서 종자를 구입하며 사는 편을 택했을지도 모른다. 그것도 아니면 그가 세운 달랏의 랑비안 팰리스에 와서 편안한 여생을 즐겼을 수도 있다.

키니네 순화 사업으로 예르생은 상업지리학회가 수여하는 상을 받았다. 칼메트가 과학 한림원 회원으로 선출된 걸 생각하면 소박하고 보잘것없는 상에 불과할지도 모른다. 예르생은 사람들의 기억에서 잊혀갔다. 그는 이미 지난 세기의 인물이었다. 그가 페스트를 정복한 건 벌써 30년 전 일이었다.

예르시니아 페스티스.

기계 공작용 도구

과학과 사상에서의 시간은 벽시계나 달력의 시간이 아니다. 예르생은 역사와 단절된 채 살았다. 그는 계몽시대가 낳은 백과사전파의 일원이었다. 그보다 앞서 라콩다민은 기분 내키는 대로 지리, 식물, 물리학, 수학, 의학, 화학 등에 관한 책을 썼다. 파스퇴르처럼 그도 과학 한림원 회원인 동시에 프랑스어 한림원의 회원이었다. 하지만 볼테르와 친분이 두터웠던 라콩다민은 말하자면 대문자로 쓰는 백과사전파의 일원으로 디드로, 달랑베르 등과 협업했다. 반면, 필요하다고 생각하면 무엇에나 손을 대는 예르생은 열대 농업 전문가, 세균학자, 민속학자, 사진사였다. 그는 미생물학과 식물학 분야에서는 최고 수준의 논문들을 남겼다. 그는 늘 다른 생각을 품고 있었다. 기적처럼 찾아온 평화로 오랜 친구들을 되찾은 그는 여유로운 시간이면 옥상 위에 등나무 의자를 내놓고 앉아 망원경으로 하늘을 들여다보았다.

그는 의학 연구는 노엘 베르나르에게, 수의학 관련 연구는 앙리 자코토에게, 키나나무 연구는 앙드레 랑베르에게, 그리고 이 모든 연구에 필요한 물자 조달과 화계 업무는《주르날 드 하이퐁*Journal de Haiphong*》의 기자였던 아나톨 갈루아Anatole Gallois에게 맡겼다. 말하자면 예르생 사단이 꾸려진 것이었다. 동물에 관한 이야기라면 더 이상 듣고 싶지 않았던 예르생은 온전히 기상학에만 전념했다. 그는 파리에서 구입한 불프Wulf 2선식 전위계도 가져왔다. 그는 대형 연을 제작하도록 해서 이를 철 케이블로 권양기에 연결했다. 그가 연들을 고도 1천 미터의 구름 속으로 날려 보내자 마을 아이들은 좋아라 환호했다. 그는 대기 중의 전기를 측량하고 소나기와 태풍을 예측하고 싶어 했다. 칼메트와 루는 예르생의 침묵에 우려를 나타냈다. "나는 기후 관측을 위해 연들을 날리고 있습니다."

중세의 페스트와 마찬가지로 대기 현상은 대량 살육을 낳는 전염병이었다. 가뭄이나 결빙, 갑작스러운 우박이나 태풍은 기근과 전쟁을 낳기 십상이었다. 이 고장에서는 갑작스러운 토네이도 때문에 실종되는 어부들이 많았다. 믿을 만한 기후 예측이 가능하다면 이 또한 평화와 번영을 위한 기여라 할 수 있었다.

예르생은 천문학에 푹 빠진 해군 소속의 수로 측량 기사인 피쇼Fichot를 냐짱 사단에 합류하도록 설득했다. 네모반듯한 대저택엔 테라스로 꾸며진 지붕으로 올라가는 계단이 있었다. 둥글게 만든 돔 천장 내부엔 예나의 칼 자이스에 주문해서 배달받은 천체 망원경과 분광 자오의도 설치되어 있었다. 매일 밤 그들은 하늘을 관찰했다. 예르생은 대수를 연구하면서 관찰 내용을 수학적으로 발전시켜나갔다. 참고 도서들도 주문했다. 그는 그가 세운 왕국의 위쪽에 자리한 한 조각의 하늘이 그의 왕국에 병합되기를 소망했다. 하늘과 더불어 별들과 혜성들까지도. 그는 케플러와 튀코 브라헤Tycho Brahe(1546~1601, 덴마크의 천문학자로 카시오페이아 자리에서 신성을 발견한 이후 국왕으로부터 재능을 인정받아 여러 개의 천문대를 세웠음—옮긴이)를 꿈꾸었으며, 동시에 그 두 인물이 되고 싶어 했다. 다시 말해서 관찰하는 사람, 계산하는 사람이 되고자 했다. 대지에서도 천체에서도. 그는 가끔 인간들이 본다고 믿었던 것을 보았다. 언젠가 사람들이 그를 베르메르가 그린 천문학자와 혼동하거나 말거나. 박물관마저 그의 이름을 그림 장식에 박거나 말거나. 현미경에서 망원경으로 옮아가면서 예르생은 무한대와 무한소의 지리적 거리가 놀라울 정도로 가깝다는 사실을 깨닫는다. 그 둘, 즉 무한대와 무한소 사이에서 해파리처럼 부유하는 우리 인간들. 하지만 그는 늘 두 발을 굳건히 땅에 붙이고서 수첩을 채워나가고, 수학 이론을 파고들며, 그의 천체 관찰 기록과 그에 대한 자신만의 해석을 상대성의 선각자 앙리 푸앵카레Henri Poincaré가 창간한 천문학 관련 학술지 《빌르탱 아스트로노미크*Bulletin astronomique*》에 기고했다. 예르생의 계몽주의는 꺼질 줄을 몰랐다.

노벨 의학상이 안 된다면 노벨 물리학상 정도는 안 될 것도 없지 않은가.

그러던 중 지붕에 균열이 가기 시작했다. 무거운 무게를 견디지 못했기 때문이다. 그러니 이제 천문학은 그것으로 끝이었다. 다시 한 번 에르생은 다른 걸 생각해냈다. 장비를 모두 분해해서 그것들을 안뜰에 정리했다. 이제 그 장비들은 벌써 오래전부터 조그라프에 싫증이 난 동네 아이들 몫이었다. 솔직히 조그라프는 따분하기 짝이 없는 장난감이 아니었던가. 나이를 먹으면서 에르생은 점점 더 아이들을 좋아했다. 그는 동네 아이들을 세르폴레 증기 카누에 태우고 해안 인근 섬으로 낚시를 다녔다. 그가 파리에서 가져온 영사기로 다큐멘터리, 채플린 영화를 보여주면 아이들은 깔깔대고 웃는다. 또 보여주세요. 그리고 대형 연까지 아이들에게 물려준다. 정말이지 아이들은 지칠 줄 모르는 에너지를 가졌다. 그런데 이제 그 정도면 충분하다. 에르생은 벌써 다른 생각으로 넘어간다. 자, 이제 모두들 집 밖으로 나가줘야겠구나.

그는 집안에 냐짱에서 수오이자오, 혼바를 무선으로 연결하는 전신망을 설치했다. 세 군데 기지국엔 각각 통신 장교 한 명이 상주하면서 송신기와 수신기를 연결하는 임무를 도맡았으며, 에르생을 비롯하여 그의 사단 일원들에게 사용법을 가르쳤다. 그 후 서로 소식을 교환하고 기상 예측 내용을 전하는 일이 가능해졌다. 저마다 번갈아가면서 머리에 수신기를 썼다. "불행히도 우리는 유럽과 아메리카의 다양한 방송국이 내보내는 음악회 실황을 듣기엔 너무 멀리 떨어져 있습니다." 에르생은 기술 교과서를 파고들던 중 칼메트에게 편지를 썼다. "내가 개인적으로 세우려는 발전 설비가 조금씩이나마 진행되어가고 있어 매우 기쁩니다. 나는 보르도 라디오 방송국이 내보내는 방송 내용을 테이프에 녹음하는 데에도 성공했습니다. 이 계절엔 공전(空電) 현상이 강하기 때문에 아직 완벽하지는 않습니다만, 넘어서야 할 어려움이 없다면 즐거움도 없지 않겠습니까."

이런 대목에서 어리석은 자는 서둘러 깃발을 꽂을 것이다. 그는 스스로를 우두머리로 여기며 용병을 모집하고 우두머리를 칭송하는 찬가를 지어내라고 주문할 것이며 자기 함대의 깃발을 높이 올리고 자기 왕국의 화폐를 찍어낼 것이다. 윌리엄 워커William Walker(1824~1860, 미국의 법률가, 언론인으로 라틴 아메리카에 영어를 사용하는 식민지를 세우겠노라고 여러 차례에 걸쳐 불법 원정을 실시. 실제로 니카라과 공화국을 통치하기도 했으나 결국 온두라스 정부에 의해 처형되었음—옮긴이)와 그가 세운 하루살이 저지(低地) 캘리포니아-소노라 공화국, 마이레나와 그의 세당 왕국을 보라. 제임스 브룩James Brooke(1803~1868, 영국 출신 모험가로 말레이 반도에 사라왁 술탄국을 건립하여 최초의 백인 국왕에 등극—옮긴이)과 그의 사라왁 술탄국도 마찬가지이다. 연단과 마이크 하나. 제복과 검은 안경. 국가 원수, 황제, 호칭이야 어찌되었든 한 명의 지도자. 헐리우드 출신 부인이 곁에 있어서 나쁠 것도 없을 것이다. 그의 왕국이 모나코보다는 훨씬 컸으니까.

라디오를 통해 말을 한다는 건 꽤나 근사한 일이다. 그렇지만 냐짱에서 수오이자오로, 수오이자오에서 혼바로 가는 길은 여전히 몇 시간씩 카누를 타고 내려 말로 바꿔 타고 씨를 뿌린 다음 수확물을 실어가는 똑같은 여정을 반복해야 했다. 예르생은 "영향력이 미치는" 산악지대까지 포함하여 자신의 영지가 2만 헥타르 정도는 되리라고 추산했다. 물론 하늘 면적은 빠진 수치다. 과학 한림원이 기발한 몇 가지 발견을 치하하기 위해 그에게 상을 수여하자, 그는 그때 받은 상금으로 총 연장 길이가 30킬로미터에 달하는 도로를 건설하기로 마음먹는다. 그러니까 이번엔 토목기사로 변신하려는 것이었다. "이 공사의 시행을 업자들에게 맡기는 대신 나는 안남 출신 일꾼들의 도움을 받아 나 스스로 해결해볼까 합니다. 나는 이 도로의 경사가 10도 정도로 유지되도록 할 작정입니다." 때로는 폭약으로 바위를 깨뜨려야 했다. "깨진 조각들은 우리가 돌만 사용해서 쌓는 축대 사이사이를 성토하는 데 쓰일 것입니다." 그는 다음과 같은 말로 루에게 보내는 편지를 마무리했다. "이렇게 하면 건설비용도 적게 들고, 쿨리들에게 임금도 주지 않는 중간업자들 배를 불리는 대신, 우리 일꾼들에게 득이 될 겁니다. 설계를 위해서 나는 영국에서 만들어진 대단히 편리한 건설도구를 사용합니다. 임프루버 로드 트레이서Improver Road Tracer라는 이름을 가진 도구죠."

이 도로 덕분에 대용량 발전장치가 샬레까지 운반되어왔고, 따라서 샬레엔 조명 장치가 설치되어 앵무새들을 놀라게 했다. 또한 구획된 토지와 장미나무에 물을 주는 급수장치도 가동할 수 있게 되었다. 예르생은 프랑스에 시트로앵사에서 만든 무한궤도 자동차를 한 대 주문했다. "사하라 사막을 횡단한 것과 똑같은" 자동차라야 한다는 말도 덧붙였다. 전혀 그런 티를 내지 않으면서, 또 그것이 그가 추구하던 목표도 아니었지만, 고무와 키니네의 제왕은 엄청난 수익을 올리고 있었다. 금욕수도사 예르생은 어쩌다보니 혼자 힘으로 제국 안에 또 하나의 제국을 건설하고 있었던 것이다.

그래도 만일 노벨상 수상자로 지명되었다면 그는 상금으로 작은 공항을 건설하는 일도 마다하지 않았을 것이다.

키니네 제왕

열다섯 살이 된 키나나무는 왕성하게 생산할 나이였다. 20세기는 이제 서른 살로 접어들었으며 예르생은 예순일곱 살이었다. 해마다 키니네가 수 톤씩 생산되었다. 고무와 마찬가지로 키니네 역시 기후적 · 동물학적 여건에 따라 수확량이 달라졌다. "요즘 수오이자오에서는 대규모 야생 코끼리 떼 때문에 큰 피해를 보고 있습니다. 녀석들은 도로를 망가뜨리고 통신선까지 파괴하고 있습니다."

1930년, 여러 번씩 이름을 바꾸었다가 그 무렵엔 호찌민이라는 이름으로 활동하던 거의 무명의 혁명가가 비밀리에 인도차이나 공산당을 결성했다. 호찌민은 10년 전에 프랑스 투르에서 열린 프랑스 공산당 창당식에도 참석했다. 그는 프랑스 유학 시절엔 응우옌아이꾸옥이라는 이름으로 활동했으며, 런던과 르아브르에서도 살았다. 그는 여러 여객선에서 요리사 노릇도 했으므로, 제법 여러 차례 항해를 한 예르생이 어쩌면 그를 만났을 가능성도 배제할 수 없다. 그 시절에 이미 호찌민은 그의 트레이드마크인 대나무 같은 날씬함과 환한 미소를 지니고 있었다. 하지만 트로츠키 식의 염소수염은 아직 기르지 않은 모습이었다. 예르생은 평생 단 한 번도 혁명가들이 입에 달고 사는 상투적인 소리 따윈 믿은 적이 없었다. 꿈을 실현하기 위해 사람들을 죽이다니. 투르의 전당대회보다 50년 앞서서 「공산주의 헌법 초안Projet de constitution communiste」이라는 시를 쓴 젊은 랭보와는 달라도 아주 많이 달랐다. 랭보에겐 사후에라도 공산당의 1호 당원 카드를 증정해야 마땅하지 않았을까. 1930년에 두메르는 상원 의장직을 맡고 있었다. 사회적 배신자라고나 해야 하나. 사이공 파스퇴르 연구소 소장 보에즈Boëz는 사고로 장티푸스에 감염되었다. 달랏에서 영면에 들어간 보에즈는 인도차이나 파스퇴르 연구소 문헌자료실을 차지하고 있는 세균과의 전쟁 참전용사 대열에 합류했다.

이듬해, 파리에서는 식민지 박람회가 열렸다. 나이 든 리요테가 행사 후원자로 나섰다. 뱅센 숲에 앙코르와트 사원 모형이 들어섰다. 예르생과 랑베르는 몸소 행사장을 찾지는 않았지만, 이 행사에 맞춰 키니네 나무재배에 관한 브로슈어를 제작했다. 브로슈어는 이를테면 실용성을 추구하는 시에 가까운 스타일로 만들었다. "거의 용해되지 않는 인산, 즉 통킹 지역 인광석의 작용은 명백하지 않다. 알자스 소금 형태의 가성 칼륨은 아주 미미하게 작용할 뿐이며, 석회는, 토양에 석회분이 거의 들어 있지 않음에도 불구하고, 긍정적으로 작용한 것 같아 보이지 않는다. 시안아미드와 질산석회는 눈에 띄게 해가 되었다. 여러 그루가 상했고, 상하지 않은 나머지 나무들 가운데 여러 그루는 이 성분을 투여하지 않은 다른 나무들에 비해 성장이 더뎠다." 예르생의 전기라고 해도 될 법한 상드라르의 시(「공 탐탐 잔지바르 정글 짐승 x선 에스프레소 커피 수술용 메스Gong tam-tam zanzibar bête de la jungle rayons-x express bistouri」)만큼이나 예리하지 않은가.

얼마 지나지 않아 랑베르가 마흔여섯 살의 나이로 세상을 떠났다. 예르생 주변에선 줄줄이 죽는 사람이 생겼다. 그는 고인이 된 친구 랑베르의 약력을 써서 자료실에 올렸다. 우정이란 역설적이게도 합리적이면서 정념으로 흐르지 않는 유일한 감정이다. 예르생은 "함께 일하는 동료이자 친구의 뛰어난 역량에 끌렸던" 사실을 회상하며 그 때문에 괴로워했다. 그가 그리는 친구의 초상이란 언제나 그의 자화상이었다. 우리는 거울을 통해 보고 싶은 덕목을 늘 친구에게 투영하곤 한다. "기개도 책임감도 갖춘 그 친구는 우정에 있어서도 분별력을 발휘했다. 하지만 일단 마음을 주기로 정하면, 언제까지고 정직함과 변함없는 단호함으로, 어떠한 헌신도 기꺼이 받아들일 정도로 그 우정에 충실했다."

따지고 보면, 페스트 백신 제조의 성공 여부와 상관없이, 친구의 죽음을 막을 백신 같은 건 절대 만들 수 없으며, 그러니 페스트 백신을 만들었느냐 만들지 못했느냐 따위는 다소 부질없다는 느낌을 떨쳐버릴 수 없다. 누구에게나 귀감이 될 만한 성공이 분명 있다고 믿을 순 있지만, 사실 그런 건 없을 수도 있다. 어린 시절부터 그의 이성을 둘러싼 칸막이는 정념을 통과시키지 않을 만큼 견고했다. 녹슬지 않는 강철. 원자로의 심장은 절대로 주변의 차폐 구역으로 흘러들어가지 않는다. 만일 아주 작은 균열이라도 생기면 그건 곧 재앙이다. 폭발, 소멸, 함몰, 우울. 아니, 어쩌면 그보다 더 고약한 빌어먹을 문학이나 회화가 될 수도 있다. 과학적으로 독창적인 생각들이라. 밸브에 얼마간의 압력이 가해지면 빙글빙글 회전하다가 어쩌다 한 번씩 아무 방향으로나 튀어나가는 생각들이 모든 분야에서 새로운 것을 발명해낸다. 아마도 예르생은 자신의 명성이나 포스터의 제일 잘 보이는 윗자리 따위엔 거의 개의치 않았을 것이다. 그는 어쩌면 쓸데없는 일이었기 때문에 이 모든 일을 했을지도 모른다.

이제 우리는 다음번 세계 대전을 앞두고 미끄럼틀의 제일 위까지 올라간다. 내려가는 일만 남았다는 말이다. 예르생은 그것이 상당히 미래주의적 시라는 걸 그 자신도 모르는 채 "인도차이나의 공중전기에 관한 몇 가지 관찰 기록Quelques observations d'électricité atmosphérique en Indochine" 같은 논문을 프랑스로 보낸다. 과학 한림원은 이 글을 발표한다. 두메르는 공화국 대통령에 선출된다. 예르생은 현실과 점점 더 거리를 두면서 혼바에서의 고도를 높여간다. 세계는 그의 등 뒤에서 급격하게 변하는 중이다. 그러거나 말거나, 그는 그런 일엔 전혀 흥미를 보이지 않는다. 역사니 정치니 하는 구질스러운 것들, 예르생은 이런 것들을 언제까지고 무시할 수 있을 거라고 믿는다. 예르생은 그의 작품들을 읽기만 했다면 분명 보들레르 식 개인주의

편에 섰을 것이다. 보들레르에 따르면, 오직 개인의 내부에서만 개인에 의해 진정한 진보가 이루어질 수 있다. 예르생은 고독한 사람이었다. 그가 보기에 군중들 틈에서 위대한 것이 태어난 적은 이제껏 단 한 번도 없었다. 그는 집단을 증오했다. 집단 속에서 지적 능력은 그 집단을 구성하는 구성원의 숫자에 반비례한다. 천재란 항상 고독한 법이다. 남의 충고, 조언은 그저 짚신벌레 정도의 통찰력 수준에서 햄스터 정도의 명석함에 도달하게 할 뿐이다.

어느 날 저녁, 라디오에서 두메르가 러시아 출신 의사 파벨 고르굴로프가 쏜 총에 살해되었다는 소식이 흘러나온다. 오늘날까지도 그자가 정신이상자였는지 극우분자였는지는 명확하게 밝혀지지 않았다.

두메르는 문필가들의 친구였으며, 피에르 로티 같은 이는 그의 작품 『앙코르의 순례자*Pèlerin d'Angkor*』를 두메르에게 헌정하기도 했다. 암살당하던 날, 두메르는 로티의 친구이자 로티처럼 보스포루스해에서 선원으로 근무했던 파레르, 아카데미 프랑세즈 회원으로 사이공을 무대로 하는 작품 『문명인*Les Civilisés*』으로 전쟁 발발 전에 공쿠르 상을 수상한 작가 클로드 파레르Claude Farrère(1876~1957)와 함께 있었다. 파레르도 이 사건으로 복부에 총상을 입었으나, 중상이 아니라 곧 회복되었다고 라디오는 전했다. 두메르와 예르생이 함께 랑비안 고원까지 등산을 하고, 그곳에 달랏을 세운 건 까마득한 옛일이 되고 말았다. 두 사람이 같이 사이공에서 프놈펜까지 메콩 강을 거슬러 올라간 것도 역시 아주 오래전 일이다. 모르주 출신 고아와 오리야크 출신 고아.

50년 전, 오리야크에서 양을 치는 목축업자들은 그들에게서 탄저병의 두려움을 없애준 파스퇴르를 초대해 감사를 표했다. 그들은 파스퇴르에게 현미경과 주사기의 상징을 새겨넣은 대형 트로피를 전달했다. 무성하게 자란 플라타너스 그늘 아래 도열한 악대, 그리고 농업공진회에서 상을 받은 몇 마리의 양들 앞에서 오리야크의 시장은 축사를 시작했다. 검은 프록코트에 나비넥타이를 맨 파란 눈의 파스퇴르를 향해 시장은 말했다. "우리 오리야크는 아주 작습니다. 선생께서는 이곳에서 대도시에 사는 머리 좋고 똑똑한 주민들이라고는 만나보실 수 없을 겁니다. 하지만 선생의 선행을 뼈저리게 느끼고 그것을 오래도록 추억할 정도의 마음과 지적능력 정도를 갖춘 사람들이라면 얼마든지 만나실 수 있습니다." 그때 그곳에 모인 많지 않은 사람들 중에는 젊은 수학 선생님 두메르도 끼어 있었다. 시장의 말대로 그는 그날의 추억을 고이 간직해오다가 급기야 그로부터 20년 후에 하노이에 대단위 요양 시설을 지었고, 그 책임자로 파스퇴르 사단 출신 예르생을 앉혔다.

두메르가 암살당한 1932년에 스위스에서는 즐비하게 늘어선 닭장 가운데에서 에밀리가 세상을 떠났다. 남매의 편지 왕래도 그것으로 끝이었다. 같은 해, 의사로 파스퇴르 연구원이 되었다가 결국 파스퇴르를 배신하고 작가, 그것도 소설가가 된 인물이 『밤으로의 긴 여로*Voyage au bout de la nuit*』를 발표했다.

알렉상드르와 루이

열여덟 살이 되던 해, 슈아죌 소로(小路)에서 레이스 가게를 하던 어머니에게서 태어난 아들은 3년 계약을 맺고 군에 입대한다. 랑부예에 주둔 중인 제12기갑연대에 배속받은 그는 하사관이라는 소박한 계급장을 달 때까지 군인 생활을 계속했다. 물론 잠자리와 식사를 해결하기 위한 방편이었지만, 입대는 어느 모로 보나 썩 좋은 생각은 아니었다. 곧 1914년이 되어 제1차 세계 대전이 터졌으니까. 스무 살에 그는 무공 훈장을 받은 75퍼센트 상이용사(70퍼센트 상이용사라는 설도 있음—옮긴이)가 되었다. 덕분에 그의 사진이 주간 화보지 《릴뤼스트라시옹*L'Illustration*》의 표지를 장식하기도 했다. 어쨌거나 그는 참혹했던 베르됭 전투만큼은 피할 수 있었다. 영국을 좋아했던 전쟁 영웅은 영국으로 파병되었다. 그곳에서 독일군이 철수한 카메룬으로 보내진 그는 우방기-상하 삼림회사에서 일하기 위해 3주 동안 걸어서 비코빔보로 간다. 그곳에서 농장 관리 일을 하던 그는 말라리아와 이질에 걸린다.

루이페르디낭 데투슈는 예르생이 아시아에서 발견하여 어머니 파니에게 알려준 것("이곳 사람들이 누리는 날것 그대로의 자유는 아마 유럽에서는 제대로 이해받지 못할 겁니다. 유럽에서는 모든 것이 문명에 의해 엄격하게 정해져 있으니까요.")을 아프리카에서 발견했다.

결국 유럽에게 이 두 사람은 구제 불능의 탕아였다.

전쟁이 끝나고 1920년대에 접어들자 훗날 셀린이라는 필명으로 소설을 쓰게 될 루이페르디낭 데투슈는 의학을 공부하는 학생이 되어 파스퇴르 연구소의 연수생 자격을 얻는다. 연구소에서는 해초류와 세균을 연구하라며 그를 로스코프로 파견한다. 그 무렵 겨우 열여덟 살이었던 앙드레 루오프가 그와 동행한다. 루이페르디낭 데투슈는 헝가리 출신 위생 전문 의사 이그나즈 제멜바이스Ignace Semmelweis에 관한 논문을 준비 중이었다. 이그나즈 제멜바이스는 말하자면 파스퇴르를 준비한 선각자로, 세상의 이해를 받지 못한 불운한 천재였다. 정신병원에 갇힌 그는 저항하다가 병원 의료진의 구타로 숨졌다. 이렇듯 천재의 삶이란 이거 아니면 저거, 곧 황금과 대리석으로 치장된 곳에서 영예를 누리다가 팡테옹에 안장되거나 구속복을 입고 정신병원에 갇히거나, 둘 중 하나다. 까딱하면 불행의 나락으로 떨어질 운명인 것이다. 셀린은 그의 논문에서 충직한 파스퇴르 연구원답게 검은 프록코트에 나비넥타이 차림의 파스퇴르에게 경의를 표한다. "50년 후, 파스퇴르가 나타나 강렬한 빛으로, 누구도 반박할 수 없이 완벽하게 미생물의 진실을 밝히게 된다."

그는 제네바에 자리 잡은 국제연맹 소속 위생 전문 의사가 되어 미국, 캐나다, 쿠바 등지를 돌아다니면서 다양한 임무를 수행한다. 어쩌면 그도 한때는 과학자를, 노벨상을 꿈꾸다가 그만두었을지도 모른다. 셀린은 랭보가 시를 놓고 그랬던 것처럼 소설에 무차별적인 폭격을 가한다. 파리 교외에 진료실을 개업한 그는 저녁이면 글나부랭이를 끄적이며 의학 연구 따위엔 귀를 막았다. 한때 칼메트와 루아르에게서 왜 연구를 하지 않느냐고 끊임없이 시달림을 당했던 예르생을 생각해보라. "게다가 나는 파스퇴르 연구소로는 절대 돌아가지 않겠다고 굳게 마음먹었습니다."

루이 파스퇴르는 소설에서 비오뒤레 조제프라는 인물이 되어 등장한다. 1914년 전쟁이 낳은 진흙탕, 시체더미, 가시철조망을 질리도록 경험하고 돌아온 의사 비오뒤레 조제프는 교외에 개업한 후 가난한 서민의 삶을 산다. 가난뱅이들의 삶은 전쟁 전이나 전쟁에서 승리를 거두고 나서 요란스럽게 전쟁 기념물들을 세우고 정치가들이 뻔한 거짓말을 늘어놓기 시작한 후나 전혀 달라지지 않았다. 어린아이 베베르가 죽어간다. "열이레째 되는 날, 나는 그래도 비오뒤레 조제프 연구소에 가서 이런 티푸스 사례에 대해서 그 사람들은 어떻게 생각하는지 물어보기라도 해야 하는 건 아닐까 고민했다."

연구소에 대한 묘사는 거의 재앙 수준이다. 교외 거주 의사가 똥과 악취 타령을 늘어놓는 와중에 실험실 조수들은 무료로 공급되는 가스로 "내장을 드러내고 죽은 몸집 작은 동물들의 사체, 담배꽁초, 군데군데 이 빠진 가스 등잔, 질식 일보직전의 쥐들이 가득 들어찬 새장이나 유리 용기들이 나뒹구는 가운데에서 찜 요리를 해 먹는다." 파스퇴르 사단은 말도 안 된다고, 이건 배신이나 다름없다고 항의했을지도 모른다. 하지만 이 대목에서 예르생이 한 말을 떠올려본다. "자유와 탁 트인 자연에서의 삶을 경험한 나에게 더 이상 이런 식의 실험실 생활은 불가능해 보인다."

의사는 환상에서 깨어난 늙은 석학 파라핀을 만난다. 파라핀은 그가 아직 무엇인가를 할 수 있다고 믿던 시절 그의 스승이었다. 비듬으로 뒤덮인 축 처진 어깨에 걸친 검은 외투, 담배에 절어 누렇게 변한 콧수염. 옛 스승은 야심 많았던 실험실 제자를 비웃는다. "내가 하는 아주 작은 행동 하나도 그를 매혹시켰지. 모든 종교에서 그렇지 않던가? 그런데 사제가 신도들이 여전히 믿는 그 대단한 신 말고 다른 걸 생각하는 경우는 없던가? 강철처럼 굳은 신앙으로 믿는 그 신 말고 다른 것 말일세……."

예르생은 "과학 연구는 매우 흥미진진하다. 하지만 '천재가 아니라면 아주 부자여야 실험실에서 지속적으로 일을 할 수 있다. 그렇지 않고선 학문적으로 어느 정도 명성을 얻는다고 해도 거지처럼 비참한 생활을 해야 하니까'라는 파스퇴르 박사의 지적은 옳다"고 말했다.

셀린은 "많은 젊은이들이 지난 반 세기 이래 과학 연구를 선택한 건 순전히 비오뒤레 때문이다. 덕분에 콩세르바투아르만큼이나 많은 낙오자가 생겨났다. 더구나 성공하지 못한 채 여러 해를 보내다 보면 이들은 모두 비슷비슷하게 닮아버린다"고 주장한다.

불만에 가득 찬 젊은 의사는 "황금과 대리석으로 치장한 연구소 지하 묘지에 안장된 위대한 석학 비오뒤레 조제프를 보러 간다. 두드러진 비잔틴 부르주아 취향이 빚어낸 환상적인 묘지." 소설 발표 8년 후, 독일군들이 연구소로 들이닥쳤을 때, 늙은 조제프 메스테르는 지하 납골당과 모자이크가 그들에게 모욕당하는 걸 원하지 않았다.

마지막 한 방을 그곳에 박아넣기 전에 그의 머릿속엔 어떤 생각들이 스쳐갔을까? 그는 왜 1914년 전쟁에서 굳이 고물 총을 가져왔을까? 왜 20년 동안이나 그 총을 닦고 조이고 기름 치고 헝겊으로 싸서 서랍 속에 얌전히 넣어두었을까? 그 무기가 경비원, 신전 지기, 최후의 보루라는 자신의 직업과 관계가 있을 거라고 생각한 것이 틀림없다. 어쩌면 그는 알자스 출신답게 승리란 잠정적이며 언젠가는 식탁을 다시 차려야 할 날이 올 것임을 알고 있었을 것이다. 그러니 돌아가신 지 45년이 되는 파스퇴르 박사의 유해를 더 잘 지켜야겠다고 생각했을 것이다. 독일군들은 혼자서도 마지노 전선만큼이나 막강하다고 믿으며 자기들 앞을 막아서는 이 늙은이를 보며 실소를 금치 못했다. 그들은 늙은이를 밀쳐버렸다. 황금과 대리석으로 치장한 묘지로 가기 위해 계단을 내려갔다. 늙은이는 어디론가 사라져버렸다. 그는 그 개를 다시 본 것일까? 콧구멍을 벌름거리며 주둥이에서 허연 거품을 질질 흘리던, 광견병에 걸린 그 개. 그때 들려오는 한 방의 총소리. 독일 병정들은 기관총의 안전장치를 풀고 지시 사항을 외치며 계단을 뛰어올라왔다. 그들은 피투성이가 된 채 누워 있는 늙은이가 평생 단 하나의 임무, 광견병에 걸렸다가 살아난 최초의 생존자라는 그 막중한 임무를 수행한 사람이었음을 그제야 알게 된다. 파스퇴르 이론을 몸으로 입증하는 실험실의 모르모트.

거의
'드웹' 수준

벌써 여러 해 전부터 베르나르와 자코토는 인도차이나 파스퇴르 연구소 살림을 도맡아 하면서 백신을 개발하고, 광견병이나 돼지 페스트를 위해 개집과 축사를 개방하고 있었다. 가내 수공업 수준에서 본격적인 공장 생산 체제로 들어간 지도 이미 오래되었다. 예컨대 1914년 이전엔 고작 1천 회에 불과했던 접종 분량이 지금은 10만 회 이상으로 증가한 것이다. 팀원들은 모두 냐짱에서 교육을 받았다. 부이꽝프엉은 그곳에서 의사이자 실험담당자로 근무했다. 레반다, 응오다이 같은 실험실 조교나 조수들도 마찬가지였다. 우리 모두가 다 그렇긴 하지만, 아직 젊기만 했던 이들은 미래가 그들을 위해 무엇을 준비해놓고 있는지 알지 못했다. 인도차이나 전쟁이 계속되는 동안엔 이들 모두 이미 노인이 되어버렸다.

제1차 세계 대전을 겪었다고는 하지만 앞으로 닥칠 것에 비하면 그건 약과였다. 말하자면 제1차 대전은 몸을 풀기 위한 워밍업에 불과했다고나 할까. 모스크바에서 블라디보스토크에 이르기까지 전국이 불바다, 피바다가 되어버린 러시아라고 해도 사정은 마찬가지였다. 20세기는 이제 서른세 살이 되었다. 서른세 살이라면 예수와 알렉산드로스 대왕이 죽은 나이가 아니던가. 하지만 모름지기 세기라는 건 1백 살까지 살아야 할 운명을 타고 났으니까. 어릴 때 막내 주먹 노릇을 하던 꼬맹이가 힘깨나 쓰는 나이가 되니 조직의 두목으로 승진한 격일까. 베를린에서는 히틀러와 괴링이라는 예술품 수집가들이 권력을 잡았고, 같은 해 파리에서는 칼메트와 루가 2주 간격으로 차례차례 숨을 거두었다.

루를 위해서도 파스퇴르 때처럼 국장이 선포되었다. 그는 파스퇴르 연구소 안뜰에 묻히는 마지막 인물이 되었다. 그렇게 하지 않으면 새 세대 연구원들은 실험실로 들어갈 때마다 본의 아니게 선배들의 유해를 밟아야 할 테니 말이다. 그를 기리기 위해 파스퇴르 대로와 만나는 뒤토 가의 한 구간이 루 가로 명명되었다. 셀린의 소설에서는 조니세라는 등장인물이 루를 모델로 삼고 있다. 파라핀은 "조니세라는 인물은 짧은 시간에 위작자로 유명해졌으며 가장 무서운 종류의 미치광이 같은 사람"이라고 평가했다. 그는 또한 조니세가 "줄잡아 백 년 동안은 감옥에 드나들어야 할 정도로 흉측하고 파격적이며 은밀한 범죄들을 저질렀을 것"이라고 의심했다. 예르생의 평가에선 좀 다른 뉘앙스가 풍긴다. "학자들의 세계에서도 다른 분야만큼이나 질시와 반목, 기만과 실망이 팽배해 있다."

칼메트와 루가 죽고 나자 파스퇴르 사단에서는 예르생 혼자만 남았다. 그는 파스퇴르 사단의 마지막 생존자로서의 역할을 10년 동안 도맡았다. 그는 파스퇴르 연구소 본원의 명예소장에 임명되었다. 해마다 그는 에어 프랑스 항공편으로 사이공을 떠나 파리 뤼테시아 호텔에 짐을 풀었다. 카사블랑카, 타나나리브, 알제, 테헤란, 이스탄불을 비롯하여 하노이, 달랏, 사이공 등 세계 각지의 파스퇴르 연구소 소장들과 후에, 프놈펜, 비엔티안의 연구소 부설 실험실 책임자들이 모이는 회합을 주재했다.

1940년 5월 회합을 마치고 두랄루민으로 만든 작은 흰 고래를 타고 돌아온 이후, 예르생은 귀에 수신기를 걸고 라디오를 통해 네모반듯한 대저택에서 본국과의 접촉을 이어나가고자 했다. 때는 1943년. 주축국이 승리를 거두게 되면 파스퇴르 연구소는 사라지거나 코흐 연구소 또는 기타사토 연구소에 병합될 것이었다.

그렇지만 연합군은 지난해에 북아프리카에 성공적으로 상륙했다. 독일군과 일본군의 상황이 불리해지기 시작한 것이다. 이렇듯 전쟁의 국면이 바뀌려는 무렵, 파스퇴르 연구원 외젠 볼만이 연구소 안에서 프랑스 경찰에게 체포되어 부인과 함께 드랑시 수용소로 보내졌다. 예르생이 발견한 균의 박테리오파지를 연구 중이었던 그에게 사람들은 유대인 출신 다른 연구원들에게 했듯이 파리를 떠나 자유지역으로 가라고(물론 그건 자유지역이 존재할 때의 이야기였다) 권유했지만 그는 이 권유를 받아들이지 않았다. 결국 외젠 볼만은 아우슈비츠에서 죽었다. 미래의 영웅들, 세균학으로 노벨상을 받게 될 수상자들은 레지스탕스에 가담하여 독일에 저항했다.

앙드레 루오프가 이끄는 팀은 비밀리에 항독지하운동가들을 위한 백신을 생산했다. 물론 이 모든 사실을 에르생은 까마득히 모르고 있었다. 벌써 3년째 그는 뭉그적거리기만 할 뿐이었다. 그는 곧 여든 살이 될 것이었고, 따라서 아치를 곁들여 물가에 지은 네모반듯한 대저택에서 전쟁의 끝이든 인생의 끝이든 좌우지간 무엇인가가 끝이 나기를 기다렸다. 베란다에 내놓은 흔들의자에 앉아 그는 기다리고 또 기다렸다.

10년째 칼메트는 거의 드웸[dwem] 상태로 지냈다. 루도 마찬가지였다. 오래전부터, 그러니까 여객선을 타고 항해하던 시절에 유행하던 '포시' 스타일을 배우고 난 이후로 에르생은 단어의 앞글자만을 이어서 새로운 단어를 만드는 영어의 습성을 몸에 익혔다. 그런데 죽은 유럽 출신 백인 남성을 뜻하는 'dwem'이라는 단어는 미국식 영어로, 영국 사람, 프랑스 사람, 독일 사람, 이탈리아 사람을 모두 뭉뚱그려 한 통속으로 본다. 루와 칼메트, 단테와 빈치, 파스퇴르와 볼만, 파스칼과 괴테 또는 베토벤, 마라, 쿡, 가리발디, 랭보, 세르반테스, 마젤란, 갈릴레이, 에우클레이데스, 셰익스피어, 샤토브리앙 등, 요컨대 마치 다양한 곤충의 표본처럼 핀으로 콕 집어서 위대한 인간의 표본으로 불리던 모든 이들이 드웸, 곧 이제는 쓸모없어진 과거 시대의 희한한 수집품이었다. 에르생은 유언장을 작성했다.

루는 파스퇴르처럼 공화국과 그 공화국의 세 가지 상징을 신봉했다. 자유, 평등. 형제애, 이 세 단어는 하나라도 빠지면 셋 모두 의미를 잃고 만다. 자유는 방종이 아니며, 불평등은 자유를 준비 못하며, 그럴 경우 정념에 희생될 수 있다. 평등이란 처음엔 기회의 평등으로 시작해 궁극적으로는 능력 존중으로 결론지어진다. 따라서 유산은 그것이 정서적인 것이며 몇 푼 안 되는 액수일 경우를 제외하면 배제되어야 한다. 유산의 대부분은 공동체에 돌아가는 것이 마땅하다.

"나는 인도차이나 파스퇴르 연구소에 내가 짓도록 한 건물들과 내 소유의 모든 가구, 냉장고, 라디오 수신기, 사진 장비, 서재의 내용물 전부, 과학 관련 모든 기구를 물려준다. 그러니 연구소는 좋을 대로 그것들을 처분하면 된다. 지구물리학, 천문학, 기상학 등과 관련한 과학 기구들은 파스퇴르 연구소 내에서 쓸모가 없다면 푸리엔의 중앙관측소에 주어도 좋을 것이다. 나는 오랫동안 나의 곁을 지켜준 충직한 안남 출신 하인들에게 종신연금이 지급되기를 바란다. 이를 위해 필요한 비용은 내가 사이공의 홍콩상하이 은행에서 구입한 채권의 이자로 충당하게 될 것이며, 이 채권은 수오이자오의 갈루아 씨가 보관하고 있다. 자코테 씨가 책임지고 이 연금을 내 하인들, 누오이, 융, 쎄에게 최우선으로, 그다음 정원사 찐찌, 새들을 돌보는 유, 쫒, 그 외 자코테 씨가 보기에 자격이 있는 모든 이들에게 적절하게 배분해주기를 바란다."

유언장이 든 봉투는 단단하게 봉해진 채로 자코테에게 전달되었다. 예르생은 향을 피우고 사후 50일째 되는 날 식사를 나누며, 백색 기를 달아두는 베트남 식의 간소한 장례 의식을 당부하는 말도 곁들였다. 봉헌지를 불에 태울 것이며 망자의 제단엔 밥 한 그릇, 삶은 달걀 한 개, 익힌 닭, 바나나 등을 놓을 것이다. 그는 냐짱과 혼바 중간에 위치한 수오이자오에 묻히기를 원했다. 그곳이야말로 세상의 중심이며 그가 세운 왕국의 중심이 아니던가. 이것으로 모든 건 다 정리되었다. 그 자신이 장소를 선택했으며, 그것도 아주 작게 한정지었다. 그는 자신이 세운 수만 헥타르에 이르는 왕국 중에서 2제곱미터에 불과한 좁은 공간만을 자신에게 허락했다.

예르생은 아름다움의 한가운데에서 기다린다. 천재가 분명하지만 어쩌면 정신이상자일 수도 있는 예르생. 천재와 정신병자는 백짓장 차이. 제멜바이스에 비해서 훨씬 평화로운 마지막을 맞게 될 천재. 하지만 인생 행로의 어떤 시점에서 우연히 그도 정신병원에 수감되었다면, 예르생 또한 제멜바이스처럼 저항하고 몸부림쳤을 것이다. 그는 세상으로부터 자신을 보호하기 위해 자기만의 격리소를 만들어 그 울타리 안에 스스로를 가두었다. 세상과, 바이러스와, 정치와, 섹스와, 전쟁과는 단절된 그만의 정원. 그는 40년 동안 자기가 세운 격리소에서 자기만의 독특한 생각들을 밀고 나갔다. 흔히들 영광 뒤에 추락이 따른다고 한다. 우리는 현실에서 그런 일을 자주 보아왔다. 암살이니 반전처럼 소설적인 상황은 물론, 지극히 고결한 곳에서 더없이 비속한 곳으로 추락하여 말도 안 되는 파렴치한이 되는 일들 말이다. 그렇다면, 예를 들어 예르생이 도벽 환자가 되거나 알콜 중독에 빠지지 말란 법도 없다. 하지만 그러지 않았다. 예르생은 추락하지 않았다. 그는 처음부터 끝까지 지극히 인간적이었다.

무수히 많은 삶과 삶의 소용돌이 속에서, 예르생의 삶은 여느 삶 이상의 값어치를 지닌다. 그는 시종일관 합리적인 이성적 인간으로서 정념에 휘둘리지 않았다. 그는 그리스적 의미의 빛의 인간이었으며, 그리스 철학의 네 개의 기둥 가운데 리케이온이나 아카데메이아가 아닌 스토아와 호케포스(정원—옮긴이)를 택했다. 그는 마지막 여행에서 고대 작가들의 저작들을 사왔다. 이건 비밀이었다. 밤이면 그는 네모반듯한 대저택에서 피곤에 지친 파란 눈에 돋보기를 얹고서 하염없이 그리스어나 라틴어로 쓰인 책장을 넘겼다. 프랑스어 번역은 보이지 않게 가리고서 혼자 힘으로 그 글들의 번역을 시도했다. 그것이 예르생의 마지막 비밀이자 마지막 수수께끼였다. 이제 그가 드웸이 되어 죽을 차례였다. 그런 그에게 제일 앞 단어, 즉 dead만 아직 부족할 뿐이었다.

베란다에서

그는 아치를 갖춘 네모반듯한 대저택을 아주 튼튼하게 지었다. 그야말로 대저택이었다. 태풍이 부는 밤에 썸꼰에 사는 어부들과 그들의 식솔이 전부 들어와 피신을 해도 될 만큼, 파리에서 가져온 그림책들을 읽고 싶어 하는 아이들을 모두 들어오게 해도 표가 나지 않을 만큼 집은 드넓었다. 예르생은 기다린다. 자신이 곧 죽으리라는 걸 알지만, 죽음은 쉽사리 찾아오지 않는다. 그는 제2제정 시대부터 제2차 세계 대전을 모두 몸소 겪었다. 한 인간의 삶은 역사를 측정하는 단위이다. 그때까지도 일본군은 냐짱에 입성하지 않았다. 그러니 죽음과 일본군 둘 중 누가 먼저 도착하느냐의 경합이기도 했다. 예르생은 이제 쥘리앵 그라크Julien Gracq(1910~2007, 프랑스의 문필가. 1939년 『아르골의 성*Au château d'Argol*』으로 소설가로 데뷔. 1950년대에 『시르트의 바닷가*Le Rivage des Syrtes*』, 『숲속의 발코니Un Balcon en forêt』 등의 작품을 발표하면서 문단의 주목을 받음. 당시 유행하던 실존주의나 누보로망의 대척점에 있다고 할 정도로 독특한 소설들을 발표했으나 1970년대에 들어와 더 이상 소설은 쓰지 않겠다고 선언—옮긴이)의 소설 주인공처럼 되었다. 그는 늘 바다를 살폈다. 아마도 적군은 그곳을 통해 도착할 테니까.

유럽은 여전히 전쟁 중이었고, 이곳에서도 이른바 태평양 전쟁이 계속되었다. 미군은 닥치는 대로 폭격을 가했다. 그들은 호찌민이 이끄는 베트민에게 자금을 대주었고, 호찌민은 그 돈으로 통킹의 일본 점령군과 전투를 벌였다. 모든 일에는 때가 있는 법. 프랑스군 문제는 나중에 생각해보기로 하지. 베트남 지하 운동가들 사이에서는 스탈린주의자들과 트로츠키주의자들이 서로를 죽고 죽이는 나날이 계속되었다. 냐짱의 예르생 사단은 이러한 소용돌이 한가운데에 놓여 있었다. 저녁이 되어 하루 일과를 정리한 자코토와 베르나르는 베란다로 나이 든 스승을 만나러왔다.

가끔 젊은 작가 꿍지우응우옌도 이들과 합류했다. 1백 수를 누린 꿍지우응우옌은 다음 세기로 넘어간 후에 사망한다. 그는 세 차례에 걸친 인도차이나 전쟁, 그러니까 프랑스군, 미군, 그리고 크메르루주와 맞섰던 세 전쟁을 모두 겪었다. 그는 너무 오래 산 덕분에 호찌민은 상상도 하지 못했던 공산주의식 자본주의의 출현까지도 두 눈으로 직접 지켜보았다. 저녁의 대화는 프랑스어로 이어졌다. 예르생은 군더더기 없고, 섬세한 뉘앙스라고는 느껴지지 않는 지극히 건조하고 효율적인 베트남어를 구사했다. 동네 어부들의 아들들 중 한 명이었던 응우옌프억꾸인은 아치를 구비한 네모반듯한 대저택에서 뛰어놀다가 기자가 되었다. 그는 "예르생이 구사하는 베트남어의 특성 중 하나는 3인칭 단수를 뜻하는 응으어이 따người ta(프랑스어의 on에 해당)라는 단어를 복수처럼 사용한다는 점이며, 이때의 복수는 사람은 물론 동물들에게도 적용된다"고 지적했다.

만발한 꽃들과 즐비한 새장 앞으로는 바다가 넘실거린다. 해적 앵무새와 파도 소리. 각자 나름대로 부지런히 메모를 하던 자코토와 베르나르는 저마다 예르생의 일생을 정리하는 전기집필 작업을 시도한다. 예르생의 어머니와 누이가 세상을 떠난 지도 벌써 오래 되었다. 파니가 가꾸던 무화과나무 집도, 자식이라고는 없이 혼자였던 에밀리가 살던 샬레도 팔렸다. 그러니 아마도 유럽에 예르생의 자취는 전혀 남아 있지 않을지도 모른다. 아니, 어쩌면 유럽이라는 곳의 흔적조차 사라져버릴지도 모르는 노릇이다. 그 해에 사람들은 두 진영 중에서 어느 쪽이 먼저 핵무기를 손에 넣게 될지 궁금해했다. 미국 편에 선 오펜하이머Oppenheimer냐, 독일 편에 선 하이젠베르크Heisenberg냐? 어쩌면 아시아만 요행히 전쟁의 포화를 피해갈 수도 있었다. 몰라레Mollaret라고 하는 또 한 명의 파스퇴르 연구원이 어느 날 파스퇴르 연구소 문헌자료실에 소중하게 보관되어 있는 예르생의 모든 편지들을 발견하게 될 줄 누가 감히 상상이나 했겠는가?

예르생은 그가 어머니 파니, 누이 에밀리에게 보낸 편지들, 그의 삶의 진솔한 기록인 그 편지들이 오래전에 사라져버렸다고 굳게 믿고 있었다. 때문에 그는 그의 전기를 쓰겠다는 두 사람의 질문에 성실하게 대답했다. 그가 어떻게 해서 균을 발견하고 마침내 페스트를 무찌르게 되었는지, 언제 스위스를 떠나 독일로 갔는지, 언제 파스퇴르 연구소를 떠나 화륜선공사에 들어갔는지, 또 언제 의학에서 손을 떼고 민속학으로 진로를 바꾸었는지, 왜 민속학을 그만두고 농업과 원예에 열을 올렸는지……. 그가 어떻게 해서 인도차이나에서 세균학 모험가이자 탐험가, 지도제작자가 되었는지. 그가 어떻게 2년 동안 모이 족의 땅을 거쳐 세당 족의 땅으로 들어갈 수 있었는지. 예르생의 두 후학은 그가 가진 희한한 생각들과 그의 발명품, 원예, 목축, 기계학, 물리학, 전기, 천문학, 항공 기술, 사진 등에 대해서 종횡무진 질문 공세를 펼쳤다. 그는 어떻게 해서 고무와 키니네의 제왕이 되었는가. 그는 어떻게 냐짱에서 걸어서 메콩 강으로, 메콩 강에서 프놈펜까지 가게 되었는가. 어떻게 해서 중국해를 코앞에 둔 이 마을에서 50년 동안이나 살았는가. 두 학자는 수첩을 빼곡하게 채워나갔다. 그들은 파스퇴르의 파란 눈을 응시했던 예르생의 파란 눈을 응시했다.

미래의 전기 작가 유령은 창백한 황금빛 새벽 동이 틀 때부터 구릿빛 석양이 하늘을 물들이는 저녁 때까지 줄곧 흔들의자에 앉아 있는 노인을 살핀다. 살아 있는 날들에 대한 고대적인 행복에 잠겨. 예르생은 자신이 다시는 혼바의 샬레에도, 수오이자오의 농장에도 가지 못하리라는 걸 잘 안다. 그는 풀을 뜯는 양떼의 느린 걸음걸이를 머릿속에 떠올린다. 그보다도 훨씬 더 느린 채소, 꽃, 과일들의 성장. 그는 피부라는 주머니 속에 들어 있는 인간이 무엇인지도 잘 안다. 그는 바다를, 수평선을 바라보며 앉아 머지않아 그의 세포들은 아예 사라져버리거나, 점점 더 많은 오작동, 혹은 아직은 잘 알

수 없는 디옥시리보 핵산 메시지 잡음을 일으키며 점점 더 느린 속도로 증식하게 될 것임을 충분히 감지한다. 파스퇴르 이후 우리는 무에서 태어나는 것은 아무것도 없음을, 살아 있는 모든 것은 죽기 마련임을 잘 알고 있다. 예르생은 축복 같은 저녁의 향기를 가슴 깊이 들이마신다. 모자도 쓰지 않은 그의 머리를 바람이 슬쩍 건드리고 지나간다.

예르생은 플루타르코스가 묘사하는 영웅 스타일의 인물과는 거리가 멀다. 그는 단 한 번도 역사를 움직이는 사람이 되려 하지 않았다. 플루타르코스가 소개하는 삶, 다시 말해서 영웅 또는 배신자들의 삶과는 달리, 예르생의 삶은 피해야 할 반면교사도 아니며, 그렇다고 그대로 모방해야 할 모범적인 삶도 아니다. 그의 일생은 그저 혼자 힘으로 자신의 항해를 이어나가려 애쓰고, 덕분에 솔직히 말해서 썩 괜찮은 항해를 성취한 한 사람의 삶의 궤적이다. 그의 뒤편으로 바다가 그가 지나온 물고랑을 지워버린다. 저녁이 되자 하인들이 그를 부축해서 서재로 데려간다. 거기서 그는 그리스어와 라틴어를 공부한다.

미래의 전기 작가 유령

예르생이 살았던 시절만 해도 냐짱은 아주 먼 곳이었다. 유럽에서 멀리 떨어진 곳이니까. 요즘 그곳은 세계의 중심이다. 냐짱은 태평양에 면해 있고, 태평양은 대서양과 이어지며, 대서양은 또 지중해로 연결된다. 마주 보이는 곳이 멕시코이다. 멕시코 아카풀코. 그러고 보면 먼 곳은 오히려 유럽이다. 세계의 반대편, 지구의 보이지 않는 쪽에 자리하고 있으니까. 달랏에서는 평온하기 그지없는 호수의 표면 위에 시간이 정지한 것같이 느껴지는 반면, 랑비안 팰리스 호텔 살롱에 앉아 있으면 도시 전체가 완전히 현대적인 리듬 속에서 바쁘게 뛰는 것 같다.

사정이 이렇다면, 예르생 같은 사람은 아마도 파리로 건너가서 뤼테시아 호텔 그의 단골 객실에 여정을 푸는 쪽이 훨씬 고향에 온 듯 편안할 것이다.

그가 가는 곳이라면 세계 곳곳 어디든 마다않고 따라다닌 미래의 전기 작가 유령에겐 예르생 가와 해안도로가 만나는 모퉁이에 자리한 야사카 호텔도 나쁘지 않아 보인다. 방콕이나 마이애미 같은 곳, 아니 꼭 그런 곳이 아니더라도 여유 있는 부르주아 여행객들이 별 생각 없이 비행기에서 내리는 도시들에서 흔히 보게 되는 통유리 고층 타워 호텔. 냐짱은 특히 러시아인들과 베트남 북부 지역 사람들이 애용하는 휴양지이다. 냐짱에서 30킬로미터가량 떨어진 곳에 자리 잡은 깜란의 대규모 미군기지는 베트남 통일 이후 소련군 기지가 되었다. 냐짱으로 가는 유일한 국제 항공 노선은 모스크바에서 출발한다. 러시아인들은 이곳에서 열대 기후는 물론 해변에 도열한 망치와 낫이 그려진 붉은 국기가 주는 향수가 적당히 어울려 빚어내는 즐거움도 맛본다. 야사카 호텔 식당의 차림표는 베트남어, 영어, 러시아어, 이렇게 세 가지 언어로 적혀 있다. 하지만 수도꼭지에서 나오는 물은 마시지 말라고 욕실에 붙여 놓은 경고문은 오직 영어로만 쓰였다(러시아인들에게 여러 외국어를 배우라는 칭찬받을 만한 배려일까. 아니면 왕년의 빅브라더에게 보내는 유머 넘치는 한 방일까).

2012년 2월 현재 예르생 가와 파스퇴르 가가 만나는 모퉁이, 냐짱 팰리스 건축 현장에서는 노동자들이 밤낮없이 일한다. 유령은 가까운 곳에 있는 파스퇴르 연구소로 향한다. 몇 년 전, 어부들의 곶에 세워진 네모반듯한 대저택이 무너지자 천체 망원경에서 기상 관찰 장비에 이르기까지 집 내부에서 건질 만한 것은 모조리 연구소 부속 건물로 실어왔다. 이것들을 모두 모아 예르생의 이름을 딴 작은 박물관을 열었다. 박물관에 들어서면 예전 모습 그대로 복원한 그의 서재가 눈에 들어온다. 가구는 모두 짙은 빛깔 목재들로 제작되었고, 지난 시대의 과학 장비들은 구리와 놋쇠 제품들이다. 미래의 전기 작가 유령은 예르생이 즐겨 앉았던 흔들의자에 앉아본다. 벽에 붙은 그의 원정 지도가 시야를 가득 채운다. 탁자 위에는 그가 모이 족에 대해 쓴 책 한 권이 놓여 있다. 이제 모이 족이라는 단어는 '산악지대에 거주하는 부족'을 의미하는 총칭적인 용어가 되었다. 요즈음엔 '소수민족'이라는 용어를 선호한다. 달랏 부근엔 랏 족, 찔 족, 스레 족 등이 산다. 그런가 하면 수오이저우 인근은 자글라이 족의 터전이다.

선반 위에 놓인 수백 권의 프랑스어 혹은 독일어 책이 그의 다양한 호기심을 웅변적으로 말해준다. 역사책들도 물론 포함되어 있다. 이 장서들은 분명 냐짱의 파스퇴르 사단(혹은 예르생 사단), 그러니까 베르나르, 자코토, 갈루아 등도 즐겨본 책들일 것이다. 그런데 과연 예르생이 알랭 제르보Alain Gerbault가 쓴 『돌아오는 길목에서: 항해일지*Sur la route du retour-journal de bord*』를 읽었을까?

그의 책상엔 타자기로 더블 스페이스를 주어가며 친 베르길리우스의 시 몇 편이 놓여 있다. 한 줄씩 연필로 번역한 흔적도 보인다. 암기하기 위해 베트남어로 작성한 문장들도 적혀 있다. 파리에서 루이 뤼미에르Louis Lumière(1864~1948, 프랑스가 낳은 영화의 시조. 형 오귀스트와 함께 시네마토그래프를 발명하여 최초의 영화를 찍었음—옮긴이)와 함께 찍은 예르생의 사진도 한 장 놓여 있다. 1940년 5월 30

일 날짜가 찍힌 그의 마지막 비행기 여행 티켓. 좌석번호 K. 예르생은 열두 자리 중에서 가장 좋은 자리를 잡았다. 동체 왼쪽 뒤편에 따로 떨어진 자리. 비행기 표엔 여객들을 위해 비치된 술의 목록이 인쇄되어 있다. 독일군들 보라는 듯이. 마지막 에어 프랑스 여객기가 이륙한 후 다양한 상표의 위스키, 코냑, 샴페인들이 이들 돈 많은 피난객들의 착잡한 심정을 위로해준 모양이다. 1940년 6월 냐짱으로 돌아온 예르생의 사진도 있다. 사이공에 착륙한 작은 흰 고래의 트랩 위에서 찍은 사진이다.

이곳에서 북쪽으로, 그러니까 강 방향으로 3백 미터쯤은 더 걸어갈 수 있다. 아치를 갖춘 네모반듯한 대저택이 있던 자리엔 베트남 사회주의 공화국 전체 경찰들 가운데 자격이 되는 자들이 휴식처로 사용하는 호텔이 들어섰다. 파도가 소리 나는 두루마리처럼 슬그머니 접혀졌다가 저만치 물러나 다시 펴지는 물가 바로 가까이에 자리 잡은 테라스 레스토랑 스베틀라나는 비수기인 탓에 휴업 중이다. 그래도 경비원은 가랑비를 피하려는 외국인을 군소리 없이 들여보내준다. 하긴, 유령에게 무얼 거절하겠는가. 미래의 전기 작가 유령은 의자에 앉아 바로 코 앞에서 파도가 요란스러운 소리를 내며 부서지는 광경을 바라본다. 수평선으로 이어지는 시야만 예전 그대로이다.

호텔이 들어서게 되자 그곳에 살던 어부들은 강 반대편 마을로 강제 이전되었다. 다리 아래, 군데군데가 망가지고, 음료수라고는 커피와 차 딱 두 가지만 파는 허름한 카페 안쪽 벽에 약간 생뚱맞게 다섯 장의 드웸 초상화가 걸려 있다. 바흐, 베토벤, 아인슈타인, 발자크, 보나파르트, 이렇게 다섯. 예르생도 파스퇴르도 끼지 못했다. 하지만 이 두 사람은 베트남에서 몹시 존경받는 인물들로, 이들의 이름을 딴 거리가 아직도 건재하다. 파스퇴르는 메콩 강 델타 주민들 사이에서 특별히 인기가 있는 까오다이교(敎)의 성자로 추앙된다. 예르생은 이곳에서 그다지 멀지 않은 수오이깟의 탑 속에 보살로 모셔지고 있다. 인도 가까운 곳에 놓인 플라스틱 의자에 앉아 미래의 전기 작가 유령은 끝없이 이어지는 자동차와 소형 오토바이 물결을 응시한다. 강을 건너기 위해 다리로 가는 행렬이다. 예르생은 이곳에 최초로 자동차를 들여온 인물이다. 최초로 이 아름다운 만을 사진에 담은 인물이기도 하다.

어부들의 곳이었지만 지금은 어부들이라고는 찾아볼 수 없는 썸꼰에서 혼바로 가려면 도시를 가로질러 만다린 도로를 타고 북쪽 하노이 방향으로 달리다가 오른쪽으로 꺾은 다음 꼬불거리는 오르막 산길을 30킬로미터쯤 달리면 된다. 소수민족들이 낮은 구릉지대에 불을 질러 개간한 땅엔 목재를 얻기 위해 유칼립투스, 아카시아 등의 나무들과 캐슈너트를 수확할 수 있는 캐슈나무를 심었다. 바나나나무 밭을 지나자 옥수수 밭이 이어진다. 손을 벨 것만 같은 키 큰 풀. 대나무로 지은 오두막 앞에서 닭들이 제멋대로 돌아다니고, 모터 소리에 잔뜩 겁을 집어먹은 송아지들이 어찌할 바를 모르고 발을 동동 구른다. 한 시간쯤 달리자 빨간색과 흰색으로 칠해진 경찰 바리케이드와 초소가 나온다. 그 너머로는 특히 우기에 낙석과 지반 침하가 자주 일어난다. 좀 더 높은 곳으로 올라가면 마치 온두라스나 엘살바도르처럼 낯익은 정글에 들어온 듯하다. 커브를 돌 때마다 기온은 내려가고 하늘이 흐려지며 안개가 내린다. 안개 속에서 개들이 죽어라 짖어대고, 커다란 진흙 웅덩이 속에서 도로가 끝나버려도 절대 끝이 아닐 거라는 느낌을 떨쳐낼 수 없다.

모든 것으로부터 멀리 떨어진 이곳에 남자 네 명이 산다. 두 명은 복원한 예르생의 샬레를 지키는 경비원이고, 다른 두 명은 위장복 차림으로 샬레 맞은편 자그마한 산을 지키는 산림 감시원들이다. 남자들 사이에는 백 년 묵은 찻주전자가 놓여 있다. 내부엔 검은 빛깔 목재 가구 몇 점과 예르생이 사용하던 침대, 과학 장비들이 보이고, 옷장 속엔 낡은 여행 가방도 들어 있다. 열린 문과 창문 사이로는 무심한 구름들이 드나든다. 구불구불 몸을 비틀며 위로 올라가는 담배연기처럼, 샬레 안으로 비집고 들어온 안개도 슬금슬금 사방으로 팔다리를 편다. 모든 건 촉촉하게 젖어 옻칠 물감처럼 방울져 흘러내린다. 키가 큰 고사리들이 자라는 숲에서, 산림 감시원들은 비가 뿌리는 가운데서도 예전의 마구간, 물통, 깊게 홈을 파서 최초의 키나나무를 파종하는 묘판으로 썼을 것 같은 바위 덩어리 등을 알아본다. 투실투실 살이 오른 갈색의 도마뱀들이 개들 때문에 놀랐는지 허둥지둥 나무 위로 튀어 오른다. 아래쪽으로는 진흙 때문에 오렌지 빛을 띤 강물이 부글부글 끓으며 내달린다. 조금 후 비를 흠뻑 머금은 샬레에서 뜨거운 찻잔을 앞에 놓고 앉아 종아리에 붙은 거머리를 떼어낸다. 유령의 피를 빨아먹으려 하다니, 나 참, 이렇게 멍청한 녀석들 보겠나.

냐짱으로 돌아오는 길 중턱쯤, 그러니까 수오이자오, 아니 요즘 이름으로 말하면 수오이저우에 이르자 밭으로 들어가는 입구가 파란색 철책으로 가로막혀 있다. 철책에 채워진 자물통엔 필요하면 호출하라는 뜻인지 경비원의 전화번호가 적혀 있다. 반대편에서 원추형 모자를 쓰고 긴 막대를 손에 쥔 양치기가 양떼를 몰고 있다. 커다란 흰 새들이 양떼를 따라다닌다. 실험목장으로 가는 길엔 활짝 개화한 란타나나무들이 줄지어 서 있다. 사탕수수, 담배, 벼 모종들도 차례로 모습을 드러낸다. 그러더니 가파르게 경사진 돌길이 이어진다. 길가에서 농부들이 낫을 만지는 모습이 퍽이나 은유적이다. 작은 언덕 위로 하늘과 똑같은 빛깔의 무덤이 나타난다. 종교적인 표식은 찾아볼 수 없다. 그저 대문자로

ALEXANDRE YERSIN

1863~1943

이라고만 적어놓았다.

왼쪽에 오렌지색과 노란색으로 칠해진 작은 탑 모양의 향로가 놓여 있다. 향로엔 향 몇 개가 꽂혀 있다. 베트남 하늘 아래에 놓인 2제곱미터, 예전에 그가 세운 왕국의 한가운데 자리인 고작 2제곱미터의 땅. 그는 이곳에서 휴식을 찾았으며, 이곳에서 그에게 필요한 공간, 그에게 어울리는 형식을 발견했다. 예르생의 일생을 기록한 전기는 마치 한 성자의 일생처럼 읽힌다. 모든 사회적 제약에 거

부 반응을 보이고 선선한 정글 속 샬레에 은둔하던 수도사. 은자의 삶. 야생의 곰. 독특하고 기발한 천재. 아름다운 괴짜.

파스퇴르 사단

예르생은 어쩌면 그 자신의 일대기보다 동료들의 이야기를 써주는 편을 더 좋아했을 것도 같다. 과학의 현현이라고 할 수 있는 검은 프록코트, 나비넥타이의 주인공 주변에 모여든 일단의 청년들. 세계를 파스퇴르 법으로 살균하여, 다시 말해 저온 살균하여 이 세상에서 세균을 몰아내줄 파스퇴르 사단. 패거리 중 상당수가 고아거나 무국적자들로, 이들은 파스퇴르를 아버지로 선택함으로써 조국도 덤으로 얻었다. 나머지는 한마디로 무모한 자들이거나 짜릿한 모험을 즐기는 자들이었다. 당시엔 감염성 질환에 걸린 환자들을 접촉하는 일이 나무로 제작한 항공기를 하늘에 띄우는 것만큼이나 위험한 일이었기 때문이다. 고독한 자들로 이루어진 사단. 거친 말다툼과 변치 않는 우정. 세균혁명을 위해 소매를 걷어 붙인 전사들.

이들은 말하자면 파리에서 터진 강력한 화산 폭발로 사막이나 숲 속에 우연히 떨어지게 된 작은 불씨들이었다. 시험관과 증기 소독기, 현미경을 넣은 가방을 들고 기차나 배에 뛰어올라 전염병이 창궐하는 곳이라면 어디라도 달려간 혈기왕성하고 용기 있는 청년들. 기사도 정신과 사제적인 자세. 창검처럼 휘두르던 주사기. 이들 뿌리 뽑힌 귀족, 망명자, 지방 출신, 외국인들은 세계 각지를 주유했다. 콩폴랑 출신 고아 루는 파리에 남아 있으면서 이 작은 사단의 조종간을 잡고 모든 발견을 집대성했다. 일종의 동업자조합이라고나 할까. 어디를 가나 코흐 사단과 경쟁 관계에 놓여 있던 파스퇴르 사단은 상대를 앞질러야 했다. 세계 지도엔 아직도 빈 곳이 있었고, 알려지지 않은 질병도 무수히 많았다. 그러니 모든 건 여전히 가능하며 의학의 세계란 거의 신천지나 다름없었다. 하지만 그 같은 상황은 그리 오래 지속되지 않을 것이었다. 게다가 그들도 이 점을 잘 알고 있었다. 그들은 세균 이름 앞에 라틴어식 자기 이름을 붙일 수 있는 절호의 시대를 살고 있었다. 그들은 광견병을 계기로 확립된 파스퇴르 방식을 전파했다. 표본을 채집하고, 정체를 밝혀낸 후, 바이러스를 배양하고, 백신을 만들기 위해 바이러스의 농도를 희석하는 방식이었다. 그들은 교통수단의 발달, 곧 증기기관 확산의 크나큰 수혜자였다. 전염병이 발생했다 하면 곧장 현장으로 달려갈 수 있었던 것도 다 그 덕이었으니까. 한센병, 장티푸스, 말라리아, 결핵, 콜레라, 디프테리아, 파상풍, 발진티푸스, 페스트 등, 호메로스 시대의 괴물에나 비견되던 끔찍한 전염병들은 이들에 의해서 하나씩 차례로 정복당했다.

세균과의 전쟁에서 영광스럽게 전사하는 이들도 적지 않았다. 루는 콜레라를 연구하기 위해 루이 튈리에와 함께 이집트를 찾았다. 물리학 교수 자격시험에서 수석을 차지한 루이 튈리에는 백신 접종을 위해 러시아에서 돌아온 직후였다. 당시 그는 스물여섯 살이라는 어린 나이임에도 이미 돼지 콜레라 (또는 빨간 병) 균을 발견하는 개가를 올렸으며, 루, 파스퇴르, 샹베를랑과 함께 "광견병에 관한 이해를 돕기 위한 새로운 몇몇 사실Nouveaux faits pour servir à la onnaissance de la rage"이라는 논문의 공저자로 이름을 올렸다. 두 사람이 알렉산드리아에 도착한 직후 루이 튈리에는 콜레라에 걸려 목숨을 잃었다. 세당은 이미 오래전 일이었다. 정치는 저만치 물러나 있었다. 말하자면 당분간은 휴전 상태였다. 경쟁하던 두 사단은 나름 우애를 쌓아가고 있는 중이었다. 비극이 일어나자마자 파스퇴르에게 보낸 편지에서 루는 "코흐와 그의 협력자들은 도시에 소식이 퍼지자마자 도착했습니다. 그들은 우리 동료의 죽음에 대해 가장 적절하고 아름다운 언어로 조의를 표했습니다"라고 증언했다. 튈리에에게 승리를 거둔 콜레라균을 묘사하기에 앞서, 루는 "코흐가 시신을 감싼 시트의 한쪽 귀퉁이를 붙잡았습니다. 우리는 동료의 시신을 방부처리 했습니다. 아연으로 된 관 속에 시신을 눕힌 다음 관을 봉했습니다"라고 보고했다. 평화롭게 잠들게나, 친구. 냐짱에서 페스트로 죽은 프자와 빈탐. 달랏에서 영면에 들어간 보에즈.

파스퇴르가 세상을 떠난 후, 그의 사단, 즉 세속의 사도들은 5대양 6대주 곳곳을 누비며 가는 곳마다 파스퇴르 연구소를 세우고 과학과 이성을 전파했다. 그들은 가뭄에 콩 나듯이 뜸한 선박 편을 이용해서 부지런히 세상의 한쪽 끝에서 다른 쪽 끝으로 연락을 주고받았다. 프랑스 제3공화국 시절 한창 유행하던 실증주의의 언어로 단숨에 써내려갔으면서도 문법적으로 완벽한 편지들. 모두가 미슐레 같은 문장력을 지녔다고는 할 수 없지만, 적어도 에드가 키네Edgar Quinet 정도의 설득력은 지닌 편지들. 사랑과 감미로움, 오르간은 여성 복수로 써야 한다는 사실 정도는 충분히 숙지하고 있었던 과학자 문필가들. 선원들처럼 그들은 새로운 임지에 대해 보고했다. 덕분에 칼메트의 경우 알제로 갔다가, 사이공으로, 거기서 다시 릴로 갔음을 알 수 있다. 카루조는 냐짱을 떠나 타나나리브로 갔고, 시드니를 떠난 루아르는 튀니스에 파스퇴르 연구소를 설립했으며, 로디지아에서 광견병 연구를 계속하다가 몬트리올로 가서 생물학을 가르쳤다. 니콜에게 이스탄불을 인계받은 렘링거는 탕헤르로 떠났다. 우크라이나 출신 유대인 하프킨은 캘커타에 실험실을 열었고 벨라루스 출신 유대인 볼만은 칠레로 파견되었다. 몇 년 동안 기아나에서 근무한 시몽은 카라치에서 페스트의 역사를 마무리 지은 후 황열병 연구를 위해 브라질로 갔다.

냐짱에서 예르생은 전보를 통해 이들 오랜 친구들의 부음을 들었으며, 보다 젊은 후배들의 이동 소식도 전해 듣곤 했다. 루와 마찬가지로 그에게도 자손이 없었다. 아니 언론을 통해 날조된 자식만 존재할 뿐이었다. 콩폴랑의 고아와 모르주의 고아는 파스퇴르를 정신적인 아버지로 택했으며, 정신적인 후손들을 남겼다. 실험실 조교로 출발한 이들은 당당한 연구원으로 성장했다. 예르생은 너무 나이가 많았고, 더 이상 세상은 그와 어울리지 않았다. 루이 파스퇴르의 마지막 협력자는 아직도 생존하고 있었지만, 그는 회고록 따위는 쓸 마음이 없었다. 그는 어쩌면 이 책을 썩 마음에 들어 하지 않을지도 모르겠다. 이런, 난 왜 괜한 일에 끼어들었담.

사실 글을 쓰려면 사슬의 고리 하나 하나가 아니라 긴 사슬 전체를 써야 한다. 한 세기하고도 반세기에 이르는 긴 사슬. 파스퇴르는 메치니코프를 택했고, 메치니코프는 볼만을 낙점했다. 칠레에서 돌아온 외젠 볼만은 에르생이 발견한 균의 박테리오파지를 연구하다가 아우슈비츠로 보내졌다. 그러는 사이 그의 아들은 독일에 저항하는 레지스탕이 되었다. 전쟁이 끝나자 외젠의 아들 엘리 볼만은 앙드레 루오프의 간택을 받아 그의 연구실에서 프랑수아 자코브 François Jacob와 함께 일했다. 프랑수아 자코브는 런던의 자유 프랑스군 소속으로 리비아에서 노르망디 상륙 작전에 참가한 전적을 자랑한다. 두 사람은 의기투합하여 외젠 볼만이 진행했던 연구를 이어받았다. 프랑수아 자코브는 루오프, 자크 모노 Jacques Monod와 공동으로 노벨상을 수상했다. 자크 모노로 말하면 폴에밀 빅토르 Paul-Émile Victor와 함께 1930년대에 그린란드를 탐험했으며, 전쟁이 터지자 레지스탕스에 가담했다. 노벨상을 수상한 지 20년 만에 루오프는 "루이 페르디낭 셀린과 과학 연구 Louis-Ferdinand Céline et la recherche scientifique"라는 논문을 발표했다. 소규모 과격 행동단체에서 자주 그렇듯이, 무엇을 하건, 다시 말해서 에르생처럼 최대한 멀리 도망을 치건, 셀린처럼 문학으로 전향하는 배신으로도 모자라 온갖 험담을 하건, 한번 파스퇴르 사단이 되면 영원히 그 구성원들의 촉수에서 벗어나지 못하는 법이다.

이제 정말로 에르생의 삶이 지닌 마지막 수수께끼에 대해 말할 차례다. 문학. 이 문제는 그가 죽은 후 남긴 자료들을 분류하면서 처음으로 제기되었다. 그가 문학에 발을 들여놓은 적이 있다니. 발을 들여놓았을 뿐 아니라 중독 현상까지 보였다니. 그는 스스로도 "이것이 아무것도 아닌 일이 아님"을 잘 알았다. 랭보는 라틴어를 공부하다가 모험가가 되었고, 그는 생의 마지막을 라틴어에 바쳤다. 늦게 배운 바람은 코카인보다도 훨씬 중독성이 강했다. 그러고 보니 코카인은 에르생의 유일한 실패작이었다.

에르생의 서재를 정리하던 자코토는 거기서 그가 비밀리에 번역 작업에 탐닉했음을 발견했다. 즐비한 서적들과 습작 종이, 그리고 올빼미 혹은 암늑대가 그려진 책 표지. 나이 여든에 접어들어 라틴어와 그리스어 공부를 다시 시작한 에르생은 프랑스어 번역이 적혀 있는 책의 왼쪽 페이지는 보지 않았다. 번역을 한다는 건 사실 새로운 삶을 탄생시키는 것과 마찬가지다. 제약 속에서 이루어지는 발명 행위. 악보라는 구속 아래 이루어지는 바이올린의 자유. 활의 움직임. 천상의 소리처럼 가볍게 올라가는 제1현의 소리와 저음들이 빚어내는 묵직하고 둔탁한 리듬. 깜짝 놀란 자코토는 정성껏 목록을 작성한다. 파이드로스, 베르길리우스, 호라티우스, 살루스티우스, 키케로, 플라톤, 데모스테네스. 틀림없이 에르생은 정직함, 소박함, 평온, 절제 등, 그와 가치관을 공유하는 고대 문인들의 저술을 읽었을 것이고, 그건 그대로 고독 취미에 더해진 그의 문학 취향을 반영한다.

바다

가끔 툭과의 전투에서 얻은 해묵은 상처가 되살아나기도 한다. 갈비뼈 사이로 파고들었던 창, 쪼개진 엄지손가락. 두 다리는 더 이상 그의 몸무게를 지탱하지 못한다. 그러니 그저 흔들의자에 앉아 있을 뿐이다. 그렇다고 아무것도 하지 않고 가만히 앉아만 있는 건 아니다. 나이 먹은 뇌 깊숙한 곳에서는 파스퇴르의 말이 마치 거역할 수 없는 명령처럼 메아리친다. “나는 일하지 않고 하루를 보내면 꼭 도둑질을 한 것 같은 기분이 들 것만 같다.”

예르생은 소박한 나날과 왕성한 호기심 속에서 고독한 자로서 행복한 삶을 마칠 것이다. 쾨니히스베르크의 칸트에 버금가는 삶, 거기에서 포플러나무나 이웃의 비둘기로 인한 골치 아픈 문제를 빼면 바로 그것이 예르생의 삶이 될 것이다. 그는 자기 영지와 아름다운 주변 풍광의 주인이었다. 네모반듯한 대저택 테라스에서 보면 왼편으로 강 어구와 파도 속에 발을 담근 산이 보이고, 오른편으로는 해변이 수 킬로미터씩 이어진다. 강과 바다가 직각을 이루며 만나는 이곳은 조수 간만을 연구하기에 이상적인 곳이었다. 그는 시시각각 변하는 달의 위치를 기록하고, 최저수위, 각종 계수, 조차(潮差) 등을 측정하며, 눈금이 매겨진 사다리를 제작하게 하여 물길 한가운데 세워두었다. 사다리 꼭대기엔 전등도 매달았다. 흔들의자에 앉아 수첩을 무릎 위에 얹은 채 그는 뱃사람들이 쓰는 쌍안경으로 밤의 불빛을 관찰한다.

침략당한 인도차이나의 총독이었던 드쿠 제독은 달랏에 칩거하면서 그에게 배에서 쓰는 일력을 보내왔다. 제독은 따분한 모양이었다. 그는 도심에서 일본 사무라이들이 행진하는 모습을 보지 않으려고 하노이의 퓌지니에 궁, 즉 총독 관저를 떠나버린 것이었다. 내각을 이끌고 랑비안 팰리스로 옮겨온 그는 호수를 마주 보는 곳에 새로 집무실을 꾸몄다. 바다를 호령하던 제독에게 호수는 너무 작다. 그건 그에게 거의 모욕이었다. 지구상 곳곳에서 연일 폭탄이 터지는 동안, 쿠프라를 탈환한 연합군의 탱크가 북쪽으로 진군하는 동안, 가미가제 조종사들이 미군 구축함을 향해 수직으로 강하하는 동안, 붉은 군대가 독일 전선을 돌파하여 폴란드를 향해 돌진하는 동안, 페탱은 비시에, 드쿠 제독은 랑비안 팰리스의 호숫가에 틀어박혀 지냈다. 치료차 온천에 와서 세상과 격리된 채 하얀 가운에 슬리퍼 차림으로 호화로운 호텔 안을 한가하게 거니는 사람들처럼, 프랑스의 위대함은 물가 도시 내부에 고립되어 있었다. 뭔가

할 일을 만들어야 했다.

드쿠 제독은 벨에포크 풍의 몰딩과 실내장식을 모두 없애버리라고 지시했다. 그는 프랑시스 가르니에 광장에 자리 잡은 사이공 극장에 대해서도 똑같은 지시를 내린다. 그 극장은 훗날 국회의사당으로 쓰인다. 유대교나 프리메이슨단으로부터 영감받은 것이 틀림없을 나약해 빠진 로코코 양식은 필요 없다는 것이었다. 프랑스는 그 같은 나약함 때문에, 그나마 페탱 원수마저 없었다면, 바닥 모를 심연으로 끝없이 추락했을 것이라고 제독은 확신하는 것 같았다. 그는 독일 취향의 엄격한 직선, 단순함, 근엄함을 요구한다. 그로부터 10년 후, 변덕스러운 역사는 프랑스로 하여금 한편에서는 디엔비엔푸 전투가 계속되고 있는 와중에 달랏 만을 한층 아름답게 손질하고 확대하려는 계획을 수립하도록 부추긴다. 전쟁에서 승리한 후 사령부가 여유롭게 그곳을 거닐 수 있도록 미리 준비한다는 자세였다. 아, 달랏. 랑비안의 녹색 처녀지에 세워진 이 유토피아적인 도시. 한때는 인도차이나 전체의 수도가 되려고 꿈꾸었던 곳. 그 달랏이 일본군들마저 등한시하는 고립무원의 섬으로 전락하고 말았다니. 제독은 백색 제복으로 차려입고 랑비안 팰리스의 복도를 거닐었지만, 사실 그가 잠옷 차림이었어도 달라질 건 없다. 그는 호숫가에 최초의 사무라이가 모습을 드러내는 날이면 비축해둔 코냑과 샴페인을 모두 물속에 던져버려야 하는 건 아닌지 불안해한다. 해전이 있을 때면 적에게 배를 넘겨주지 않기 위해 아예 배를 침몰시켜버리는 것과 같은 이치다. 그는 툴롱과 메르스엘케비르 전투라면 환하게 알고 있었다. 그런데 어찌된 영문인지 일본군의 모습은 영 찾아볼 수 없다.

모든 전선에서 열세에 몰린 히로히토 천황의 군대가 광적으로 프랑스 병영에 들이닥친 건 그로부터 2년이 지난 후, 그러니까 히로시마 원폭투하 6개월 전이다. 무려 5년 동안이나 이제나 저제나 하며 이들을 기다리던 프랑스 군대가 경계를 푼 지 한참 후였다는 말이다. 일본군은 군인들은 모조리 죽이고 민간인들은 수용소에 감금했다. 상황이 그렇게 돌아가자, 원주민들은 낮에는 그들에게 아첨하다가 밤이 되면 베트민에게 정보를 제공하는 이중생활을 이어나갔다. 휴지통들을 뒤엎고 제독의 집무실을 이 잡듯이 뒤진 끝에 예르생이 보낸 마지막 편지를 발견한 그들은 제국주의자들이 냐짱의 조수(潮水)를 연구했으며, 그것으로 미루어 상륙작전을 준비하는 듯하다고 베트남 게릴라에게 알렸다.

마지막 숨을 거두기 며칠 전에 예르생은 호수를 지키는 가련한 처지에 놓인 제독에게 일력을 보내주어 고맙다는 편지를 보냈다. 그가 쓴 마지막 편지였다. "자료가 충분히 모이면 제독께 그래프 형식으로 관찰 결과를 알려드리겠습니다." 곧 그의 여든 살 생일이었다. 그는 자기 모르게 사람들이 뭔가를 준비하고 있음을 진즉부터 눈치 채고 있다. 조수 쩐짱쎄와 함께 쌍안경을 통해 관찰을 하는 짬짬이 그는 고대 그리스 작가들의 글을 번역한다. 짐작하겠지만, 그가 세상을 떠난 후 발표된 유일한 글은 자서전이 아니었다. 자코토가 제목을 붙인 "냐짱에서 관찰한 조수 그래프. 예르생 박사가 그의 냐짱 집 앞에서 측정한 기록을 토대로 작성Diagrammes des niveaux des marées observées à Nha Trang, dressés d'après les niveaux relevés par le Dr Yersin devant sa maison à Nha Trang"이라는 글이었다. 파스퇴르 연구원들은 포스트랭보적인 이 제목을 몹시 마음에 들어했다. 자코토는 이 글을《인도차이나 학회지*Bulletin de la Société des études indochinoises*》로 보냈다.

예르생은 자정과 새벽 6시, 그리고 저녁 6시에 각각 관찰 결과를 기록하고 수첩에 그려둔 도표를 채워갔다. 그 수첩은 현재 냐짱에 있는 예르생 박물관에 전시되어 있다. 이따금씩 그는 깜빡깜빡 졸았다. 머릿속에 안개가 내려앉는 것 같았다. 죽는다는 건 대체로 매우 고통스럽다. 그 자신이 병원에서 숱하게 보아오지 않았던가. 그는 파도 소리가 들려오는 가운데 물 위에서 둥둥 떠다니는 기분이었다. 노르망디 해안의 트롤선 혹은 대형 여객선의 1등 선실. 구리와 니스 칠한 목재로 꾸민 옥수스호나 볼가호 또는 사이공호. 검은 물결이 두런거리는 소리처럼 서서히 표면으로 올라온다. 짠 바닷물이 강어귀에서 철썩거리며 담수와 하나가 되어 뒤척인다. 잠깐 조는 사이에 그는 천천히, 만조 때처럼 올라오는 형언하기 어려운 슬픔 속으로 빠져든다. 파스퇴르의 말 한마디가 문득 솟구친다. "발효와 느리게 진행되는 연소 과정을 통해 살아 있던 모든 것이 분해되어 가스 상태로 돌아가는 자연의 법칙이 이행된다."

이렇듯 그는 이제 몽상에서 몽상으로 넘나들었다. 어부들은 뱃전에 달아놓은 등을 밝히고 먼 바다로 나간다. 누군가가 상처를 입으면 파상풍을 방지하기 위한 백신을 접종하면 된다. 백신은 냉장고에 비치되어 있다. 내일이면 이들은 아직도 비늘의 영롱한 빛이 살아 있는 생선들을 얼음 위에 가득 쌓고, 망태기는 펄쩍펄쩍 튀어 오르는 새우들로 가득 채워 포구로 돌아올 것이다. 불빛이 바다 위에서 혹은 그의 눈꺼풀 뒤에서 춤춘다. 예르생에게 또 좋은 생각이 떠오른다. 내일은 새우 요리나 민들레 뿌리를 먹어야겠군. 아, 그런데 민들레를 혼바에 순화시켰던가, 그는 자문해본다. 이제 그의 생각들은 약간 혼란스럽다. 생각들이 천천히 물에 잠긴다. 커다란 메달 같은 은색 달빛 아래로 서서히 차오르는 검은 물과 그 물의 두런거림. 물은 점점 차올라 그의 전기 작업장 휴즈를 집어삼키려든다. 자동 차단기를 작동시켜야 할 텐데. 흔들의자에서 일어나야 할 텐데. 그럴 수가 없다. 단락으로 짧게 스파크가 인다. 뇌의 혈관 하나가 터진다. 새벽 1시. 빛이 꺼진다.

감사의 말

제일 먼저 파스퇴르 연구소의 총책임자인 알리스 도트리 교수에게 감사드린다. 덕분에 에밀 루 가에 위치한 연구소를 드나들며 관련 자료를 살펴볼 수 있었다. 자료실 책임자 아녜스 레몽드니즈, 이 조사를 도와주고 귀중한 조언을 아끼지 않은 다니엘 드멜리에에게도 감사하고 싶다. 파리의 호아쩐후이, 호안쩐후이, 민쩐후이. 화약 제조소 연구로, 또 라콩다민의 발자취를 따라 키토에서 미타 델 문도에 이르는 에콰도르 여행 동반자로 도움을 준 모르주의 기욤 돌만. 사이공의 내 친구들, 필리프 파스케와 쩐티몽홍. 달랏의 파스퇴르 연구소 응우옌딘봉 소장과 다오티비호아 부소장. 냐짱의 파스퇴르 연구소 부설 예르생 박물관 관장 쯔엉티투이응아. 또 통역으로 수고해준 달랏의 예르생 고등학교 졸업생 쩐딘토코이, 나를 반갑게 맞아주고 차를 대접해주었으며, 비가 오는데도 예르생의 유적지까지 함께 걸어준 혼바의 경비원들. 이 모든 사람들에게 고마움을 전한다.

옮긴이의 말

서아프리카 지역에서 빠른 기세로 확산되고 있다는 에볼라가 화제다. 마침 페스트균을 발견해 백신 생산의 길을 열어준, 그래서 인류를 페스트의 공포로부터 해방시켜준 알렉상드르 예르생의 생애를 다룬 전기적 소설 『페스트와 콜레라』의 최종 교정쇄를 보던 중에 그런 소식을 접하니 감회가 남다르다.

페스트, 콜레라, 천연두, 티푸스…… 최근 들어서는 에이즈에 이르기까지 우리가 무서운 전염병 내지는 법정 전염병이라는 명칭으로 묶어놓은 여러 질병들은 뒤집어서 생각하면 과학이 이미 거둔 혹은 거두어가고 있는 승리를 가리키는 또 다른 이름이기도 하다. 제1군, 2군 등으로 분류된 법정 전염병들의 목록은 결국 대규모로 인명을 앗아가는 미생물들을 상대로 과학자들이 그들의 정체를 밝혀내고, 그들이 이동하는 경로를 찾아내고, 그 경로 중의 어느 지점에선가 이들의 전파를 차단하는 백신을 발명하는 일련의 과정을 압축해놓은 결과물이니 말이다.

페스트균 발견이라는 인류에 혁혁한 공을 세웠음에도 예르생은 우리에게 거의 알려지지 않은 생소한 인물이다. 그의 스승 파스퇴르의 이름은 누구나 알아도(심지어 국내에서는 '파스퇴르'라는 상표를 단 유제품도 판매되고 있지 않은가!), 그 파스퇴르 사단의 창단 멤버로 결핵, 디프테리아 분야에서도 괄목할 만한 학문적 업적을 세웠으며, 가장 늦게까지 생존한 예르생이 세간에서는 거의 잊힌 인물이 되어버린 건 어찌된 연유일까?

알렉상드르 예르생의 전기를 읽다보면 '19세기와 20세기가 낳은 레오나르도 다 빈치'라는 이미지가 제일 먼저 떠오른다. 곤충학자 아버지의 유복자로 스위스에서 태어난 그는 독일로 유학, 의사로 사회에 첫발을 내딛는다. 프랑스로 옮겨가 파스퇴르 연구소의 일원이 되어 디프테리아에 관한 뛰어난 연구 업적을 낸 그는 강의와 연구가 반복되는, 그래서 획기적인 새로운 발견을 하여 세계적으로 명성을 떨칠 기회(미생물이라는 용어조차 존재하지 않았던 당시만 해도 세균학은 신천지와 다름없었으며, 실제로 그와 같은 무렵 혹은 그보다 늦게 파스퇴르 사단에 합류한 과학자 대다수는 노벨상을 거머쥐었다!)가 보장된 연구소 생활을 버리고, 당시 프랑스 식민지였던 인도차이나 인근 바다를 누비는 모험 길에 오른다. 의사의 신분으로 아프리카에 가서 선교와 모험, 주민 치료에 헌신한 리빙스턴처럼 살고 싶다는 꿈을 간직하고 있었던 예르생은 이제까지 뱃길을 제외하고는 전혀 세상에 알려지지 않았던 안남 지역을 코끼리를 타고 혹은 맨발로 걸어 탐험하면서 육로 지도까지 만든다. 그러던 중 페스트가 창궐하면서 파스퇴르 연구소의 부름을 받아 홍콩으로 파견, 열강들이 끼리끼리 편을 짜고 벌이는 미생물과의 각축전에서 불리한 조건에도 불구하고 페스트균을 제일 먼저 발견하는 개가를 올린다. 패기만만하던 젊은 시절엔 "움직이지 않는 건 사는 게 아니다"라는 신조를 따르던 그였지만, 장년에 접어들면서 베트남 냐짱에 정착, 그곳에서 온갖 식물들을 키우며 콜라(그는 요즘 우리가 마시는 콜라 음료를 발명했지만, 특허를 내지 않았다!), 키니네, 고무 등 다른 지역 식물들을 베트남 지역에 성공적으로 이식시킨다. 덕분에 예르생은 그가 태어나고 성장한 유럽에서보다 베트남에서 훨씬 유명하며 그들의 삶의 질을 향상시켜준 고마운 인물로 추앙받는다.

또한 요즘 유행하는 말로 표현하자면 '얼리 어댑터'의 전형이었던 그는 이 지역 최초의 자전거 운전자, 자동차 운전자였으며, 어쩌면 최초의 비행기 조종사가 될 수도 있었을 테지만, 활주로라는 인프라 건설이 뒷받침되지 못하는 환경 탓에 포기한다. 한편, 그는 사진의 장점도 누구보다 빨리 파악하여 뤼미에르와 활발하게 교신했으며, 통신의 중요성도 일찍 간파하여 양차 세계 대전을 겪는 동안에도 직접 만든 장치로 세계의 소식에 귀를 기울였다.

세속적인 명예나 권세 등엔 초연한 채, 궁금한 것이 있으면 끝까지 파헤쳐야 직성이 풀리고, 일단 시작한 건 무엇이든 정상 궤도까지 올려놓고야마는 그를 천재라고 해야 할까, 괴짜라고 해야 할까? 사실, 저자도 여러 번씩 거듭 강조하지만, 천재와 광인 사이엔 종이 한 장 정도의 차이만 있을 뿐이다.

『페스트와 콜레라』는 서술 방식 또한 예르생이라는 예사롭지 않은 주인공 못지않게 흥미롭고 독특하다. 저자 파트리크 드빌이 눈에 보이지 않는 미래의 전기 작가 유령이 되어 예르생의 발자취를 따라다닌다는 설정인데, 시공간에 구애받지 않는 유령이라는 신분 덕분에 그는 예르생의 사부 파스퇴르의 삶은 물론, 예르생과 거의 동시대에 활약한 천재 시인에서 아프리카 모험가, 사업가로 변신한 랭보의 활약상, 파스퇴르 사단에 입단했다가 도중에 변절하는 유명작가 페르디낭 셀린의 삶도 동시 다발적으로 보여줌으로써 글의 폭과 깊이를 더한다. 요컨대 시간적으로나 지리적으로 약간의 간격을 두고 한 시대를 풍미했던 풍운아들을 한 공간 안에 등장시켜 "한 인간의 삶은 역사를 측정하는 단위"라는 저자 본인의 신념을 충실하게 반영하여 한 시대의 다양하고 풍성한 면모를 보여주는 것이다.

모든 것을 알고 싶은 호기심 때문에 도저히 한 우물만 파는 것으로는 만족할 수 없었던 팔방미인, 사교적인 모임이나 남 앞에 나서는 것을 극도로 싫어했지만, 우정에는 누구보다 충실했던 고독한 천재. 성공한 사업가였지만 재산은 모두 파스퇴르 연구소 운영과 자신의 일을 돌봐준 사람들에게 아낌없이 나누어주고 간 은둔 성자, 편견 없는 휴머니스트 예르생.

그런 그를 가리켜 또 한 명의 파스퇴르 혹은 제2의 리빙스턴이라고 부르기도 한다지만, 예르생은 제2의 무엇인가가 되기엔 너무도 독창적이고 개성이 넘치는 인물이다. 그런 인물을 망각 속에서 끌어내 우리에게 보여준 『페스트와 콜레라』는 2012년 프랑스의 유력

문학상 가운데 하나인 페미나상을 받았다. 풍부한 콘텐츠를 가진 주인공이 뛰어난 문학적 상상력과 부지런하고 성실하게 발품 파는 능력마저 겸비한 저자와 만나 빚어낸 한 편의 서사시 『페스트와 콜레라』가 우리나라 독자들에게 알고 싶은 건 끝까지 알아내고야 마는 끈기, 가지 않은 길을 가는 용기를 불어넣어 주게 된다면 참 기쁘겠다.

2014년 8월

양영란

페스트와 콜레라

1판 1쇄 찍음 2014년 8월 29일
1판 1쇄 펴냄 2014년 9월 10일

지은이 파트리크 드빌
옮긴이 양영란

주간 김현숙
편집 변효현, 김주희
디자인 이현정, 전미혜
영업 백국현, 도진호
관리 김옥연

펴낸곳 궁리출판
펴낸이 이갑수

등록 1999. 3. 29. 제300-2004-162호
주소 110-043 서울시 종로구 통인동 31-4 우남빌딩 2층
전화 02-734-6591~3
팩스 02-734-6554
이메일 kungree@kungree.com
홈페이지 www.kungree.com

ISBN 978-89-5820-278-3 03860

값 15,000원